독대

독대

ⓒ김동하 2020

초판 1쇄 발행 2020년 12월 16일

지은이 김동하

펴낸곳 도서출판 가쎄 [제 302- 2005- 00062호]
주소 서울 용산구 이촌로 224, 609
전화 070. 7553. 1783 / **팩스** 02. 749. 6911
인쇄 정민문화사

ISBN 979-11-91192-04-9 03810

값 14,000원

www.gasse.co.kr
berlin@gasse.co.kr

이 책은 전라남도, (재)전라남도문화관광재단의 후원을 받아 발간되었습니다.

독대

김동하 지음

gasse·가쎄

김 동 하 (본명 김용태)

　함평 출생. 비정규직과 일용직에 종사하며 근근이 글쓰기를 이어가다 2012년 광주일보 신춘문예에 당선됐다. 2016년 한국콘텐츠진흥원 원천스토리 창작과정을 통해 첫 장편인『운석사냥꾼』을 발표했고 2020년에는『피아노가 울리면』을 펴냈다.

　90년대를 배경으로 한『독대』는 팔 년이란 기간 동안 다듬어온 소설로 작가의 자전적인 요소가 녹아있는 작품이다.

12월이면 하루를 비워둔다. 언제 첫눈이 내릴지 모르니까. 눈 내리는 풍경을 하염없이 보고픈 하루도 있어야 할 것 같아서. 노인이 되더라도 첫눈을 기다리는 마음을 간직하고 싶다.

올해 12월은 이틀을 비워놓기로 했다. 늘어난 하루는 『독대』가 출간하는 날을 기념하기 위해서다. 내겐 오랜 벗과 같은 소설이다. 오랜만에 이 친구와 하루를 독대하고 싶다.

살아오며 어설픈 화해를 많이 해왔다. 언젠가 그 화해 아닌 화해가 분노할 기회를 앗아가고 있던 건 아닐까 하는 생각이 들었다. 소설 쓰기는 이런 내가 본능적으로 찾아낸, 가장 적극적인 방식의 화해이기도 하다. 다만 격투가 미첼 페레이라처럼 승률을 위한 경기가 아니라 내가 하고픈 방식의 경기를 하고 싶었다.

행복한 사람은 얼마든지 있다. 그러나 행복하기만 한 사람은 어디에도 없으리라. 가족도 그렇지 않겠는가. 구원이라 생각했던 나의 소설 쓰기는 어떤 이유에서지 내 불행의 기원을 찾는 여정이었다. 좋아하던 누군가를 닮는 게 두려워진다는 건 슬픈 일이다. 그러나 그 얼마간의 슬픔이 우리를 더 나은 사람으로 만들어줄지도 모른다. 너무 행복해지려고 애쓰지 말자.

수차례 노트북의 하드를 옮겨가며 연명해오던 원고를 밖으로 꺼내준 이구용 대표님께 감사드린다. 이 소설에 진짜 집을 지어준 가쎄에도 감사의 인사를 전한다. 요즘처럼 힘든 시기에 참으로 감사한 일이다. 시간이 흐를수록 작가의 아내는 부처와 동급이라는 말을 실감한다. 수줍게 고마운 마음을 남겨본다. 아울러 부모님과 보라, 보영이에게도 깊은 사랑을 전한다.

목차 /

작가의 말 / 12

프롤로그 / 17

콘크리트 판화 / 23

불길한 편지 / 36

모조리 부숴라 / 42

가석방 / 52

핏물이 다 흐르도록 / 63

다 맞아주겠어 / 69

기계인간이지만 배가 말랑해 / 85

전봇대에 묶인 프로메테우스 / 92

안 들려 진짜 안 들려 / 110

슈스케를 위한 헌정 / 119

그 줄무늬만큼의 유전자는 / 133

지나칠 수가 없잖아 / 143

151 / 쥐는 꼬리를 남긴다

157 / 그래, 이론상으로는

173 / 암바사 농약

184 / 뒤꿈치로 걷는 사람들

202 / 주인 없는 신발들

210 / 악마의 발소리

221 / 탄흔들

232 / 눈물샘이 받은 충격일 뿐

246 / 호박구더기

259 / 불쌍한 내 새끼

272 / 울기 연습

277 / 주문 따윈 없어도 돼

288 / 달팽이 집

301 / 에필로그

프롤로그

다행히도 세상에는 셀 수 있는 것들이 많다.

나는 눈앞에 보이는 건 뭐든 세어보아야 직성이 풀리는 피곤한 인간이다. 가령 내가 다녔던 초등학교에서 집에 이르기까지는 여덟 개의 전봇대가 있었다. 국도 중앙선의 점선은 서른다섯 개였고 버스정류장 바닥에 박힌 벽돌은 반쪽짜리를 포함해 이백삼십이 개였다.

4학년 때 안경을 쓰게 되면서는 보다 정확하게 셀 수 있는 게 늘어났는데 가령 밤 아홉 시를 넘어서 마을에 켜져 있는 불빛 따위를 셀 때가 그랬다. 안경을 쓰기 전에는 마을의 불빛이 열다섯 개 정도인 것 같았는데 안경을 쓴 이후에 세보니 스물세 개였다. 그중 열두 개는 가로등 불빛이었다. 믿어지는가? 내가 십 년 전에 셌던 것들을 정확히 기억한다는 사실이. 나조차 의심스러울 때가 있지만 정말 놀랍게도 그때의 기억은 선명하다. 사실 오늘 아침에 먹은 국이 된장국이었는지 미역국이었는지조차 헷갈리면서 말이다.

이렇게 말하고 나니 내가 이상한 사람처럼 보일까 싶어 걱정이 되긴 하다. 나는 그렇지 않다고 생각하지만 내 주위의 사람들이 이상하다고 말하는 걸 보면 맞는 말일지도 모른다. 하지만 장담하건대 내 몸과 정신은 놀라울 정도로 건강하다. 이곳 군의관들의 말에 의하면, 특히 이십대 주제에 M자 탈모가 진행 중인 겉늙은 군의관의 말에 의하면 나는 일종의 강박증에 걸린 것 같다고 한다. 검사다운 검사도 하지 않았으면서 말이다. 사실 내가 이곳에 오기 전에 저지른 일이라고는 군화 굽을 뜯어낸 일밖에 없었다. 맹세컨대 그 일로 인해 나를 이상한 사람 취급만 하지 않았더라도 내 뒤꿈치를 잘라내고 말겠다는 무모한 선언 따위는 하지 않았을 것이다. 하지만 다시 한 번 밝히자면 나는 건강하다. 그리고 망할 포르말린 냄새와 불편한 눈빛으로 나를 보는 군의관 몇을 제외한다면 병동 생활은 나름 만족스럽다. 군의관들의 눈빛에는 꾀병 환자를 바라보는 시선과 진짜 정신병자를 바라보는 시선이 반반으로 섞여 있다. 비위를 맞춘다고 맞추고는 있는데 어느 장단에 맞춰주어야 할지

난감할 때가 많다.

사실 요즘의 내 생활에 대해 길게 늘어놓는 일은 바람직하지 않다. 지금의 나를 설명하기 위해서는 최근의 생활보다 십 년 전, 그러니까 내가 열세 살이던 해의 기억을 고백하는 편이 몇천 배는 나을 거다. 나는 실제로 어제 있었던 일을 기억해내는 것보다도 십 년 전에 있었던 일을 기억해내는 편이 수월하다. 그 당시 어린 나의 관점으로 지금의 나를 본다면 나는 절반은 성공했고 절반은 실패했다. 사실 대부분의 사람들이 나와 비슷한 생각을 할 거다.

내가 아직 꼬마였을 때의 이야기를 하기 전에 몇 가지 당부하고 싶은 말이 있다. 그 당부란 내가 지금에 이르러 깨달은 사실 몇 가지 정도가 되겠다. 먼저 사람은 누구도 완벽하게 달아날 수 없다는 사실이다. 보다 정확하게 말하자면 누구도 다른 누구에게서 완전히 자유로울 수는 없다는 거다. 그 사실을 받아들일 수 있다면 당신은 가장 완벽에 가깝게 달아나 있는 사람이다. 두 번째는 아무리 맷집이 좋은 사람이더라도 맞고만은 살 수 없다는 사실이다. 나는 한때 그것이 어떤 형태의 폭력이든 다 견뎌보려고 마음먹은 적이 있다. 오해는 하지 않았으면 좋겠다. 실제로 내가 많이 맞고 자라서 그런 생각을 하게 된 건 아니니까. 정확히 말하자면 나는 폭력에 노출된 사람들을 많이 봤다. 그런 장면을 계속해서 보다 보면 언젠가 나도 그렇게 얻어 터지고 말 거라는 두려움이 들 수밖에 없는 법이다. 그래서 먼 저 때리거나 달아나거나 아니면 죽은 듯 지내게 되는 건데 나 는 조금 창의적인 편이었기에 네 번째 방법을 고안해냈다. 그건 뒤늦게 찾아올 폭력이 두려워 떨기보다는 내 쪽에서 미리 그 폭력을 찾아가 예행연습을 하는 거다. 진정한 공포란 그 공포 의 대상과 맞닥트리기 전까지의 시간들이다. 내가 그 방법을 실 천하기 위해 살인미수혐의 전과가 있는 사촌 형에게 도움을 청 했을 때 그는 일단은 받아들였다. 하지만 지금 생각하면 속으 로는 아니었던 것 같다. 그렇다고 해서 내가 그를 비열하다 여기 거나 원망한다는 의미는 아니다. 그때 그가 없었더라면 나는 보 다 무모한 짓을 저질렀을지도 모른다.

그럼 어디부터 이야기를 해볼까. 숫자를 세는 버릇부터? 마 을을 뒤덮던 말라가는 시멘트에서 풍기던 냄새부터? 아니면 엄 마가 동생을 데리고 집을 나간 일, 그보다는 나 좀 때려 달라 쩔 쩔매던 일부터? 이건 사실 불필요한 고민이다. 하지만 나는 이 처럼 불필요한 고민을 하지 않고는 견딜 수가 없다. 고민이 없 다는 건 정말 고통스러운 일이다. 고민은 없을 수가 없는데 그 런 녀석이 어딘가에 숨어 모습을 보이지 않는다는 건 어둠 속 에서 깨진 병 따위를 들고 숨어있는 셈이다. 음. 그게 좋겠다.

내가 처음으로 숫자를 세게 된 일부터 시작하는 게 좋겠다. 그거 아는가? 무언가를 센다는 건 그 순간 그것을 세지 않고는 견딜 수 없기 때문이라는 걸.

내가 기억하는 한 처음으로 숫자를 세는 버릇이 생긴 건 관 속에 누워있는 할아버지를 보았을 때였다. 처음 보는 할아버지의 평온한 모습을 보며 나는 머리가 백지처럼 하얗게 됐다. 정말이지 그때의 심정이란 처음으로 내 뇌의 색깔을 확인한 기분이었다. 뭐든 해야 한다는 생각과 달리 아무것도 할 수 없었고 심지어는 아무런 생각조차 할 수 없었다. 눈물이라도 흘려야 할 것 같아 슬픈 기억을 떠올리려다 포기했고 반대로 할아버지와 좋았던 추억을 떠올려보려 했지만 그 역시 쉽지 않았다. 그저 생전에 한 번도 보지 못했던 새하얀 할아버지의 얼굴만 눈에 보였고 그건 눈을 감아도 마찬가지였다. 그래서 할아버지 얼굴에 있는 반점들을 셌다. 무려 열두 개나 됐다. 솔직히 누군가에게 그 사실을 알려주고 싶어 안달이 날 정도였다. 그러나 아무리 어렸어도 그래서는 안 된다는 것쯤은 알고 있었다.

그 당시 할아버지를 제외한 우리 가족의 나이를 모두 합하면 170살이었다. 엄마가 동생을 데리고 집을 나가면서 126살로 줄었지만. 126살을 쪼개보면 이랬다. 할머니의 나이는 일흔

셋이었고 아빠는 마흔, 집을 나간 엄마와 동생은 서른여덟과 여섯, 나는 열세 살이었다. 우리는 각자 나이만큼 무포읍에서도 차로 이십여 분 들어가야 하는 진내면 장덕리 장덕마을에서 살아왔다.

우리 가족 중 다른 지역에 살아본 경험이 있는 사람은 내가 아는 이들 중에서는 엄마가 유일했다. 마을 사람들 대부분이 우리 집과 같은 형편이었다. 심지어는 죽어서까지 이 지역을 벗어나지 못하고 인근의 산에 묻혔다. 살아서도 죽어서도 같은 곳에 머문다는 건 정말 끔찍한 일이다. 그리고 그게 한 집일 경우는 더욱 끔찍하다. 그건 지진대 위에 사는 것과 비슷하다. 한 번도 떨어져 지내본 적이 없는 사람들은 뒤꿈치로 걷는 버릇이 생긴다. 그들은 발뒤꿈치로도 말을 한다. 믿기 힘들겠지만 사실이다.

엄마가 집을 나갈 때 동생을 데리고 간 건 어쩌면 잘한 일이었다. 동생은 아직 뒤꿈치로 걷지 않을 때였으니까. 나는 정말 동생 앞에서만은 뒤꿈치로 걷지 않으려고 노력했다. 하지만 매번 실패했다. 그때마다 뒤꿈치를 도려내고 싶었지만 그건 그때나 지금이나 말도 안 될 일이다.

콘크리트 판화

잠자리 떼가 날고 있었다. 노을은 개울의 물결과 잠자리들의 날개에서만은 붉은빛이 아닌 흰빛으로 부서졌다. 잠자리들은 개울 위에서 제자리 비행 중이었다. 교미를 위해 날아오른 수개미와 날벌레들을 낚아채기 위해서였다. 잠자리들의 고도는 수면에서 십여 미터 아래 머물렀다. 낮은 비행으로도 교미철을 맞은 수개미들을 충분히 잡아먹을 수 있었다. 그 위험고도를 벗어난 수개미들은 회오리바람을 만난 흙먼지처럼 솟구쳤다. 그러나 교미에 성공하든 실패하든 곧 떨어져 죽을 목숨들이었다. 죽은 수개미들은 다른 개미들의 먹이가 될 것이다.

내가 다리 위에 서 있는 건 달아나고 싶어서였다. 그러나 무엇으로부터 달아나고 싶은 건지는 확실하지 않았다. 어디로 가고 싶은지도 마찬가지였다. 그래서 결국 다리에 이르러 멈추어 서고 말았고 잠자리 따위나 세고 있는 거다. 내 혈관 속에 시멘트가 흐르는 것 같다. 움직이지 않으면 서서히 굳어버릴 거다.

할아버지가 죽었다. 병원에 입원한 지 삼 일째 만이었다. 집에서 백여 미터 떨어진 개울이었지만 곡소리가 들렸다. 칠순이 넘으셨으니 언제 돌아가셔도 이상하지 않을 나이였지만 나는 그 죽음에서 자유롭지 못했다.

다리 위에서 잠자리 떼를 향해 돌을 던졌다. 잠자리들은 최소한의 몸놀림으로 날아오는 돌을 피했다. 그리고 원래의 자리로 돌아와 제자리 비행을 했다. 다리의 가장자리에 모여 있는 모래를 한 움큼 쥐어 던졌다. 역풍을 탄 모래가 내게로 달려들었다. 눈과 입에 들어간 모래 때문에 기침과 눈물이 동시에 났다.

서른둘, 서른셋……. 내 몸은 눈물과 침으로 모래알을 씻겨냈다. 곡소리는 간헐적으로 그러나 계속해서 들렸다. 서른넷, 서른다섯, 나는 계속해서 잠자리들을 세야만 했다. 잠자리들은 수시로 자리를 바꿨기에 끝없이 셀 수 있었다. 머리가 멍해지면서 차츰 안정이 됐다. 이대로 집에 돌아간다면 누구의 얼굴도 똑바로 바라볼 자신이 없다. 모두가 날 의심하고 원망할 거다. 그 의심과 원망은 정당하다.

할아버지가 돌아가신 이듬해, 그러니까 내가 열세 살이 되던 해 3월, 내가 살던 마을의 골목길은 순차적으로 콘크리트에 덮여가고 있었다. 콘크리트 포장은 국도변과 연결된 마을 어귀에서부터 서서히 진행됐다. 길가에는 민들레 같은 여러해살이풀들을 비롯해 아직은 정체를 알기 힘든 한해살이풀들이 뒤섞여 자랐다. 길 위에서 자라던 풀들은 며칠 전부터 차례대로 콘크리트에 덮였다. 마을의 진입로는 두 곳이었고 그 두 곳 중 우리집과 가까운 쪽부터 콘크리트가 깔렸다. 공사가 진행 중인 구간의 진입로에는 바리케이트가 놓여 차량과 농기계의 출입을 막았다. 검정색 바탕에 대각선으로 노란색 줄무늬가 칠해진 드럼통이었다. 때문에 사람들은 갓길의 판자나 도랑의 좁은 가장자리를 따라 걸어야 했다.

봄 햇살은 따스했지만 바람에서는 아직 겨울 한기가 묻어났다. 바람은 살갗에 맴돌던 햇빛이 열로 바뀌기 전에 채어갔다. 길가에서부터 다른 길이나 방죽에 이르기까지 펼쳐진 논들에서는 흙을 뚫고 올라온 지 오래되지 않은 보리들이 발목만큼 자라 있었고 두어 명의 사람들이 흙더미처럼 웅크린 채 움직이지 않고 있었다. 아직은 일이 많지 않을 때였다.

땅강아지 한 마리가 콘크리트 길 위에서 맴돌고 있었다. 녀석은 제자리를 돌기도 하고 지그재그로 움직이기도 했다. 하지만

쉴 새 없이 움직였다. 만지면 놀라울 정도로 보드라운 녀석이
지만 두 개의 앞발만은 날카롭고 단단했다. 작은 두더지 같은
녀석은 파고들어갈 곳을 찾고 있었다. 그러나 땅강아지의 단단
한 앞발은 콘크리트를 뚫기에는 역부족이었고 녀석도 그 사실
을 알고 있었다. 땅강아지는 흙으로 된 땅을 찾아 계속해서 헤
맸다. 녀석은 흙 속에 있는 풀뿌리들을 먹고 살았고 몸집에 비
해 턱없이 많은 양을 먹었다. 제 식사에 몰입하다 논둑에 구멍
을 뚫어 놓기도 했다. 그때마다 논둑을 경계로 붙어있는 논 주
인들 간에는 다툼이 벌어졌다.

그 작은 범죄자의 몸은 지상으로 올라온 순간부터 쓸모가 없
었다. 날개가 있지만 시력이 나빠 멀리 날아가지 못하고 떨어
졌다. 부들부들해 흙들이 묻지 않는 몸통은 작은 충격에도 터
질 수밖에 없었다. 콘크리트 길을 맴돌던 녀석은 내 발이 제 근
처에 떨어지자 잠시 움직임을 멈췄다. 나는 곤충이나 벌레 옆에
내딛는 내 발을 신의 발이라고 부르는 습관이 있었다. 녀석은
내 발의 정체를 결코 알 리 없었다.

나는 내 곁에도 내가 알지 못하는 신의 발들이 떨어지고 있을
거라 생각했다. 나뿐만 아니라 다른 인간들 곁에도 신의 발은 떨
어진다. 그러면 인간들은 주춤거리다 그 발이 움직이지 않거나
사라졌다 판단하고 나서야 다시 원래 하던 행동을 계속한다.

신의 발이 여전히 자신들의 머리 위에, 혹은 근처에 떠 있을지도 모른 채 말이다. 그런 측면에서 엄마가 집을 나간 건 현명한 일이었다. 나는 우리 집 위에도 신의 발이 오래도록 떠 있는 중이라고 생각했는데 드디어 엄마도 그 사실을 알아차린 게 분명했다. 막상 집을 나가기로 결심한 엄마는 얼마나 다급했는지 나를 챙길 틈도 없이 동생만 데리고 떠났다. 사실 나를 데리고 가는 건 무리였을 거다. 며칠 내로 돌아올 게 아니라면 말이다. 아무튼 그건 현명한 판단이었다고 생각한다. 같이 떠나자고 했다면 나는 거절했을 테니까.

우리는 누구나 떠나고 싶다. 떠나지 못하고 있다면 떠날 이유를 찾는 중이거나 찾아낸 이유가 아직은 힘이 없기 때문이다. 반복되는 고통과 슬픔, 혹은 분노는 내게 떠남의 이유가 될 수 없었다. 떠나도 그 반복되는 것들이 사라질 거란 희망을 품을 수 없기 때문이다. 내가 집을 떠나기 위해 필요한 발견은 희망이었다. 엄마는 어떤 희망을 발견했던 것일까. 그래. 엄마는 그렇다고 하자. 솔직히 동생인 훈비를 생각하면 걱정이 된다. 녀석은 겨우 일곱 살이었고 웃거나 눈물을 흘리거나 둘 중 하나만 할 줄 아는 녀석이다. 물론 동생이 꽤 깊은 생각들을 할 수 있다는 것도, 나름대로 통찰력이 있는 것도 알지만 녀석이 그 생각들을 표현하는 방식은 늘 웃거나 울거나 둘 중 하나였다.

어쨌든 엄마가 훈비에게 선택의 기회를 줬을 거라는 생각은 들지 않는다. 그래서 녀석이 떠난 건 잘된 일이라 생각하면서도 솔직히 정말 잘된 일인지 확신할 수가 없다.

땅강아지는 곧 다시 움직였다. 그러나 얼마 가지 못해 이번에는 오갑이의 손에 붙들렸다. 오갑이는 가방에서 필통을 꺼내더니 땅강아지를 담았다.

"뭐하게?"

"낚시할 때 쓰게. 저번에 땅강아지로 이만한 가물치 잡았잖아. 팔뚝만 한 거, 아니 이만한 거."

오갑이가 제 팔뚝을 잡고 내밀었다가 그것만으로는 부족했는지 허벅지를 잡고 내밀었다. 녀석은 나와 같은 마을에, 심지어 우리 집과 이십여 미터밖에 떨어지지 않은 집에 사는 이웃사촌이다. 녀석은 늘 과장이 심했다. 그러나 나는 토를 달지 않았다. 녀석이 과장해서 말한다면 나는 축소해서 받아들이면 됐다. 과장은 재밌지도 않고 더군다나 금방 들키고 만다. 과장은 심할수록 말하는 사람 스스로를 작아 보이게 할 뿐이다. 오갑이는 제 허벅지를 붙잡고 있던 손을 풀더니 땅강아지를 쥔 손의 반대 손으로 사타구니를 긁었다.

콘크리트가 굳어갈 때 나는 냄새는 곰팡이 냄새와 마른 흙 냄새가 뒤섞인 것 같았다. 흙길을 콘크리트로 포장하는 과정은 단순했고 마을에 거미줄처럼 얽혀있는 길들은 빠른 속도로 콘크리트에 덮여가고 있었다. 흙길 위에 자갈들을 깔아 평평하게 한 뒤 포장할 구간을 정해 기다란 나무판자로 사각 틀을 짠다. 그 틀 안에 콘크리트를 붓고 적당히 평평하게 미장을 해준 뒤 비닐을 덮고 마를 때까지 기다리면 끝이다.

아직 콘크리트가 마르지 않은 구간에는 비닐이 덮여 있었다. 그런 길을 지날 때는 도랑가를 따라 걸어야 했다. 나와 오갑이는 도랑가에 자란 유채줄기를 끊어 먹었다. 가끔은 유채의 꽃도 먹었는데 줄기보다는 비렸다. 그런데도 자꾸 먹게 됐다.

사실 우리는 늘 허기진 상태였다. 봄은 간식거리가 많은 계절은 분명 아니었다. 그렇다고 해서 유채의 맛이 없는데 억지로 먹었다는 뜻은 아니다. 유채의 줄기는 껍질을 벗겨 먹었는데 수분이 많아 시원했고 약간 달짝지근한 맛도 났다. 이번 봄에 먹는 유채꽃에는 콘크리트 냄새가 섞여 있었다. 그래서 나는 줄기만 먹었고 오갑이는 변함없이 꽃과 줄기를 둘 다 먹었다.

도랑에는 물이 절반 이상 차 흘렀고 물살은 빨랐다. 우리는 도랑에 풀잎을 띄워놓고 풀잎을 따라 걸었다. 풀잎이 우리의 걸음보다 조금 빨랐다. 마을 어귀에서 우리 집까지 가기 위해서는 ㄹ자 모양의 골목을 지나면 됐다. 풀잎들은 대개 ㄴ자를 넘지 못하고 다른 풀들에게 붙잡혔다.

ㄱ자에서 ㄷ자로 꺾이는 골목 양옆에는 담장이 있다. 도랑은 그 길 밑으로, 땅 속으로 이어져 있었다. 그래서 아직 마르지 않은 콘크리트 길 위로 기다란 나무판자가 놓여 있었다. 오갑이와 나는 앞뒤로 서서 판자 위로 이동했다.

사실 마을 어귀에서 ㄱ자 골목에 이르는 길의 콘크리트는 거의 마른 상태였다. 경운기처럼 무거운 무게에는 이지러지겠지만 우리 같은 애들 몸무게쯤은 희미한 발자국만 남길 정도로 굳어 있었다. 그 사실을 알면서도 오갑이와 나는 좁은 판자 위로만 걸었다. 우리는 좁고 흔들리는 길이 재밌었다. 내일이나 모레쯤이면 판자는 치워질 것이고 우리는 한때 흙길이었던 콘크리트 길을 밟고 다니게 될 것이다. 콘크리트 길은 앞으로 계속해서 밟게 될 길이었고 판자로 된 길과 아직 포장이 되지 않은 흙길은 앞으로 두 번 다시 밟지 못할 길이었다. 나에게는 그 차이가 컸다.

'ㄷ'자를 벗어나 집까지 직선으로 바뀌는 구간에는 발자국이 있었다. 어른의 발자국과 그 곁에 나란히 나 있는 아이 발자국. 나는 그 발자국들의 주인을 알고 있다. 내 엄마와 여동생의 발자국을 모를 리가 있겠는가. 두 사람의 발자국은 집에서 마을 어귀의 방향으로만 나 있었고 반대 방향으로는 없었다. 엄마는 삼일 전 여동생의 손을 잡고 집을 나갔다.

엄마가 집을 나간 일은 이전에도 있었지만 언제나 삼일을 넘기지 않고 돌아왔다. 오늘이 삼 일째가 되는 날이었다. 땅거미가 지고 있었고 이제 엄마가 돌아올 시간은 어둠이 깔린 시간뿐이었다. 엄마와 동생은 어둠을 틈타 밤 고양이처럼 들어올 생각인 걸까. 한낮부터 떠 있던 낮달은 해거름이 되면서 점점 선명해져 갔다. 어둠이 깔리고도 유령처럼 하얀빛을 흘리는 콘크리트 길에 익숙해지려면 제법 시간이 필요할 거다.

이 마을에서 낯선 것들을 접하기란 쉬운 일이 아니다. 그래서 낯선 길은 내게 시답잖은 질문들을 던졌다. 콘크리트에 깔린 풀과 풀씨와 벌레들은 어떻게 됐을까. 흙 속에 사는 지렁이나 쥐며느리 따위는 땅 위에 있는 단단한 땅을 보고 옆으로 방향을 돌리겠지. 어떤 녀석들은 단단한 천장을 가진 새집이 생겼다고 생각할 수도 있겠지. 녀석들이 살아가는데 필요한 건 모두 땅속에 있을 테니까.

길이 덩달아 길의 좌우에 늘어선 집들도 달라 보였다. 담장과 맞붙은 녹색 기와집과 슬레이트 지붕의 오갑이네 집, 남색 기와지붕의 우리 집까지. 집들은 이전과 같았음에도 한결 남루해 보였다. 담장들은 오래된 유적 같았다. 햇볕이 들지 않는 담장에는 이끼가 껴 있었다. 이끼와 이끼가 말라붙은 자국,

지붕과 담장을 타고 뻗쳐 있는 호박넝쿨들은 생명력이 없어 보였다. 오갑이와 헤어지고 왠지 쓸쓸한 기분이 된 나는 왔던 길을 되돌아 걸으며 골목의 모퉁이에서 애꿎은 돌멩이 하나를 걷어찼다. 돌멩이는 콘크리트 길 위를 데구르르 구르다 도랑으로 빠지기 직전 판자에 걸렸다.

우리 집 마당에도 콘크리트가 부어졌다. 콘크리트 포장을 하던 인부들은 길에 맞붙은 집들에 한해 원하는 경우 공짜로 마당에 콘크리트를 깔아주겠다 했다. 그렇게 해서 오갑이네 집처럼 마당에 닭을 풀어 키우는 집 말고는 대부분 콘크리트 마당을 갖게 됐다. 레미콘 트럭은 거침없이 자갈과 물이 섞인 콘크리트를 쏟아부었다. 열흘쯤 먹었던 음식을 죄다 토하는 코끼리 같았다. 레미콘 트럭의 드럼이 돌면서 자갈 구르는 소리가 났다. 콘크리트에서는 거품이 뽀글뽀글 올라왔다. 걸쭉한 콘크리트가 순식간에 마당을 점령해갔다. 나는 밀려가는 파도를 쫓았다 달아나는 놀이를 할 때처럼 밀려오는 콘크리트에 뒷걸음질 쳤다. 풀들은 콘크리트의 무게를 못 이기고 부침개 속 부추처럼 납작하게 파묻혔다.

레미콘 트럭은 마당을 세 곳으로 나눠 콘크리트를 부었다. 대문에서 먼 쪽부터였다. 콘크리트가 한 곳을 채울 만큼 부어지고 나면 아빠와 인부들은 나무 칸막이를 쳤다. 무너지며 퍼져가는 콘크리트는 칸막이에 막히며 평평해졌다. 레미콘 차가 마당을 벗어났을 때 마당은 삼등분이 되어 있었다. 나는 삼등분 된 마당으로 할 수 있는 게 뭐가 있을까 골몰했다. 이등분 된 마당이라면 할 수 있는 놀이가 많았지만 삼등분은 뭘 떠올려도 어색했다. 아빠는 마당 가장자리와 칸막이들을 밟고 다니며 스케치북만 한 판자가 달린 막대로 마당을 때렸다.

"이 마을에서 가장 평평한 마당이 될 거다."

반나절 동안 콘크리트를 두들겨 팬 뒤 거실에 뻗은 아빠가 말했다.

"굳은 콘크리트를 다시 흐물흐물하게 만들 수도 있어?"

"그건 불가능하지. 그럴 필요도 없고."

아빠는 새끼손가락을 귓구멍에 넣고 돌리며 말했다. 나는 콘크리트 마당에 구슬을 박아 넣고 싶었다. 또 박아 넣고 싶은 거라면 할머니였다. 그러나 할머니를 콘크리트에 박는 건 불가능했다. 할머니는 힘이 셌다. 아빠만큼은 아니더라도 나와 엄마가 힘을 합한 것보다는 셌다. 이런 생각은 일단 떠오르기 시작하면 도저히 멈출 수가 없었다. 할머니를 박아 넣는 건 불가능하겠지만 뭐라도 집어넣고 싶어 온몸이 근질거렸다.

마당보다 삼십 센티가량 높던 거실 문턱은 콘크리트가 깔리면서 이십 센티로 낮아졌다. 개미들이 문턱 위로 기어오르고 있었다. 이미 문턱을 오른 개미들은 거실 외벽의 실금 사이로 사라졌다. 나는 개미들을 잡아 마당에 던졌다. 개미들은 늪 같은 콘크리트 위에서 버둥거렸다. 놀랍게도 어떤 개미들은 걷는 데 성공하기도 했다. 그러나 얼마 가지 못해 다른 개미들처럼 콘크리트를 뒤집어썼다.

마당 전체에서 잔거품 터지는 소리들이 났다. 미꾸라지가 진흙 속에서 방귀를 뀔 때 나는 소리와 비슷했다. 다시 일어난 아빠는 이번에는 마당을 때리지 않고 문질렀다. 실컷 때리고 난 뒤 연고를 발라주는 것처럼 조심스럽게 말이다.

개 짖는 소리와 닭 날갯짓 소리가 났다. 누렁이와 닭은 마당에 콘크리트가 깔리는 바람에 졸지에 같은 공간을 쓰게 됐다. 지금은 공동 우리가 됐으나 본래 주인은 누렁이였다. 그러나 누렁이가 주먹만 할 때부터 다 자라있던 장닭과 암탉은 굴러들어온 신세이면서도 주인 행세를 했다. 닭들은 이제 노계였고 누렁이는 혈기왕성했다. 누렁이가 맘만 먹으면 한 입 거리도 안 되겠지만 두 닭 앞의 누렁이는 고양이 앞의 쥐였다. 닭들이 누렁이의 몸통을 콕콕 쪼아대면 누렁이는 깨갱 소리를 내며 달아나기 바빴다. 누렁이는 새끼 때부터 닭들에게 쪼였고 그 때문에 지금도 자신이 쪼이는 걸 당연하게 여겼다. 심지어 누렁이는 자면서도 깨깽하는 잠꼬대를 하고는 했다. 꿈에서조차 닭들에게 쪼이는 한심한 놈이다.

나는 그 노계들이 싫었다. 특히 암탉이 싫었는데 녀석이 용케 살아있는 건 노계인데도 불구하고 아직까지 알을 낳기 때문이다. 녀석은 비쩍 마른 데다 깃털도 듬성듬성해 언제 죽어도 이상하지 않을 정도였지만 눈빛만은 형형했다. 나는 그런 녀석을 볼 때마다 팔등을 긁어댔다. 다행이라면 녀석이 낳는 달걀의 크기가 많이 줄었고 가끔은 껍질이 흐물흐물한 것들을 낳는다는 사실이다. 아마도 곧 알을 못 낳게 될 거다.

불길한 편지

15일 성심 주유소 기름값 납기일, 17일 비료 주문하기, 농약 외상값 갚기… 28일 모판작업하기. 젠장. 글씨체 좀 흉내 내는 일이 왜 이리도 어렵단 말인가. 오전 내내 엄마의 연습장을 편 채 글씨체를 따라 쓰고 있었지만 영 진전이 없었다. 15일 성심 주유소 기름값 납기일부터 28일 모판작업하기까지를 이백 번쯤 반복했을까. 집배원의 오토바이 소리가 들렸다. 나는 집배원의 머리가 담장을 지날 때까지 기다렸다가 우편물을 가지러 나갔다. 우편함에 꽂힌 고지서들 사이로 하얀색 편지봉투가 보였다. 받는 사람은 작은아버지, 작은어머니께로 되어 있었다. 교도소에 수감 중인 사촌 형이 보내온 편지였다. 아빠는 편지는 물론 어떤 우편물도 내용을 살펴보는 법이 없었다. 그는 글을 읽을 줄은 알았지만 서툴렀다. 때문에 모든 우편물의 관리는 엄마 담당이었다. 나는 밀지를 가로챈 기분으로 봉투를 뜯었다.

예상과는 달리 효주 형의 글씨체는 멋들어졌다. 봉투를 개봉하는 순간부터 가슴이 콩닥거렸다. 교도소에서 온 편지는 이유 없이 불길했다. 범죄 행위에 가담하는 기분이 든다고나 할까. 하지만 그와 동시에 설레기도 했다. 솔직히 어떤 기분인지 종잡기 어려웠다.

지금 내가 형의 편지를 뜯어볼 수 있는 건 엄마가 집에 없기 때문이다. 오늘 온 형의 편지는 엄마가 집을 나간 후로 처음 온 것이었다. 엄마는 형의 편지를 가족 중 누구에게도 보여주지 않았는데 실은 보여주지 않았다기보다는 보려는 사람이 없었다고 보는 편이 맞을 거다. 엄마를 제외한 우리 집 식구들은 효주 형의 존재를 잊고 있었다. 나는 형의 이름이 적힌 편지봉투를 보면 피했다. 형이 부친 편지는 감염체 같았고 그 편지를 만지면 불행해질 거라 믿었기 때문이다. <빠삐용>에서 본, 바퀴벌레와 쥐 따위가 기어 다니는 교도소의 풍경과 곰팡이 핀 벽에 기대앉은 늙수그레한 죄수의 모습이 떠올랐다.

막상 그 내용은 기대와 달리 흥미롭지 않았다. 그저 반성하고 있다와 건강하게 잘 지내고 있다, 걱정을 끼쳐 죄송하다 같은 내용의 반복이었다. 다만 '곧 인사드리러 가겠습니다'라는 끝인사가 머릿속에 맴돌았다. 출소를 말하는 걸까. 곧이란 말을 이해하기 어려웠다. 곧은 언제를 말하는 걸까? 일주일, 아니면 한 달? 효주 형을 마지막으로 본 건 오 년 전이었고 내가 초등학교에 입학하던 해였다. 오 년이란 긴 시간 속에서 곧이란 말은 가늠이 되질 않았다.

나는 형에 관해서라면 꽤 많은 부분을 기억한다. 큰아빠가 돌아가신 뒤 효주 형의 동생들은 새엄마를 따라갔다. 혼자가 된 효주 형은 두어 달 정도 우리 집에 살았는데 그게 오 년 전이었다. 당시 효주 형은 중학생이었고 읍내에 있는 중학교에 다니고 있었다. 형은 언제나 막차를 타고 귀가했는데 친구들과 주먹다짐을 하고 오는 날이 많았다. 아마 학교를 파한 뒤부터는 줄곧 당구장 같은 곳에 죽치고 있었을 것이다. 엄마는 형이 부모복이 없어서 그런다며 평소 안 하던 음식까지 차려 먹이고는 했다. 하지만 걸핏하면 주먹질을 하고 돌아오는 형을 가만두고 지켜보는 데는 한계가 있었다. 언제부턴가 엄마는 형의 행동들을 용납하지 않았고 차갑게 쏘아붙였다.

내 기억이 틀리지 않다면 형의 키는 160센티미터쯤 됐다. 내아빠 키와 비슷했으니까. 물론 지금은 더 컸을지도 모르겠다. 미성의 목소리로 조용필 노래를 감질나게 부르던 장면은 또렷이 기억난다. 그리고 내 앞에서는 자주 웃었다. 나는 형의 미소가 따뜻했다 기억하는데 실은 정반대일 수도 있다. 인상적인 기억이라면 오밀조밀한 이목구비와는 대조적인 단단한 주먹이었다. 형은 주먹질로 인해 소년원에서 한 번, 교도소에서 한 번, 두 번째 형을 살고 있었다. 징역 3년과 맞교환된 단단한 주먹. 나는 맞는 게 편하다는 걸 그때 알았다.

내가 본 형의 마지막 모습은 뒷모습이었다. 교회에 다녀온 우리 가족이 대문을 열고 들어왔을 때 형은 안방에서 나와 거실을 지나고 있었다. 전면 유리로 된 거실이었기에 형의 동선이 그대로 눈에 들어왔다. 형 쪽에서도 우리를 보았지만 다녀오셨냐는 인사도 없이 큰방으로 들어가서 나오지 않았다. 안방에 들어간 엄마는 장롱문이 열려 있는 것을 보았고 나는 큰방의 쪽문이 열려 있는 걸 보았다. 어른들은 허리를 굽혀야 지날 수 있는 쪽문은 대문을 제외한 유일한 출구였다. 무릎까지 쌓인 눈밭에 발자국을 남기며 형의 뒷모습이 멀어졌는데 그때부터 나는 사람의 뒷모습을 보면 알 수 없는 기분에 휩싸였다.

"이 배은망덕한 새끼야!"

엄마가 벼 매상금을 훔쳐 달아난 효주 형에게 포효했던 마지막 일갈이었다. 효주 형에 대한 엄마의 태도가 다시 바뀐 건 형이 옥살이를 하는 동안이었다. 정말이지 엄마의 태도는 백팔십도

바뀌었다. 엄마는 형이 옥살이를 하게 된 게 작은아빠와 작은엄마가 보듬어주지 못해서라고 생각했다. 엄마의 그런 안타까운 심정은 형이 소년원에서 나온 지 일 년도 안 되어 청송교도소에 수감됐을 때 끝난 것 같았다. 그러나 청송교도소에서 온 첫 번째 편지를 뜯은 엄마는 다시 눈물을 보이고 말았다. 엄마는 형을 집에 데리고 있던 두어 달이 못내 마음에 걸린다고 했다. 그때 따뜻하게 품었어야 했다며 눈물로 답장을 썼다.

엄마는 타인에게는 냉소적인 사람이었고 스스로에게는 엄격한 사람이었다. 그런데 가끔씩 그게 무너지는 순간들이 있었다. 텔레비전을 보다가도 멀리 국적도 모르는 외국인의 비화에 눈시울을 적셨고 실제 이웃의 불행에는 냉소했다. 효주 형을 대할 때도 비슷했다. 형이 우리 집에 머물렀던 동안 엄마는 그 사실을 견디기 힘들어했다. 차갑게 쏘아붙이는 경우가 많았다. 나는 그때마다 형의 눈치를 봐야 했다. 형은 그런 엄마에게 단 한 번도 대들지 않았다. 그저 떠났을 뿐이다. 형이 내 기억 속에서 쿨한 인간으로 남은 건 그 때문인지도 모른다.

그래도 책을 읽거나 글을 쓸 때의 엄마는 꽤 다정했다. 엄마가 쓰는 글은 주로 일기였지만 효주 형이 교도소에 들어가면서부터 편지라는 글이 추가됐다. 편지를 쓸 때면 엄마의 책상 위에는 편지지 말고도 형에게 보낼 내복 따위가 있었다. 편지지가 두 장을 넘어갈 때쯤이면 엄마의 눈시울은 붉어졌다. 엄마는 배은망덕한 새끼에게 편지를 쓰며 훌쩍거렸다. 말하자면 엄마는 자신의 감정을 통제할 힘이 없는 사람이었다.

나는 특별할 것 없는 내용의 편지를 무려 세 번이나 읽었다. 뭘까. 이 익숙한 느낌은. 나는 이후로도 한참 동안 편지를 들여다보다 그 이유를 알았다. 글씨체 때문이었다. 형의 글씨체는 편지지의 줄을 넘길 정도로 모음이 길고 반듯했는데 엄마의 글씨체 또한 그랬던 것이다. 그래서 나는 두 사람이 동일한 사람처럼 여겨졌다. 밀가루처럼 하얀 엄마의 손과 돌처럼 단단한 형의 손에서 이토록 비슷한 글씨체가 나온다는 사실이 믿기지 않았다. 나는 형의 글씨체를 따라 쓰고 싶은 충동에 휩싸였고 엄마의 글씨체를 베끼던 노트에 형의 편지를 이어쓰기 시작했다. 나는 어떤 충동이 들면 미친 듯이 행동하고 마는 버릇이 있는데 그건 그 순간에는 내가 사라지는 기분이 들기 때문이었다. 나는 그렇게 의식이 흐릿해지는 순간이 좋았다. 다 쓰고 보니 엄마의 글씨체를 따라 쓴 부분과 형의 글씨체를 따라 쓴 부분의 경계가 구분되지 않았다. 그러니까 내가 쓴 글씨들은 엄마의 글씨체와도 형의 글씨체와도 달랐다는 말이다.

모조리 부숴라

일주일 동안 네 권의 공책을 썼다. 하지만 여전히 엄마와 형의 글씨체를 완벽하게 흉내 낼 수 없었다. 연습장에 쓴 글씨들을 순서대로 비교해 보니 내 글씨는 조금 바뀌다가 다시 처음 베껴 쓰던 부분으로 되돌아가는 식이 반복되고 있었다. 그 사실을 확인할 때마다 개미들이 내 목덜미부터 꼬리뼈 사이를 오가는 것 같은 느낌이 들었다. 나는 연필을 쥔 오른손을 보면서 다른 방법이 필요하다고 느꼈다.

내 손은 항상 지저분했다. 손톱 밑에는 때가 끼어있었고 손가락에는 지문을 따라 연필 가루 같은 것들이 묻어 있었다. 나는 오른손잡이였으므로 왼손보다는 오른손이 더 더러웠다. 그래서 나는 오른손을 사용하지 않기로 결심했다. 내 오른손은 이미 내게 길들여져 있어 누군가의 흉내를 내기에는 적합하지 않았다. 손대신 발로도 가능한 것들은 발을 사용하고 손으로만 가능한 것들은 왼손을 사용하기로 했다. 그래서 자전거를 탈 때는 핸들을 놓고 탔고 대문을 열 때는 발로 문고리를 차올려서 열었다. 문고리를 보다 능숙하게 열기 위해 가랑이 찢기를 연습하기도 했다. 내 오른손은 대문 문고리보다도, 자전거 핸들보다도 더럽다. 손에 닿는 어떤 것보다도 더럽다.

그렇게 해서 시작된 왼손으로 글씨 쓰기는 어렵지만 재밌었다. 왼손으로 쓴 글씨는 내가 처음 글씨를 배울 때 썼던 글씨 같았다. 그 서툰 글씨를 쓸 때면 신비로운 기분에 휩싸였다. 마치 내 안의 다른 내가 튀어나온 기분이랄까. 처음에는 왼손으로 연필을 쥐고 오른손으로 왼손을 움켜쥔 채 썼다. 맷돌이라도 돌리는 기분이었다. 결과적으로 그 방법은 별로였다. 왼손의 힘을 빼고 있으면 결국 오른손이 글씨를 쓰는 것과 마찬가지였다. 자꾸만 왼손으로 향하는 오른손을 공책 위에 두는 일은 엄청난 인내심을 요구했다. 왼손으로 쓰는 글씨도 써나가는 방향은 같았다. 왼쪽에서 오른쪽으로. 그래서 왼손의 손날은 이미 쓴 글씨를 문지르며 움직였고 연필가루가 묻어 반질거렸다. 나는 왼손 글씨 쓰기가 끝나면 손날을 지우개로 문질러 지웠다.

다음 훈련은 왼손 수저질이었다. 사실 왼손으로 젓가락을 사용하는 건 불가능에 가까웠다. 나는 숟가락을 사용하는 것부터 시작하기로 했다. 왼손에는 숟가락을 오른손에는 젓가락을 쥐고 밥을 먹었다. 젓가락질이 미숙한 애가 된 것 같아 그리 유쾌하지는 않았지만 별수 없었다. 그보다 중요한 건 엄마가 집을 나간 후로 숟가락질할 일이 줄었다는 사실이었다. 밥보다 라면이나 국수를 먹는 날이 많았다. 할머니가 해주는 국수는 매번 설탕물 국수였다. 설탕물 국수는 달콤했지만 먹고 나면 배가 아팠다. 나는 면발을 먹으면서도 왼손을 사용하기 위해 오른손의 젓가락으로 건져낸 면발을 굳이 왼손의 숟가락 위에 얹어 먹었다. 그때마다 할머니는 복 달아난다며 숟가락으로 내 왼손 손등을 때렸다. 그러면 뼈밖에 없는 내 손등에서는 나무토막 부딪히는 소리가 났다. 복이 아니라 면발들이 달아났다. 면발과 숟가락이 대접 안으로 떨어지면서 설탕물이 얼굴로 튀었다. 어떤 손으로 숟가락을 집어야 할지 고민이 됐다. 일단 오른손으로 쥐었다. 그 모습을 지켜보던 할머니는 비로소 국수를 먹는 행위로 회귀했다. 그러자 나는 대접을 들어 입에 대고 면과 설탕물을 모두 마셔버렸다. 그러자 대접에서 종소리가 울렸다. 귀가 얼얼했다.

"지 에미 닮아서 고집은."

나는 징징거리는 대접을 딱 소리가 나게 상 위에 내려놓았다.

국수라면 두 번 다시 먹고 싶지 않았다.

국수를 먹고 난 아빠는 트럭에 실린 자갈과 시멘트 포대를 마당으로 옮기기 시작했다. 아빠는 미리 실어 나른 모래더미 옆에 자갈을 쌓았다. 시멘트 포대는 담장 밑에 쌓인 장작더미와 나란히 쌓았다. 아빠의 흰색 메리야스가 땀에 젖어갔다. 아빠는 엄마가 집을 나간 지 사일 째 되던 날 집 전체를 뜯어고치기로 마음먹었다고 했다. 그리고 한 달이 다 되어가는 오늘이 결심을 결행하는 날이었다. 그의 입에서 처음 듣는 낱말들이 쏟아졌다. 입식 주방, 욕실과 기름보일러 같은 낱말들.

집을 뜯어고치겠다는 말을 처음 들었을 때 나는 반대했다. 이유를 묻는 아빠에게 그냥 싫다고 했다. 그는 그냥은 이유가 되지 않는다고 했다. 아빠란 작자들은 늘 이유를 요구한다. 그래서 새집이 필요할 것 같지 않아서라고 했다. 아빠는 새집이 완성되고 나면 생각이 바뀔 거라고 했다. 실은 새집이 필요하긴 했다. 새집이란 말에 설렌 것도 사실이다. 단지 그 말을 이제야 꺼낸 그가 맘에 들지 않았을 뿐이다. 공사를 하면 안 될 이유는 없었지만 굳이 지금 공사를 시작할 이유도 없었다. 부서져가는 부엌을 멍하니 바라보는 내게 아빠가 다가왔다.

"너는 이사도 싫다고 하지 않았냐. 이사가 싫고 이 집에서 살기 위해서는 공사가 필요하다. 이사도 공사도 싫으면 어디서 살겠다는 거냐?"

나는 더 이상 고집부릴 수 없었다. 애당초 내 반대에 구체적인 이유가 있는 건 아니었으니까. 그래서 화가 나 미칠 것 같았다. 가슴이 답답했다. 망할 이유들. 나는 이유라는 낱말 자체가 싫다. 누군가 이유를 찾기 시작하면 반드시 싸움이 생기는 법이니까.

트럭에 실린 것들을 다 내린 아빠는 이번에는 부엌에 있던 것들을 마당으로 옮겼다. 처마 밑에 부엌 살림살이들이 뒤엉켰다. 마지막으로 솥단지를 들고 나온 그는 다시 부엌으로 들어갈 때 커다란 해머를 챙겨 들었다. 해머만큼이나 짜리몽땅한 그가 가장 먼저 내리친 건 아궁이였다. 단번에 아궁이의 외벽에 금이 갔다. 두 번째 내리찍었을 때는 금이 간 외벽이 종이처럼 얇게 떨어져 나갔다. 검은 진분과 하얀 시멘트 가루가 뒤섞여 회색으로 솟구쳤다. 검게 그을린 외벽이 떨어져 나오자 누런 콘크리트 블록이 드러났다. 아궁이는 내 예상보다 쉽게 부서졌고 나는 왠지 서운한 기분이 들었다. 그리고 그때서야 새집이란 말의 의미가 이해됐다.

아빠의 첫 해머질은 패기가 넘쳤으나 오래가지 못했다. 공사를 시작한 지 이틀이 지나도록 부엌 부수기조차 끝내지 못하고 있으니 말이다. 도대체 계획은 세우고 일을 벌인 걸까. 마당에 앉아 땀을 식히는 아빠를 보다 울화통이 터졌다. 나는 해머를 들었다. 부엌이 아니라 아빠를 부숴버리고 싶었다. 그런 속을 알 턱이 없는 아빠는 뻑뻑 담배만 피웠다. 해머를 들고 아빠에게 다가갔다.

"또 뭘 부수면 돼?"

"다. 부엌에 있는 건 모조리 부숴라."

나는 되묻지 않을 수밖에 없었다. 그는 다라고 했으나 이제 부엌에 남은 건 없었으니까.

"그럼 벽도?"

아빠는 어이가 없다는 표정으로 나를 쳐다보지도 않고 손사래를 쳤다. 젠장. 바보 취급하는 건가. 나는 아빠가 부숴놓은 파편들 중 크기가 큰 파편들을 골라 자잘하게 부쉈다. 막상 부수다 보니 꽤 재밌었다. 어쩌면 아빠란 작자도 이 재미 때문에 마냥 부수고만 있는 게 아닐까 하는 생각이 들 정도로 통쾌했다. 나는 큰 파편들이 줄어가는 걸 아쉬워하며 해머를 내리쳤다. 가끔씩 파편이 얼굴까지 튀어 올라 눈을 가늘게 떠야 했다. 파편들은 작아지면서 많아졌다. 부수기에 몰두하다 보니 현기증과 함께 내가 사라지는 기분이 들었다. 나는 신이 나서 쉬지 않고 해머를 내리쳤다.

"미숫가루 마시고 해라."

돌아보니 할머니가 대접을 들고 있었다. 설탕물 국수부터 미숫가루까지, 엄마가 집을 나간 후로 먹는 것들이라고는 죄다 물에 만 것들뿐이었다. 그러나 배가 고팠으므로 나는 미숫가루를 받아들고 마셨다. 그러다 불편한 시선이 느껴져 곁눈질로 보니 할머니가 독사 같은 눈으로 노려보고 있었다. 미숫가루가 코에 들어갔다.

"애비 갖다 주란 말이여."

나는 코에 묻은 미숫가루 물을 소매로 훔치며 아빠에게 갔다. 그는 절반쯤 마시고 되돌려주었다. 나는 배가 고팠고 미숫가루가 먹고 싶었지만 할머니 때문에 먹기 싫었다. 그래서 그녀가 방에 들어가고 난 뒤에 마셨다. 할머니가 탄 미숫가루의 바닥에는 언제나 녹지 않은 설탕들이 깔려 있었다. 달콤했지만 다 먹고 나서 혀에 남는 맛은 조금 썼다.

부술 수 있는 걸 다 부순 후로는 자갈을 나르기 시작했다. 아빠는 삽자루가 넓은, 눈 치울 때나 쓸모가 있던 플라스틱 삽으로 날랐고 나는 끝이 둥그스름한 일반 삽으로 날랐다. 그는 다른 방보다 오십 센티쯤 낮은 부엌 바닥의 높이를 다른 방들과 똑같이 맞출 거라고 했다. 그 말에 더 이상 자갈 나르기를 할 수 없었다. 부수는 건 재밌었지만 채우는 건 힘들고 지루한 일이었으니까.

아빠는 허리를 펼 새도 없이 자갈을 날랐다. 일에 미친 사람 같았다. 엄마의 동의는 얻은 걸까. 왜 하필 부엌부터 시작한 걸까. 아빠는 부엌 공사가 끝나면 그때부터는 입식 주방이라 불러야 한다고 했다. 입식 주방을 눈으로 보기 전까지는 그 구별이 불가능할 것 같다. 서서 있어야 하는 부엌이라, 그렇다면 이전의 부엌이야말로 입식 부엌이었다. 앉을 수 있는 곳은 어디에도 없었으니까.

지금 내가 구분할 수 있는 건 엄마가 있던 부엌과 없던 부엌뿐이었다. 입식 주방이든 부엌이든 할머니가 있는 부엌이라면 국수만 말아질 거다. 언제부턴가 이 집에 엄마가 있는 장면들이 잘 떠오르지 않았다. 그래서 좋은 점은 집안이 조용해졌다는 사실이다. 안 좋은 점은 너무 조용해졌다는 점이다. 나는 엄마가 돌아오지 않아 안심하면서도 동시에 언제까지 돌아오지 않을지, 또 언제 돌아올지를 생각하면 불안해졌다. 새집을 짓겠다는 아빠는 헌집 때려 부수기만 하고 있었다. 도대체가 개연성이 없었다.

부엌이란 낱말에는 아궁이 앞에 쪼그려 앉은 엄마가 숨어 있다. 가끔씩 엄마는 부엌을 사랑하는 사람 같았다. 그러나 대부분의 경우에는 솥단지나 내 팔만 한 대나무 주걱처럼 부엌의 일부 같았다. 부엌에 있는 엄마는 표정이 어두웠다. 부엌의 조명이 백열등 하나뿐이어서 그렇게 보였는지도 모르겠다.

엄마는 솥단지 뚜껑을 만지다 손을 데이기도 했고 아궁이에서 나는 연기에 눈물을 훔치기도 했다. 엄마가 하는 밥은 매번 질었는데 내 입맛에는 잘 맞았다. 나는 할머니가 지은 찰진 밥을 먹는 날에는 어김없이 체했다.

사실 엄마는 아궁이가 있는 부엌보다는 입식 주방이 어울릴 것 같다. 엄마의 머리는 다른 아주머니들처럼 꼬불거리는 파마가 아니었다. 마을에서 피부가 가장 희고 살결도 교회 사모님 다음으로 고왔다. 그리고 마을에서 유일하게 안경을 썼다. 엄마는 안경이 여러 개였는데 일할 때와 교회를 갈 때, 그리고 책을 볼 때마다 쓰는 안경이 바뀌었다. 나와 동생은 엄마의 안경을 몰래 써보고는 했다. 동생은 엄마의 안경을 쓰더니 비틀거렸다. 나는 그런 동생을 놀렸지만 나도 엄마의 안경을 쓰고는 비틀거렸다. 세상이 휘어지고 흔들려 보였다. 그래도 나는 동생보다 오래 참았는데 어지러운 것만 참으면 세상이 선명해졌기 때문이다. 안경을 쓰고 본 세상은 내가 보아온 세상보다 선명했지만 조금 작았다. 세상이 이렇게 또렷했다니. 멀리 보이는 작지만 선명해진 집들 따위를 보다 보면 사람이 살지 않는

가짜 같았다.

엄마의 안경 때문에 내 시력이 안 좋다는 사실을 알았다. 작년에 처음으로 내 안경을 맞췄을 때 나는 12년 인생을 통째로 사기당한 기분이었다. 내 기억 속 장면들이 흐렸던 이유가 망할 시력 때문이라 생각하자 조금 억울했다. 하긴 억울한 것들을 일일이 다 말하자면 끝도 없다. 그걸 쉬지 않고 나열하는 건 애들뿐이다. 애들 같은 망할 어른들이거나. 하늘을 가리키며 솔개가 있다고 말하는 오갑이더러 사기 치지 말라며 싸웠던 일이 생각났다. 솔개 따위가 뭐라고 우리는 싸웠다. 그런데 그 억지꾼 오갑이의 말과 눈이 옳은 거였다니. 그날 후 나는 안경을 맞췄고 세상을 선명하게 보는 대가로 약간의 어지럼증과 안경잡이라는 오명을 감수해야 했다. 그해 나는 마을에서 두 번째로 안경을 쓴 사람이 되었다.

아빠는 저녁 식사 시간이 될 때까지도 자갈 채우기를 끝내지 못했다. 그는 자갈이 깔린 부엌 바닥에 앉아 담배를 피웠다. 자갈만 깔았을 뿐인데도 부엌은 한결 밝아졌다. 담배 냄새가 마루에서 버너로 끓이는 중인 라면 냄새와 뒤섞였다. 담배를 쥔 아빠의 손이 가늘게 떨렸다. 안경을 쓴 내 눈에는 그러한 미세한 떨림도 들어왔다.

가석방

글씨 연습을 왼손으로 바꾼 것은 훌륭한 판단이었다. 시간이 흐르면서 엄마의 글씨체를 완벽할 정도로 흉내 낼 수 있게 됐다. 남은 건 검증뿐이었다. 사촌 형에게 편지를 쓰기로 했다. 엄마가 쓴 답장인 것처럼 위장해서 말이다. 그러나 막상 편지지를 눈앞에 두자 한 줄도 쓰기 어려웠다. 엄마가 형에게 어떤 내용의 편지들을 썼는지 알 길이 없었다. 결국 내가 선택한 방법은 형의 편지 내용을 참고하는 방법이었다. 사실 형이 쓴 편지의 내용이란 게 반성하고 있다와 건강하게 잘 지내고 있다, 걱정 끼쳐 죄송하다 같은 내용들의 반복이었다. 그 내용을 엄마의 시점으로 조금만 바꾼다면 그럴듯해 보일 것 같았다. 우여곡절 끝에 완성한 편지의 내용은 나 역시 건강하게 잘 있다, 그러니

걱정 말아라, 미안하구나 같은 내용들의 반복이었다. 마지막에 보고 싶구나 라는 말을 추가로 적었다.

내가 쓴 편지의 화답을 받은 건 그로부터 채 며칠이 지나지 않았을 때였다. 믿을 수 없게도 편지 대신 그가 직접 등장했다. 형이 말한 '곧'이 이렇게 빠른 '곧'이었을 줄이야. 형이 아빠와 함께 대문 안으로 들어서기 전까지 나는 마당에서 자전거를 타고 있었다. 정말 타고만 있었다. 느리게 타기 연습을 하고 있었으니까. 나는 일 분에 고작 일 미터를 전진할 정도로 느리게 탈 수 있었다. 그건 정말 극도로 인내심을 요구하는 일이었다. 그렇게 마당을 겨우 한 바퀴 돌았을 때 담장 너머로 아빠의 말소리가 들렸다. 모습을 보이기 전에 발소리로 인기척을 내는 게 일반이었지, 말소리부터 담을 넘는 일은 거의 없던 일이었다. 아빠의 대화 상대는 오리무중이었고 때문에 나는 내심 외삼촌이 엄마 문제로 찾아온 게 아닌가 하고 짐작했었다. 그러나 대문이 열리고 들어온 사람은 아빠와 사촌 형이었다. 놀랍게도 정말 사촌 형이었다.

내가 엄마 대신 답장을 쓴 지 일주일 만이었으니 형이 말한 곧은 내 예상을 훨씬 웃돌 만큼 빠른 셈이었다. 나는 형에게 일정한 거리를 둔 채–물론 물리적 거리가 아닌 마음의 거리다–형에게 접근했다. 형의 키는 내가 마지막으로 보았을 때 이후로 전혀 자라지 않은 듯했다. 나와도 큰 차이가 나지 않았다. 짧은 스포츠머리조차 이전 모습 그대로였다. 변한 거라면 면도를 했음에도 거뭇한 턱과 이전보다 살이 빠져 각이 진 턱 정도였다.

"이거 못 알아보겠는걸."

형이 손으로 내 머리카락을 헝클어뜨리며 말했다. 형의 예상치 못한 등장도 놀라운 것이었으나 밝은 모습은 더욱 놀라웠다. 이게 얼마 전까지 교도소에 수감되어 있던 사람의 태도란 말인가.

"썩을 놈. 할미한테 전화 한 번 하기가 어렵더냐."

마당에 나온 할머니가 내가 대꾸할 타이밍을 가로챘다. 다짜고짜 전화라니. 형이 유학이라도 다녀온 줄 아는 걸까. 오 년이 지났으니 이제 형의 나이는 스물네 살이었다. 거실에 들어선 형은 직접 할머니와 아빠가 앉을 자리를 지정해 준 뒤 큰절을 올렸다. 아빠는 흐뭇한 미소를 지었고 할머니는 비스듬하게 앉아 여전히 못마땅한 기색을 내비쳤다.

"한 번만 더 주먹질해봐라. 그놈의 손모가지를 확 분질러 놓을 테니까."

"그래. 앞으로는 어쩔 생각이냐?"

아빠가 할머니의 꾸지람을 끊었다.

"아직 잘 모르겠어요."

효주 형이 뒷머리를 긁적였다.

"그럼 계획이 생길 때까지는 작은아버지 따라서 농사나 짓자꾸나."

"그럴 생각으로 왔어요. 근데 작은엄마가 안 보이네요?"

형의 질문에 순간 적막이 감돌았다.

"처가에 가셨다."

형은 더 이상 묻지 않았고 어쨌든 다시 우리 집에 살게 됐다. 하기야 형이 돌아갈 곳도 없었다. 큰아빠야 형이 옥살이를 하기도 전에 돌아가셨고 큰아빠가 지내시던 옥탑방은 형이 수감되면서 처분됐으니까.

"지 애비 제사도 안 지내는 놈을 뭐가 예뻐서."

"어머니!"

아빠 혼자서는 도저히 할머니의 입을 막을 재간이 없어 보였다. 나는 형의 손을 붙잡고 내 방으로 건너갔다. 그러나 내 방에서도 할머니의 독설은 들렸고 나는 형과 함께 집에서 떨어진 창고로 이동했다.

"키가 많이 컸네."

"형은 작아진 것 같아."

잘못 말했다는 생각이 들었지만 진심이었다. 키가 줄었다기보다는 인간 자체가 작아진 느낌이 들었다.

"맞아. 난 작아졌어. 그리고 앞으로는 더 작아질 거야."

"왜?"

"이제 세상이 날 받아주게 하는 방법은 그것뿐이니까. 내가 별 볼일 없는 인간이었다는 사실을 인정하는 게 내가 살아갈 수 있는 유일한 방법이야."

나는 그건 틀린 생각이라 말하고 싶었으나 진심이 아니었기에 관뒀다. 사실 할머니도 아빠도 엄마도 작아지고 있었다. 내가 자라기에 상대적으로 작아져 보이는 것도 있겠지만 실제로도 작아지고 있었다. 그래서 이렇게 말할 수밖에 없었다.

"형은 지금도 멋있어."

"고맙구나."

그때 창고 한쪽에 쌓인 짚단에서 부스럭거리는 소리가 났다. 들고양이 한 마리가 우리의 눈치를 보다 부리나케 달아났다. 나는 곁에 있던 형이 움찔거리는 걸 보았다. 정말로 형은 작아진 걸까.

"완전히 풀려난 거야?"

"가석방이야. 모범수였거든."

"모범수? 그게 뭔데?"

"쉽게 말하면 교도관들 말을 잘 들었다는 거야."

나는 형과 함께 할 수 있는 게 뭐가 있을지 생각했다.

"형. 우리 내일 오락실 갈까?"

"아니. 가고 싶지 않아."

"왜?"

"나는 스물네 살이야."

"내가 아는 스물네 살 형들은 오락실에 가."

형이 나를 보고 소리 없이 웃고 나서 말했다.

"내게 지난 삼 년은 삼십 년 같았어. 나는 스무 살에서 오십 살로 점프해버린 거야."

점프라는 말이 그럴싸하게 들렸다. 형은 남방의 포켓에서 담배를 꺼내 물었다. 불을 붙이고 연기를 뿜어내는 옆모습에서 얼핏 오십 살 남자가 보이는 것 같았다. 쓸쓸한 모습이 이상하게 멋있었다. 형에 대해서라면 한 시간 전까지만 해도 온갖 불길한 상상으로 채우고 있던 내가 말이다. 무엇보다도 단번에 삼십 년을 점프했다는 말이 그럴듯하게 들렸다. 나는 어른이 되기 싫었다. 하지만 어차피 어른이 될 수밖에 없다면 단숨에 되고 싶었다. 어느 날 눈을 뜨고 나니 어른이 되어 있는 상상은 아무리 많이 해도 질리지 않았다. 나는 어른이 되면 절대 미안하다는 말을 하지 않을 생각이었다. 힘없는 어른들은 번번이 미안할 짓을 저지르고 마는 법이다. '미안하다'는 말에 익숙해지고 나면 최악의 인간이 되는 건 시간문제다.

"피워볼래?"

나는 손을 내밀었고 형이 담배 한 개비를 건넸다. 불을 붙이고 잠시 눈치를 보다 달달한 음료에 꽂힌 빨대를 빨 듯 쭉 빨았다. 머리가 핑그르르 돌았다. 이런 어지러움일까. 단번에 삼십 살을 점프하는 기분이란.

"형은 스물네 살이 맞아. 오십 살 남자는 나 같은 애에게 담배를 주지 않으니까."

효주 형이 오 년 전처럼 따뜻한 미소를 지으며 내 머리를 엉클어뜨렸다.

"작은엄마는 언제 오시니?"

"나도 몰라."

형이 창고 바닥에서 기어 다니는 땅강아지를 신발코로 툭툭 건드렸다. 놀란 땅강아지는 보다 빠르게 기었다.

"아빠가 했던 말은 거짓말이야. 엄마는 집을 나갔어."

"언제?"

땅강아지가 내 쪽으로 기어 왔다. 나는 땅강아지를 형 쪽으로 찼다. 나는 땅강아지를 터트리지 않고 차는 법을 안다. 땅강아지가 신발코에 닿을 때를 기다렸다가 발을 들어 올리는 기분으로 툭 밀어 차면 땅강아지는 데굴데굴 굴렀다.

"삼 주 전에."

"그래?"

형이 내 쪽으로 걸어왔다. 땅강아지가 형의 신발에 밟혀 짓이겨졌다. 일부러 밟은 건지, 모르고 밟은 건지 알 수 없었다.

"그럼 그 답장은 누가 쓴 거지?"

"그건 내가 쓴 거야."

"그래? 그렇다면 괜한 짓을 했구나. 작은엄마가 쓴 게 아닐 거란 의심이 들었으니까."

"나는 엄마의 글씨를 똑같이 따라 했어."

"그래. 글씨체는 똑같았지. 하지만 내용이 달랐어. 네가 쓴 편지에는 작은엄마의 이야기가 없었으니까. 감옥에 있으면 그리워할 사람보다 편지를 쓰는 행위 자체가 필요하거든. 그런데 작은엄마도 그런 것 같았지. 작은엄마에게는 내가 아니라 편지가 필요했던 거야."

"엄마가 형 때문에 편지를 쓴 게 아니란 말이야?"

"아니. 우선순위가 편지였다는 거야. 감옥에 있던 건 내가 아니었어도 상관없지. 말하자면 작은엄마가 보내온 편지들은 일기 같았어. 실은 모든 편지들은 일기와 비슷해. 상대의 안부를 묻지만 편지를 쓰는 동안 할 수 있는 일이라고는 자신의 안부를 적는 것뿐이니까. 편지를 보냈는데도 답장이 없다면 자기 일기장을 들킨 것밖에 되지 않아."

"그럼 편지를 왜 쓰는데? 그냥 일기를 쓰면 되잖아."

"보여주고 싶은 일기라고나 할까. 물론 진짜 비밀까지 적기는 어렵겠지만. 그런 의미에서 가장 솔직한 편지는 부치지 못한 편지지."

"형도 부치지 못한 편지가 있어?"

형은 담배 연기를 뿜느라 잠시 대답이 늦어졌다.

"나한테 그런 게 있을 리가. 나는 솔직한 인간이 아냐. 애들이나 얼간이들만 솔직하지."

나는 내 편지에 대한 평을 듣고 싶었다. 그러자 심장박동이 느껴졌다. 엄마의 편지들을 보고 싶다는 생각도 들었다. 그러나 동시에 보기 싫었다. 심장박동이 더 빨라졌다.

"작은엄마의 편지들은 모아두었어. 원한다면 언제든 보여줄게."

나는 고개를 저었다. 자신이 없었다.

"그렇다면 대신 이걸 줄게."

형이 신고 있던 양말에서 꺼낸 건 접이식 나이프였다. 맥가이버 칼보다는 길고 과도보다는 짧은 칼이었다. 평상시에는 손잡이에 날이 들어가 있다가 필요할 때 버튼을 누르면 날이 180도 회전하며 튀어나오는 구조였다. 손잡이가 얇아서 양말에 넣고 다녀도 크게 불편하지 않을 것 같았다. 칼을 보는 순간, 정확히 말해 칼이 형의 양말에서 나오는 순간 나는 흥분했다. 아빠도 접이식 칼을 가지고 다니기는 했지만 양말에 넣고 다니지는 않았다. 그냥 호주머니 같은데 넣고 다니다 뭔가를 자르거나 혹은 드라이버 대용으로 사용하고는 했다. 그러나 형이 꺼낸 칼은 양말 속에서 나왔다는 이유만으로 그 느낌이 달랐다. 용도가 의심스러운 칼이었다.

"받아. 겁나니? 난 이걸 직접 사용한 적은 한 번도 없어. 이건 일종의 부적이야."

"부적?"

"그래. 마지막 부적. 내게는 이 칼이 아버지이자 하느님이지. 그런데 이제는 필요가 없어졌어. 내게는 아버지도 하느님도 더 이상 필요가 없어. 난 이제 달아나기만 할 테니까."

나는 칼을 받아들었다. 칼집이자 손잡이이기도 한 부분은 목재 재질이었지만 차가운 느낌이 들었다. 얇고 각이 져 있어서 그런지도 몰랐다. 나는 칼을 양말의 발목 부근에 넣었다. 발목에 이질감이 느껴지면서 내 발목이 단단해진 기분이 들었다.

"명심해야 돼. 그 칼은 부적일 뿐이야. 사용하는 순간 평생 달아나는 삶을 살아야 해."

순간 형의 말이 거짓말은 아닐까 의심스러웠다. 형은 이 칼을 사용한 적이 있지 않을까. 자기 입으로 말했으니까. 앞으로는 달아나기만 할 거라고.

핏물이 다 흐르도록

부엌에 자갈을 채우고 보일러 호스를 깐 뒤 콘크리트로 덮기까지는 일주일이 걸렸다. 나보다도 오래 살 줄 알았던 늙은 암탉은 부엌에 콘크리트를 덮은 다음 날 죽었다. 자연사는 아니었다. 녀석은 아직 콘크리트가 마르지 않은 부엌에 난입해 발자국을 남겼는데 하필 그 현장을 할머니에게 들켰다. 죽는 당일에도 알을 낳으며 건재한 생산력을 과시했지만 결국 죽음을 피하지는 못했다. 할머니는 기본적으로 가축들을 싫어했다. 닭이든 개든 다 자란 후로도 계속해서 키우는 건 낭비라고 생각했다. 아빠가 끔찍이 아끼던 진돗개도 할머니가 개장수에게 팔아치웠다. 할머니는 그렇게 모은 쌈짓돈으로 장날이면 낙지를 사 왔다. 아빠를 먹이기 위해서였다. 그러면 아빠는 군말 없이 먹었다.

할머니는 아빠를 사육하는 것 같았다.

늙은 암탉이 지금껏 살아있는 게 알을 낳아서라면 누렁이가 살아있는 이유도 비슷했다. 누렁이는 수컷이었으니 새끼를 낳을 수는 없었지만 다른 집 암캐들과 교미하는 것으로 돈을 벌었다. 그 돈이 제법 쏠쏠했기에 교미를 하고 난 날이면 할머니가 손수 죽을 쑤어 먹이기도 했다. 누렁이는 속도 없이 죽 냄비를 들고 오는 할머니 앞에서 꼬리를 흔들어댔다. 나로서는 유일하게 누렁이가 미워지는 순간이었다. 그리고 오늘 누렁이는 며칠 전까지 자신을 괴롭히던 암탉의 뼈다귀들을 먹게 될 거다.

노인들은 몸 전체가 뼈로 되어있다. 그래서 노인들은 언제나 자기 몸에서 뼈를 가장 중요시 여긴다. 자세히 보면 노인들의 피부는 가죽 벨트처럼 번들거린다. 그들은 힘이 세다. 최소한 내 할머니는 그렇다. 오늘 할머니는 닭의 목을 비틀었지만 그녀가 잡을 수 있는 건 그뿐만이 아니었다. 할머니는 닭 목을 비틀 수도 있었고 단칼에 오리 목을 동강 낼 수도 있었다. 종아리만 한 가물치의 머리를 망치로 내리쳐 기절시키기도 했다. 나는 그때마다 멀찌감치 떨어져 할머니 손에 붙들린 것들의 숨이 끊어지기를 기다렸다. 목에서 떨어진 오리의 머리는 이후로도 한참이나 눈을 끔벅였고 그 눈으로 제 배가 갈라지는 걸 보아야 했다.

할머니는 가축만 죽이는 게 아니었다. 나는 도로에 널어놓은 나락 위로 지나던 구렁이를 할머니가 나락 뒤집던 고무래로 때려잡는 걸 본 적이 있다. 처마 밑 제비집을 부수고 제비집에 있던 새끼제비들을 길고양이에게 던져 주기도 했다. 그리고 그 길고양이를 다시 잡아먹었다. 고양이가 관절염에 좋다는 말을 듣고 쥐약을 넣은 명태 머리를 먹였다. 할머니에게는 그런 일들이 전혀 대수롭지 않았다. 그래서일까. 심지어 엄마에게도 농약을 먹이려고 했었다.

할아버지가 돌아가시기 며칠 전 할머니와 엄마는 농약병을 사이에 두고 싸웠다. 할머니가 농약으로 소동을 일으킨 일은 이전에도 많았다. 주로 자살 소동이었다. 할머니는 농약병을 들고 산으로 향하고는 했는데 한 번도 마신 적은 없었다. 그런데 그 농약을 엄마에게 마시라고 한 거다. 사실 그 과정은 조금 우스웠다. 원래는 그날도 할머니가 농약병을 들고 집을 나서려고 했다. 엄마는 그런 할머니의 손에서 농약병을 뺏었고 그때부터 두 사람 사이에 서로 자신이 마시겠다고 실랑이가 생겼다. 이후에는 서로 농약을 마시겠다에서 서로에게 마시라는 양상으로 변해가며 더욱 격렬해졌다. 지금 생각해보면 두 경우 다 그 순간에는 진심이었던 것 같다. 아무튼 내 눈에는 둘 다 미친 사람으로 보였다. 그 일이 있은 후로 정작 농약에 중독돼 죽은 사람은 할아버지였다.

농약병을 움켜쥔 할머니의 손은 마법시약을 만드는 마녀의 손 같았다. 손가락에 잡힐 것 같은 손등의 핏줄 속에 흐르는 피는 보통 사람의 것과 다른 색일 게 분명했다. 그 피의 색깔은 귓바퀴에 핀 검버섯과 비슷할 거다. 그녀의 듬성한 눈썹 안에는 새끼손톱만 한 점이 있었고 그 점 속에서 여치 더듬이처럼 기다란 흰털 두 가닥이 자랐다. 수세미로도 쓸 수 있을 것 같은 꼬부랑 머리는 만지면 까만 재가 묻어날 것처럼 새카맣다. 염색한 거다. 원래는 회색과 흰색이 뒤섞여 있다.

할머니는 어느 모로 보더라도 흑마술을 사용하는 마녀와 닮았다. 심지어 저주도 내릴 줄 알았다. 나는 할머니의 입에서 나온 끔찍한 말들이 실제로 벌어지는 걸 몇 번이나 봤다. 내가 처음 알게 된 사실들 중 가장 끔찍한 사실은 할머니가 아빠의 엄마라는 사실이었다. 그녀는 허리를 두드리고 다녔으나 나이가 들수록 힘은 세지는 것 같았다.

나는 할머니가 두려웠다. 하지만 그녀가 가축을 손질할 때만은 곁에 따개비처럼 찰싹 붙어 있었다. 가축들이 해부되어가는 과정이 흥미진진하기 때문이다. 동물들은 저마다 신기한 것들을 하나씩 몸속에 지니고 있었다. 물고기의 경우는 부레가 그랬고 돼지의 경우에는 오줌보, 닭의 경우에는 모래집과 내장이 그랬다. 모래집은 오로라처럼 푸르스름한 빛을 띠고 있었고 무척 단단했다. 그 속에는 모래와 유리 조각 같은 것들이 들어있었다. 내장은 조금 더 신기했다. 위에 가까운 내장에는 아직 음식물의 형체에 가까운 것들이 담겨 있었고 위에서 멀어질수록 배설물에 가까워졌다. 실제로 똥 냄새도 났다. 그러나 실은 모든 동물들의 속이 크게 다르지 않았다. 아마 사람도 별반 다르지 않을 것이다. 어디에도 영혼이 깃들만한 곳은 없어 보였다. 사람에게는 도대체 어떤 다른 게 있는 걸까.

나는 이제 뜨거운 물을 부어 닭털을 뽑거나 물고기 배를 따 내장을 빼내는 것쯤은 거뜬히 해낼 수 있다. 돼지털은 뜨거운 물을 부은 뒤 주전자 뚜껑으로 벗겨내야 하지만 나는 아직까지 나보다 큰 짐승의 털은 벗겨본 적이 없었다. 개나 염소의 털은 모닥불이나 토치로 태워서 제거했다. 나는 털을 태운 뒤 배를 가르는 가축들을 먹지 않았다. 털이 타는 냄새를 맡는 게 괴로 웠다.

평상시 같았으면 닭을 잡는 몫은 할머니였을 테지만 이번에는 형이 대신했다. 형은 닭의 목을 쥐더니 빨래를 짜듯 한 바퀴 비틀어 숨을 끊었다. 죽은 닭을 뜨거운 물에 담갔다 꺼내 털을 제거한 건 나였다. 순식간에 알몸이 된 닭은 할머니의 거침없는 칼질에 배가 갈렸다. 핏물은 아래로 김은 위로 흘러나왔다.

옆에서 지켜본 보람이 있었다. 암탉의 뱃속에는 계란 노른자들이 포도송이처럼 달려 있었고 그중 한 개는 비닐처럼 반투명한 얇은 막에 둘러싸여 있었다. 그 한 개는 원래대로면 내일 바깥으로 나올 예정이었을 거다. 나머지 덩어리들도 저마다 크기가 달라 나는 크기순으로 내일, 모레, 글피라고 이름 붙였다. 사흘째부터는 어떻게 부르는지 몰라 이름을 붙일 수 없었다.

"잡것. 가만 있었으믄 더 살았을 것을."

할머니는 내심 달걀이 될 덩어리들이 아쉬운 눈치였다. 계란 노른자들은 떼어내지 않았다. 먹을 수 있는 건가 보았다.

닭 손질이 끝나자 샘에 난 홈을 따라 핏물이 흘렀다. 핏물 위로 별빛이 박혀 있었다. 별빛 사이로 모래집에서 나온 모래와 유리조각들이 굴러다녔다. 닭털들이 떠내려갔고 내장 따위가 늘어졌다 엉켰다 하며 굴러갔다. 핏물이 다 흐르도록 별빛은 제자리를 지키다 물이 끊기자 사라졌다.

다 맞아주겠어

읍내에 다녀온 형이 배낭에서 꺼낸 건 샌드백이었다. 형은 샌드백에 톱밥을 채워 넣은 뒤 창고의 천장에 매달았다. 형이 샌드백을 툭툭 치자 샌드백이 흔들렸다. 나도 두드려보고 싶어 다가갔다. 그때 형의 주먹이 날카롭게 질러졌고 퍽 소리가 나며 샌드백이 그네처럼 큰 반경으로 흔들렸다. 고무패드가 덧대어지지 않은 샌드백의 위아래에서 톱밥 먼지가 품어졌다. 나는 형의 펀치력에 놀라 그대로 얼어붙었다.

"쳐볼래?"

나는 형편없는 펀치를 형에게 보이기 싫어 고개를 저었다.

"괜찮아. 한 번 쳐봐."

나는 샌드백 앞에 섰다.

"자. 이렇게 손등이 팔목과 수직이 되게 하고 어깨로 민다는 느낌으로 툭. 해봐."

형이 말한 대로 손등이 팔목과 수직이 되게 주먹을 쥐자 주먹에 힘이 들어가는 느낌이 들었다. 형이 흔들리던 샌드백을 붙잡아 멈추게 했다. 나는 있는 힘껏 주먹을 내질렀다. 톱밥이 들어서 가볍겠지 생각했는데 예상외로 주먹에 닿는 샌드백의 무게감은 묵직했다. 손목이 욱신거리고 샌드백과 닿은 부분이 쓰라렸다. 내 주먹에 맞은 샌드백은 비웃기라도 하듯 핑그르 옆으로 돌다 제자리로 돌아오기 위해 비틀거렸다.

"팔이 반듯하게 뻗지 않아서 그래. 동작을 짧고 간결하게. 어깨로 밀어야 체중이 실리지."

대꾸 없는 내게 형이 덧붙여 말했다.

"뭐 차차 좋아질 거야."

형이 내 어깨에 툭툭 잽을 날리며 장난스럽게 말했다. 갑자기 형이 샌드백을 산 이유가 궁금해졌다. 주먹 때문에 두 번이나 감옥을 갔다 왔으면서 말이다.

"근데 샌드백은 왜 샀어?"

"그야 펀치력을 키우기 위해서지."

"어차피 쓸데도 없잖아. 요즘이 어떤 세상인데."

"어떤 세상인데?"

너무 나갔다. 요즘 세상까지 말할 필요는 없었는데. 이럴 때는 교과서에 실린 걸 인용하는 게 무난하다. 상대가 반박하더라도 교과서라는 핑계를 댈 수 있으니까.

"민주사회에 법치국가잖아. 이제 주먹 같은 건 필요 없다고 했어."

"큭큭. 그래?"

형의 그래는 자기 생각은 다르지만 인정해주겠다는 반응이었다.

"내가 왜 교도소에서 삼 년이나 있었는지 아니?"

뜨끔했다. 사실 나는 형이 교도소에 간 진짜 이유를 알고 싶어 미칠 지경이었다. 아빠나 엄마에게 들었던 말은 믿을 수 없었다. 그러나 형에게 내 생각을 간파당하자 덜컥 겁이 났다. 나는 애써 덤덤한 말투로 대꾸했다.

"살인미수잖아."

"맞아. 살인미수야. 너가 비밀을 약속하면 말해줄 수도 있어."

"약속할게. 하지만 약속이라 말할 필요는 없어. 나는 그런 일에 별로 관심이 없으니까."

"실은 말하고 싶지 않아. 하지만 누군가에게 말하고 싶기도 해. 너에게라면 말해도 괜찮겠지."

나도 모르게 고개를 크게 끄덕였다. 젠장. 목뼈가 부러진 사람처럼 말이다.

"동거하던 여자애가 있었어. 같이 살았다는 말이야. 근데 그년이 딴 새끼랑 붙어먹은 거야. 좆같이. 너무 화가 나서 몇 대 팼지. 근데 바락바락 대드는 거야. 그렇게 된 게 내 탓이라면서. 정말 열이 받은 건 그 말이 어느 정도는 맞는 말이라는 거였어. 내가 다른 새끼한테서 강제로 뺏은 셈이었으니까. 도무지 좋아하는 사람의 마음을 얻는 법을 모르겠단 말이야. 아무튼 그 순간 머릿속이 백지상태가 됐는데 당구 큐 하나가 보이는 거야. 정신 차리고 보니까 대가리에서 피를 흘리고 있더라. 씨팔. 사람 한두 번 쳐본 것도 아닌데 여자애라 그런지 한 방에 나가떨어지더라고. 나는 그렇게 얻어맞고도 괜찮았는데 재수가 없으려니까. 뭐 무서워서 그대로 내뺐지. 죽일 생각도 아니었고 죽지도 않았어. 그런데 그 도망친 게 결정적으로 살인미수에 해당한다나. 달아나지만 않았으면 단순 폭행이 될 수도 있었다는데 내가 그딴 걸 어떻게 알았겠어. 좆같이."

나는 형이 말하는 내내 손을 떨었다. 그래서 손가락 깍지를 끼었다. 자꾸만 발목에 찬 접이식 칼이 떠올랐다. 형이 말한 당구 큐가 어쩌면 내 발목에 있는 칼이었을지도 모른다는 생각이 떠나지 않았다.

"넌 그런 일이 생겨도 절대 달아나지 마라. 아무리 무서워도 달아나면 끝장이야."

"진짜 죽이고 싶었어?"

형은 대답 대신 샌드백을 두들겼다. 샌드백에서 다시 톱밥 먼지가 날렸다. 형이 기침을 하며 흔들리던 샌드백을 붙잡아 세웠다.

"그 순간에는 그랬을지도 모르지."

망할 손이 계속해서 떨렸다. 나는 분위기를 바꾸고 싶었다. 그러나 머리가 멍해져 있어 아무런 생각도 나지 않았다.

"하지만 울고 싶기도 했어. 하지만 난 한 번도 울어본 적이 없어. 눈물을 보이면 끝장이라 생각하고 살았으니까."

"그럼 소년원에 갔던 죄는 뭔데?"

형이 어이없다는 표정으로 나를 보더니 킥킥 웃었다.

"그때는 단순 폭행이야. 화가 나면 주체할 수 없었거든. 그럴 때는 달아나는 게 상책인데 쪽팔리잖아. 씨팔. 달아나야 할 때와 달아나면 안 되는 때는 항상 지나고 나서 알게 되는 게 문제야. 그런데 말야. 수감 중인 새끼들이 다 죄짓고 들어온 건 아냐. 누군가의 죄를 산 사람들도 있거든."

"어떻게 그런 일이 가능한데?"

"죄를 파는 거야. 그리고 누군가의 죄를 사는 편이 더 나은 인생들도 있으니까 거래가 이뤄지지. 그래도 자기 죄를 파는 놈들은 그나마 나은 놈들이야. 어떤 망할 새끼들은 그냥 뒤집 어쓰니까."

"혹시 형도 누군가의 죄를 산 거야?"

나는 약간 기대에 차 물었다.

"아냐. 그건 아닌데 억울하다는 기분을 지울 수 없어. 나는 말야. 이제 누군가가 선빵을 날려도 반격해서도 안 돼. 그냥 맞 아야 해. 씨발. 도망쳐도 문제고 안 도망쳐도 좆 되고. 그래서 이제 시비가 생기면 그냥 다 맞아줄 거야. 치사하게 신고도 안 해. 전과 때문에 합의 따위도 되지 않을 테니까. 대신 이 샌드백 을 칠 거야."

갑자기 온몸이 찌릿찌릿했다. 다 맞아줄 거란 말이 벼락처럼 내 몸을 관통했다. 뭔가 해답을 찾은 기분이랄까. 정말 괜찮은 생각 같았다.

"그럼 나도 앞으로는 다 맞아줄 거야."

"아니. 너는 달라. 너는 맞고만 있으면 안 돼. 너에게는 내게 없는 게 있으니까."

"그게 뭔데?"

"넌 임마, 미성년자잖아."

제길. 미성년자라니. 얼굴에 찬물이 끼얹어진 기분이 들었 다. 나는 대답 대신 샌드백을 쳤다. 이번에는 처음보다 나았다.

샌드백이 덜컹이며 움직이기는 했지만 헛돌지는 않았다. 그러나 그것뿐이었다. 샌드백을 두드리는 건 재미가 없었다. 차라리 형의 펀치를 지켜보는 게 재밌었다. 형의 말이 맞았다. 하지만 나도 언젠가 성인이 되고 만다. 나는 미성년자지만 맞기만 할 거다. 형 말의 결론은 맞는 편이 편하다는 거 아닌가. 그러나 내 육체는 정신의 성장을 따라잡기에는 너무 늦고 약해빠졌다. 지금부터라도 훈련이 필요했다. 나는 형에게 내 결심을 털어놓기로 했다.

"하지만 어차피 나도 언젠가는 어른이 될 거 아냐. 맞는 걸 배우고 싶어. 아무리 맞아도 참아낼 수 있는 훈련은 없어?"

퍽퍽.

"뭐? 맞기 훈련? 임마. 잘못 맞으면 맞는 것도 죄가 돼. 잘 비켜서는 편이 좋아."

형이 샌드백을 치며 말했다.

"싫어."

"고집은. 맞는 건 시비가 붙어야 가능해. 억지로 때려 달라 해서 맞는 건 가짜야. 그런 주먹에는 진심이 담길 수 없어."

"그럼 방법이 없다는 거야?"

"아니. 일단 상대를 분노하게 하는 법을 배워야지. 일종의 도발. 하나만 약속해. 맞든 때리든 절대 사과는 하지 마. 그럼 끝이야."

형이라면 들어줄 줄 알았다. 드디어 내 인생에 계획다운 계획이 생길 조짐이다. 어떤 엿 같은 폭력이든 다 맞아버리는 것이다.

형은 일단 본격적인 맞기 훈련에 앞서 기초체력 다지기부터 하자고 했다. 형과 나는 매일 오후 일곱 시부터 두 시간 동안 달리기와 윗몸일으키기, 팔굽혀펴기를 했다. 체력단련을 시작한 지 일주일째 되던 날 형이 복식호흡에 대해 알려줬다.

"한 번 들이마시고 두 번 내쉬어."

"한 번 마셨으면 한 번 내쉬어야지 어떻게 그렇게 해."

"짧게 끊어서. 그래야 더 오래 달릴 수 있어."

일단 형 말대로 따라 해 보았다. 나는 백 미터도 못 달리고 호흡이 곤란해졌다. 여간 헷갈리는 게 아니었다.

"처음부터 잘 되면 훈련이 아니지. 반복해서 하다 보면 익숙해질 거야. 나중에는 의식하지 않아도 그렇게 돼."

"그런데 맞기 훈련과 달리기가 무슨 상관이 있어?"

"맞다 뒈질 것 같으면 튀어야지. 아무리 훈련을 해도 한계란 게 있으니까."

"나는 맞다 죽더라도 달아나지 않을 거야."

"객기부리지 마. 그게 아니더라도 달리기는 해야 해. 달리기는 폐를 단련시키는 거니까. 공기는 공짜야. 아직까지 세상에 남아 있는 유일한 공짜지. 네가 많은 공기를 마실수록 폐는 단단해질 거야. 복부나 가슴을 맞고도 정상적인 호흡을 할 수 있는 훈련이라고 생각해."

형의 말이 사실이든 거짓이든 달리기는 기분 좋은 운동이었다. 계속해서 훈련을 한다면 한 번도 안 쉬고 어디까지 달릴 수 있을까. 정신없이 달리다 멈춰 선 곳이 처음 와본 곳이라는 상상을 하자 기분이 좋아졌다. 정말 끝내주는 상상이었다.

달리기가 끝난 뒤에는 윗몸일으키기가 이어졌다. 우리는 샌드백 아래에 수도꼭지 동파를 막을 때 사용하는 은박 롤 매트를 펴서 깔고 번갈아가며 누웠다. 형이 윗몸일으키기를 할 때면 형의 다리를 깔고 앉은 내가 자꾸만 형 쪽으로 끌려가 윗몸일으키기가 끝날 때쯤이면 일 미터쯤 이동해 있었다.

형은 상체를 들어 올릴 때마다 자신의 배를 내리쳐 달라고 했다. 그래야 복근이 긴장을 해서 훈련 효과가 좋다고 했다. 처음에는 형의 배를 칠 때마다 걱정이 들었지만 지금은 있는 힘껏 내리쳐도 괜찮다는 걸 안다. 형은 아프지 않다고 했다. 그 말은 사실이었다. 형의 배는 차가 밟고 지나가도 터지지 않을 거다. 자동차 타이어만큼 단단하니까.

순서를 바꿔 내 차례가 됐을 때 나도 형처럼 배를 때려달라고 했다. 형은 아직은 이르다고 했다. 나는 형이 내 배를 내리쳐주는 날이 오길 바라며 배가 터져라 윗몸일으키기를 했다.

"근데 말야. 왜 하필 맞기 훈련이냐?"

"나는 때리는 걸 못하니까. 그래도 맞을 일은 계속 있을 테고."

"흠. 그런가."

형은 잠시 생각에 젖더니 추가로 윗몸일으키기 삼십 회를 시켰다.

윗몸일으키기에 이어 팔굽혀펴기까지 온몸에 힘이 빠지도록 단련을 하고 난 다음 날이면 숟가락 들기조차 힘들었다. 온몸이 욱신거렸다. 매를 맞는 게 피부의 통증이라면 운동 후의 통증은 몸 안에서 생겼다. 형은 근육통이 신나게 두들겨 맞고 난 다음날과 비슷하다고 했다.

형이 삶은 계란으로 내 이마를 때렸다. 이마에서 따끔한 통증이 일었다가 곧 물파스를 바른 것처럼 시원해졌다. 나는 복수를 하기 위해 똑같이 계란으로 형 정수리에 때렸다.

"아파 임마."

계란 껍질을 벗기기 위해 고개를 숙이고 있던 형이 정수리를 미친 듯이 문질렀다. 나는 뜻밖의 반응에 조금 놀랐다.

"에게. 고작 계란인데?"

"모서리로 찍었잖아."

"형은 아픈 거 싫어?"

"아픈 걸 좋아하는 사람이 어딨냐?"

"형은 맞아본 적 없어? 항상 때리기만 했어?"

"맞기도 했지. 싸우다 보면 몇 대쯤은 맞을 수밖에 없잖아."

형은 교활한 미소를 지으며 손가락으로 내 몸을 찔러댔다. 무지막지한 통증에 나도 모르게 악 하고 비명이 나왔다.

"근육이 찢어져서 그런 거야. 아무리 통증에 단련이 되더라도 견디기 힘든 통증들이 있지."

나는 비명을 참고 최대한 버텼다. 그러자 형은 어깨 대신 옆구리를 찔렀다. 참기 어려운 통증이 일었고 절로 신음이 나왔다.

"풀이 어떻게 세상을 지배하게 됐는지 아니?"

"갑자기 웬 풀?"

"제 몸을 태워서야. 제 몸을 태워서 햇볕을 가리는 나무들을 공격한 거지. 지금은 아파도 찢어진 근육 사이로 새 근육이 생기면 단단해질 거야."

나는 손가락으로 배를 찔러봤다. 근육이 찢어져서 생기는 욱신거림은 지속 시간이 길다는 점에서 매력적이었다. 기침을 할 때는 배가, 고개를 돌릴 때는 목덜미가, 손을 쓸 때는 어깨가 욱신거렸다. 그때마다 내 근육이 찢어진 사실이 떠올라 기분이 좋아졌다. 내 몸이 평상시보다 뜨거운 것 같았다.

통증에 숨어있는 또 다른 쾌감을 발견한 건 엉거주춤한 자세로 화장실에 쪼그려 앉았을 때의 일이다. 똥을 누기 위해 바지를 내리는데 고작 바지의 쏠림에도 허벅지가 찌릿찌릿했다. 그런데 쓰라리다고만 하기에도 아리다고만 하기에도 부족한 다른 감각이 남았다. 나는 똥을 누기 위해 힘을 주며 손으로는 단단해진 허벅지를 어루만졌다. 손가락이 스칠 때마다 찌릿했다. 화장실 구석에 세워져 있는 싸리비가 눈에 띄었다. 싸리비의 나뭇가지 하나를 꺾어 들고 허벅지를 때려 봤다. 허벅지에 소름이 오소소 돋았다. 나는 허벅지를 향해 나뭇가지를 내리쳤다. 날카로운 통증이 일었다. 이어 쾌감이라 생각되는 감각이 뒤따랐다. 그리고 그때부터였다. 화장실에서 엄마의 향수 냄새를 맡게 되기 시작한 것은.

안방에 있는 장롱의 가운데 칸은 화장대처럼 꾸며져 있었다. 우리 집과 가장 어울리지 않는 장소였다. 그곳에서는 나프탈렌 냄새 대신 각종 화장품 냄새와 향수 냄새가 뒤섞여 났다. 나는 그 냄새들을 깊이 흡입하고 화장품 냄새들을 따로따로 맡아보고는 했다. 매니큐어처럼 순식간에 빨려드는 냄새를 맡을 때면 머리를 몇 번이나 흔들어야 했다.

그중 내가 가장 좋아하는 냄새는 빈 병들에서 나는 냄새였다. 약해진 그 냄새들은 엄마의 몸에서 나는 냄새와 가장 가까웠다. 그러나 엄마에게서 빈 병 냄새가 나는 건 일요일뿐이었다. 평일에는 엄마의 몸에서도 아빠와 비슷한 냄새가 났다. 냄새를 맡고 난 화장품들은 원래 있던 자리에 두어야 했다. 방향이 틀어져서는 안 됐다. 엄마의 화장대는 빼곡했지만 질서정연했다. 모든 화장품들은 상표가 정면에서 살짝 오른쪽을 향하도록 배치되어 있다. 화장품들을 도미노처럼 쓰러트리지 않는 한 원래대로 두는 건 어렵지 않았다.

그러나 결국 화장대를 뒤지는 일은 탄로가 나고 말았다. 들고 살펴보던 향수병을 바닥에 떨어트리고 만 것이다. 하필 떨어진 향수병은 유일하게 용액이 남아 있는 병이었다. 망할 향수병이 깨지면서 방안 가득 장미향이 진동했다. 그때 알았다. 나는 아무렇지 않은 척하는 데 익숙한 인간이라는 사실을. 나는 태연하게 향수병에서 흘러나온 액체가 장롱 속으로 흘러가는 걸 바라보았다. 한참 뒤에서야 병을 치우고 걸레질을 했다. 짐작대로 아무리 물걸레질을 해도 향수 냄새는 사라지지 않았다. 장롱 밑으로 들어간 용액은 어찌할 도리가 없었다. 정말이지 천만송이의 장미에 뒤덮인 것 같았다. 눈을 감으면 집안인지 장미꽃밭인지

분간할 도리가 없었다. 강한 냄새에 머리가 지끈거렸다. 내 방으로 건너와서도, 아무리 심호흡을 해도 향수 냄새는 내 몸에서 빠져나가지 않았다. 나는 냄새가 방에서 나는 것인지 내 몸 자체에서 나는 것인지 구별할 수 없을 지경이 됐다.

장롱 안을 확인한 엄마가 말했다.

"네 이모는 향수를 모으는 게 취미란다. 화장대 앞에 향수병이 가득해. 그런데 나는 빈 병을 모으기도 힘들구나."

엄마가 장롱을 뒤지는 내 행동을 이전부터 알고 있었다는 생각이 들었다. 나는 엄마의 말을 끝까지 들을 수 없었다. 엄마의 입에서 나오는 향수라는 말이 역겨웠다. 어지러웠다. 선풍기 바람에 흔들리는 커튼 사이로 보이는 엄마는 옷을 벗고 있었다. 나체가 되어 갈수록 엄마가 반투명해지는 것 같았다. 나는 두 번 다시 엄마의 장롱을 뒤질 수 없게 됐다는 사실을 깨달았다. 토가 나올 것 같아 화장실에 갔다. 발아래 똥 더미에서도 향수 냄새가 났다. 내 손에 닿는 것들은 다 부서지거나 헝클어졌다.

나는 다시 허벅지를 때렸다. 아프고 찌릿했다. 누군가 마당으로 나온 인기척이 났다. 종종거리는 발소리는 할머니의 것이었다. 나는 꺾은 나뭇가지를 싸리비 사이에 끼워 넣고 화장실을 나섰다.

방으로 돌아와 통증에서 느꼈던 감각을 되짚었다. 아무리 생각해도 쾌감에 가까웠다. 그건 중대한 발견이었다. 통증을 쾌감으로 받아들일 수 있기만 한다면 앞으로 어떤 통증 앞에서도 두렵지 않을 수 있을 테니까. 나는 책상 위에 있던 삼십 센티미터 자를 들고 바지를 내렸다.

문밖에서는 아무런 인기척도 나지 않았다. 자로 허벅지를 내려치다 멈췄다. 그리고 다시 허벅지 바로 위에서 멈추기를 반복했다. 알 수 없는 느낌이 들었고 나는 그 느낌의 정체를 파악하기 위해 신경을 곤두세웠다. 수차례 반복을 통해 긴장에서 오는 떨림이라는 결론을 내렸다. 직접적인 통증처럼 자극적이지는 않았지만 그 역시 일종의 쾌감이었다. 온몸의 세포들이 긴장하는 게 느껴졌다. 처음으로 내 몸이 온전히 나의 것 같았다. 통증에 대한 예상에서 오는 긴장이 찌릿찌릿했다.

뭔가 놀라운 힌트를 찾은 기분이었다. 최초로 자위행위에 대해 알게 됐을 때의 기분이랄까. 이전에는 몰랐던 새로운 쾌감의 발견이었다. 이제 나는 통증을 두려워하지 않게 될지도 모른다. 오히려 통증을 찾아 나서게 될 수도 있다. 혹 어른들은 모두 이런 쾌감을 알고 있는 걸까. 그래서 통증에 중독되어 있는 게 아닐까. 어쩌면 내 몸에도 아직 내가 발견하지 못한 쾌락의 장소가 남아 있을지도 몰랐다.

기계인간이지만 배가 말랑해

닭을 쫓는다고 할머니가 던진 효자손이 부엌 한가운데 박히는 바람에 뒤늦게 그 흔적들을 발견한 아빠는 긴 한숨을 쉬어야 했다. 콘크리트가 마르지 않은 방의 중앙에 접근할 길이 없으니 그 효자손을 하염없이 바라볼 수밖에 없었다. 그렇게 해서 부엌의 콘크리트는 효자손을 낀 채 굳어갔다. 나는 효자손을 힐끔힐끔 훔쳐보며 백숙을 먹었다. 노른자들에는 막 생긴 듯한 실핏줄이 있었다. 퍽퍽한 계란 노른자와 달리 암탉 뱃속의 노른자는 쫄깃했다. 입안에 들어가자 역겨운 느낌은 사라졌다.

저녁을 먹고 난 아빠는 창고로 갔다. 아빠는 부엌의 콘크리트가 마를 동안 대부분의 시간을 창고에서 보냈다. 봄 농사를 준비하기 위해서였다. 입춘은 지난 지 오래였지만 농부의 봄은 조금 달랐다. 농부의 봄은 파종을 준비하면서부터 시작됐다. 지금부터 가을이 끝날 때까지 아빠의 옷에는 묻는 것들이 늘어갈 것이다. 땀 냄새, 담배 냄새, 술 냄새, 퇴비 냄새, 핏자국, 진흙 그리고 윤활유. 아빠는 이슬이 묻은 옷차림으로 아침을 먹고 땀 냄새와 담배 냄새가 밴 옷차림으로 점심식사를 했다. 그리고 저녁식사 때가 넘어 땀 냄새, 담배 냄새, 윤활유, 흙들을 묻히고서 집에 돌아왔다.

아빠는 저녁을 먹고 나면 산책을 하러 나갔다. 산책 코스는 논들이었다. 답답할 때도 논으로 향했다. 사실 나도 논으로 가고는 했다. 어디를 가도 논과 논 사이에 난 논둑길뿐이었으므로 답답할 때든, 즐거울 때든, 우울할 때든 목적지와 상관없이 논 주변을 걷게 됐다. 다만 아빠는 논 속에 들어갔고 나는 논 주변을 맴돌았다. 아빠는 논 속의 피를 뽑았고 나는 논에 들어가지 않고 손에 닿는 보리들을 꺾어 보리피리를 만들어 놀았다. 보리가 없을 때는 논둑에서 네 잎 클로버를 찾거나 아직 피지 않은 코스모스 꽃봉오리를 터트리거나 강아지풀 줄기를 이용해 거머리 몸의 안과 밖을 뒤집고는 했다. 흙투성이 아빠가 저녁 밥상머리에 앉을 때마다 씻고 나서 먹으라는 엄마의 타박이 이어졌다.

"이게 농사꾼의 옷이지."

아빠의 주장은 한결같았다. 엄마가 집을 나간 이후로 들을 일이 사라진 말이지만 말이다. 엄마가 집을 나간 후 아빠의 옷에는 콘크리트의 퀴퀴한 냄새만 났다. 그러다 부엌의 콘크리트 미장이 끝난 어제부터 다시 술 냄새와 윤활유 냄새, 그리고 핏자국을 묻혀오기 시작했다. 아빠는 술을 마시고 기계를 점검했다. 술을 마시고 기계를 점검하다 보면 피를 보는 일이 잦아졌다.

오늘은 보름달이 떴다. 콘크리트 마당은 보름달 달빛을 받아 환했다. 젖은 마당에 반사되는 달빛은 왠지 하루나 이틀 전에 도착한 묵은 빛처럼 느껴졌다.

아빠는 아침에 창고로 가서 점심을 거르고 저녁때가 되도록 돌아오지 않고 있었다. 나는 답답해졌고 집을 나섰다. 대문이 열리고 닫히는 소리에 옆집 거위가 울었다. 거위의 목에 쇳조각이 걸려 있는 상상을 했다. 거위가 내는 소리는 한바탕 울고 나서 목이 쉬어버린 사람의 울음과 닮아있다. 그러나 아직까지 거위를 해부해본 적은 없었다.

달빛에 희뿌옇게 젖은 콘크리트 길은 어두운 강물 가운데 허옇게 솟은 갈대숲 같았다. 바람에 길가의 풀들이 흔들리는 소리는 강물이 흐르는 소리와 닮았다. ㄷ자 골목을 돌아 나오면 도로변에 있는 창고가 보였다. 창고에서 백열등의 주황색 불빛이 아롱거렸다. 안경을 벗었다. 그러면 세상은 이지러졌다. 창고의 백열등 불빛과 가로등빛, 그리고 달빛들이 물에 번진 잉크처럼 번졌다. 불빛들은 커졌고 대신 희미해졌다. 백열등 불빛 속에서 그림자 하나가 흔들렸다. 안경을 벗은 나는 그 그림자와 아빠를 구별할 수 없었다.

"어쩐 일이냐?"

안경을 쓰자 그림자와 아빠가 구별됐다. 그러나 어느 쪽도 아빠가 아닌 것 같았다.

"바람 쐬러 나왔냐?"

한 번은 아빠의 말, 한 번은 그림자의 말 같았다. 아빠는 콤바인을 점검 중이었다. 벼나 보리를 탈곡장치 부분으로 이동시키는 컨베이어의 덮개가 뜯겨 있었다. 막 기름칠을 받은 날카로운 톱날들이 번들거렸다. 아빠의 손등에 실지렁이 같은 생채기가 나 있었다. 생채기에 윤활유가 고여 있었다. 아빠의 손에 생긴 상처에는 언제나 연고보다 윤활유가 먼저 발라졌다. 그래서 아빠의 상처들은 검게 아물어갔다.

"어디 고장 났어?"

"고장 나기 전에 예방을 해둬야지. 고장이 나버리면 늦다."

엄마의 손이 생각났다. 이미 고장이 난 엄마의 손. 엄마의 손은 여전히 하얗다. 그리고 왼손 손가락들이 없었다. 엄마의 손가락을 잘라먹은 건 지금 아빠가 기름칠을 한 컨베이어의 톱날이었다.

엄마가 집을 나간 이유는 궁금하지 않았다. 너무 많은 이유가 있어 고르기 어려울 정도였다. 내가 아빠에게 묻고 싶은 건 왜 엄마를 데리러 가지 않느냐는 것이다.

"어디 있는지 모른다."

엄마가 갈 곳은 외갓집뿐이었다. 엄마가 아는 사람은 이모들과 외할아버지, 외할머니뿐이었다. 친구 한 명 없는 엄마가 어디에 있는지 모른다는 건 말이 되지 않았다. 그러나 나는 더 이상 따지지 않았다. 실은 헷갈렸다. 내가 엄마를 기다리고 있는지 사라진 쪽에 안심하고 있는지 확신할 수 없었다. 엄마가 숨겨둔 친구와 있는 상상을 해봤다. 좀처럼 그림이 그려지지 않았다.

아빠가 떼어낸 덮개를 원래 자리에 붙였다.

"바닥에 있는 볼트 좀 집어주거라."

나는 볼트를 집어 아빠의 손바닥에 올려 주었다. 아빠의 손에 내 손이 닿지 않도록 볼트를 떨어트렸다. 내가 마지막으로 아빠의 몸을 만져본 건 아빠가 모는 자전거의 짐받이에 탔을 때였다. 그때만 해도 짐받이를 붙잡고 탈 줄 몰랐기 때문에 아빠의 배에 손을 두르고 타야 했다. 아빠의 배는 따뜻했고 생각처럼 단단하지 않았다. 맙소사. 아빠의 몸에 말랑거리는 부분이 있었다니. 거의 올챙이를 만질 때와 비슷한 느낌이었다. 너무 말랑거려서 힘주어 붙잡으면 내 손이 그 속으로 파고들 것 같았다. 나는 아빠의 창자가 손에 잡히는 상상을 떨치기 위해 고개를 저어야 했다. 그러나 비포장길에 접어든 통에 자전거는 자주 튀었고 나는 떨어질까 무서워 저절로 손에 힘을 주게 됐다.

아빠는 덮개가 떨어지지 않도록 한쪽 어깨로 지탱하며 볼트를 조였다. 덕분에 한쪽만 치켜 올라간 아빠의 어깨가 기형처럼 보였다. 혼자서 하기에는 벅찬 작업이었다. 아빠는 볼트를 확실히 조이기 위해 좁은 공간에 스패너를 집어넣고 안간힘을 썼다. 그는 언제나 안간힘을 썼다. 톱질을 할 때도 쌀가마니를 옮길 때도 기계를 점검할 때도. 그리고 아빠가 하는 일들이란 언제나 안간힘을 써야 하는 일뿐이었다. 나는 주위의 공기가 무거워져 가는 것을 느꼈다. 숨이 막혔다. 이런 기분은 정말이지 최악이다. 나는 안간힘을 쓰는 사람들을 보면 두려움에 휩싸였다. 안간힘을 쓰는 자들은 늘 힘없는 사람들이었다. 그래서 그 주변 사람들까지 다쳐야 했다. 아빠는 할아버지와 할머니 앞에서도 엄마 앞에서도 안간힘을 쓸 뿐 무력했다.

"볼트 한 개 더 주거라."

나는 바닥에 흩어져 있는 볼트들을 닥치는 대로 쓸어 모아 아빠의 손바닥에 얹어주었다. 그리고 창고를 떠났다. 떠나며 안경을 벗고 본 아빠는 콤바인의 덮개 같았다. 콤바인의 덮개는 생각처럼 단단하지 않다. 힘껏 주먹으로 친다면 움푹 들어가고 말 것이다.

전봇대에 묶인 프로메테우스

대문 밖에서 오갑이가 불렀다. 오갑이는 좀처럼 우리 집 마당에 들어서는 법이 없었다. 엄마가 오갑이를 싫어했고 그 사실을 오갑이도 알기 때문이었다. 지금쯤이면 오갑이도 우리 엄마가 집을 나간 사실을 알고 있을 것이다. 그런데도 녀석은 대문 밖에서 나를 불렀다. 그만큼 겁이 많은 녀석이다. 그래서 언제나 과장을 했다. 나는 슬리퍼를 끌고 대문을 나섰다.

"참새?"

"어. 우리 집 창고 슬레이트 지붕 밑에 참새가 살거든. 혼자서는 잡기 어려워서."

오갑이의 말만으로는 좀처럼 감이 오지 않았다. 내가 응하지도 않았는데 오갑이는 벌써 앞장서 걷고 있었다. 나는 따라 걸었다.

　오갑이네 집은 마당에 콘크리트 포장을 하지 않았다. 골목이 좁아 레미콘 트럭이 들어갈 공간이 없었다. 그래서 여전히 닭똥 지뢰밭 마당이었다. 나는 풀 속을 살피며 걸었지만 결국 망할 닭똥을 밟고 말았다. 집 옆에 있는 오래된 감나무의 가지는 지붕을 덮고 있었고 덕분에 텔레비전 안테나의 지지대 역할을 했다. 그러나 감나무는 가지가 약해 잘 부러졌다. 오갑이네 식구들은 지붕과 집 주변에 떨어진 마른 가지들을 주워 불쏘시개로 썼다.

　"어딘데?"

　"저기 리어카 세워진 창고. 너랑 내가 양쪽에서 포위해야 해."

　녀석은 참새 잡기가 얼마나 어려운지 모르는 걸까. 하긴 녀석은 뭐든 나보다 잘 잡긴 했다. 그건 인정한다. 말하자면 녀석은 뱀 구멍일지 매기 구멍일지 모르는 곳에조차 손부터 집어넣고 보는 녀석이었다.

　오갑이가 말한 창고는 이름만 창고였지 문도 없이 지붕만 올린 허름한 건물이었고 그 안에 있는 거라고는 땔감처럼 보이는 낡은 농기구들과 거미줄, 그리고 그것들 위에 수북이 쌓인 먼지 뿐이었다. 이런 곳에 참새라니. 여전히 감이 오지 않았다. 그러나 오갑이가 거짓말을 하고 있는 건 아닐 거다. 오갑이는 자기 집에서 친구들을 만날 때는 거짓말을 하지 않았다. 오갑이가 하는 거짓말들은 집 밖에서만 할 수 있는 것들이었다. 가령 창고 가득 야구공이 있다던가 하는 식의 뻥 말이다. 다행히 그런 거짓말을 자기 집 창고 앞에서 할 정도로 얼간이는 아니었다.

"집에 너밖에 없어?"

아궁이 옆에 붙은 사랑채에서 손전등을 들고나오는 오갑이에게 물었다.

"아냐. 엄마는 부엌에 있어."

그러고 보니 굴뚝에서 연기가 나오고 있었다. 나는 인사를 하기 위해 부엌 쪽으로 향했다. 오갑이가 내 팔을 붙잡았다.

"됐어. 그냥 참새나 잡자."

가까이 다가가서 보니 녀석의 말이 거짓은 아니었다. 슬레이트 지붕 중 일부분의 아래에는 베니어판이 덧대어 있었고 그래서 슬레이트의 물결 모양 사이에 참새가 갇힐 만한 공간이 있었다.

"여기 어딘가에 참새가 살거든. 내가 반대쪽으로 나가서 손전등으로 비출 테니까 너는 이쪽 구멍을 막기만 하면 돼."

오갑이가 담장을 넘어 창고의 뒤로 돌아갔고 나는 페인트통을 딛고 섰다. 캄캄해서 아무것도 보이지 않았지만 어디선가 참새 소리가 들렸다. 잠시 뒤 오갑이가 비친 플래시 불빛이 내 눈을 향해 쏟아졌다. 우리는 한 칸 한 칸 확인해가며 이동했다. 마침내 참새 한 마리가 들어 있는 틈을 찾아냈다. 앞뒤로 갇힌 참새는 가운데서만 움직일 뿐 가장자리로는 오지 않았다. 오갑이가 틈새로 막대기 같은 팔을 쑥 밀어 넣었다. 참새는 내 쪽으로 이동했고 나도 틈새에 팔을 집어넣었다. 하지만 참새까지는 닿지 않았다. 양쪽에서 우리가 팔을 뻗어도 참새에게는 피할 공간이 있었다.

"에이 씨발."

오갑이가 욕을 하며 베니어판을 툭툭 쳤다. 놀란 참새가 짹짹거렸다. 동시에 내 손가락을 뭔가 날카로운 게 긁었고 나는 놀라 손을 빼냈다. 참새는 그 틈에 쏜살같이 달아났다. 손가락에 가느다란 생채기가 나 있었다. 참새의 발톱에 긁힌 것 같았다.

"오갑아. 참새 튀었다."

오갑이가 다시 담을 넘어 내게로 왔다. 사실 나는 참새가 무서웠다. 개조심이라 페인트칠 된 대문 안쪽에 있는 개들보다도 참새가 무서웠다. 다리가 성냥만큼 가늘어서 내 손에 닿으면 금방 부러질 것 같았다. 놀부가 제비 다리를 부러트렸다는 이야기만 들어도 양쪽 귀를 틀어막고 싶어질 정도였다.

"메뚜기냐. 튀게."

"고 한 마리 잡아서 뭐 하냐?"

"한 마리씩 모아서 구어 먹으려고 했지. 괜찮아. 기다리다 보면 또 들어올 거야."

그때 부엌에서 오갑이 엄마가 나왔다. 눈에 멍이 들어 있었다. 너구리 눈이 된 아주머니가 나를 보고 뭐라고 중얼거리셨다. 아마 독대 왔냐 정도일 거다. 아주머니는 항상 목소리가 작아 잘 들리지 않았다. 몸집도 작은데 허리까지 굽어 있어 나나 오갑이보다도 작았다. 아주머니는 뭔가 들릴 듯 말 듯 말을 하고 나면 미소를 지었다. 너무 옅은 미소여서 어딘가 아픈 사람처럼 보였다.

나를 볼 때마다 웃는 건 오갑이 아버지도 마찬가지였다. 그는 술주정뱅이였고 웃을 때마다 술 냄새가 났다. 치아는 노랬고 어금니에는 은니가 박혀 있었다. 아저씨는 웃을 때마다 기침을 했다. 오갑이의 부모는 엄마 아빠라기보다는 할머니와 할아버지 같았다. 오갑이가 큰형과 나이 차이가 많이 나는 이유였다.

"낚시나 가자."

참새 잡기에 실패한 오갑이가 낚시로 방향을 틀었다. 우리는 집 뒤의 텃밭에 쌓아둔 두엄더미로 갔다. 이 집 두엄더미 속에 사는 지렁이들은 실지렁이들이다. 시궁창이나 진흙 속에 있는 손가락만큼 굵은 지렁이와는 다르게 철사처럼 가는 지렁이였다. 낚시를 할 때는 실지렁이들이 좋았다. 오갑이는 거의 매일

물고기를 잡았다. 오갑이네 식구들은 매운탕을 좋아하니까. 내 주변에서 매운탕을 좋아하는 애는 오갑이 뿐이다. 내게 있어 민물고기는 저주받은 식재료일 뿐이다.

호미로 두엄더미 밑을 팔 때마다 대여섯 마리의 실지렁이들이 나왔다. 가끔은 쥐며느리나 집게벌레도 나왔다. 오갑이는 빈 우유팩에 지렁이들을 담았다. 실지렁이 몸에서는 한약 냄새와 비슷한 냄새가 났다. 그러고 보니 민물고기에서도 지렁이와 비슷한 냄새가 난다. 정말이지 민물고기는 먹을 만한 식재료가 못된다.

"니네 엄마 아직도 안 오셨냐?"

"어. 아직."

"곧 오시겠지. 엄마들은 나갔다가도 금방 오잖아."

"오겠지."

"나는 아빠가 집을 나갔으면 좋겠다. 아빠들이 하는 일은 술 마시기와 식구들 패는 일밖에 없어."

나는 대답하지 않았다. 오갑이 아버지가 패는 사람은 아주머니만이 아니었다. 오갑이와 오갑이 형들도 팼다. 그래서 오갑이는 세상의 모든 아버지들이 자식을 때리는 줄 알았다.

나는 오갑이에게 백과사전에서 읽은 지렁이에 관한 정보를 알려주기로 했다.

"지렁이는 자웅동체래. 수컷이면서 암컷이라는 거지."

"무슨 말이야?"

"말하자면 혼자서도 알을 낳을 수 있다는 거야."

"진짜? 그럼 지렁이가 사람보다 나은 건가."

"사람이 지렁이보다 별로이거나."

나는 조금 기분이 좋아졌다. 꽤 괜찮은 생각 같았다. 그래서 암수 구분이 없을 뿐 수정하기 위해서는 다른 지렁이가 필요하다는 말은 뺐다. 지렁이를 충분히 잡았을 때 술에 취한 오갑이 아버지가 귀가했다. 아저씨는 나를 보며 실실 웃었다. 나는 대충 인사를 한 뒤 집으로 돌아왔다.

윗마을에 사는 큰고모 집은 내가 즐겨 놀러 가는 곳이었다. 큰고모 집은 집 구조도 재밌었고 최신가요 테이프도 많았다. 무엇보다 고등학생인 누나가 좋았다. 중학생 누나 한 명과 고등학생 형도 있었지만 큰누나가 가장 예뻤고 나를 예뻐했다. 운이 좋은 날에는 안아주기도 했는데 그때의 감촉이 좋았다. 몇 년 전까지는 아무 때나 놀러 왔는데 요즘은 눈치가 보였다. 그래서 되도록 심부름이 있을 때 와서 자정이 되도록 머물렀다.

"여기요."

나는 큰고모에게 쇠막대로 된 수문키를 건넸다. 수로에서 흐르는 물을 도랑으로 끌어들일 때 사용하는 키였다. 수문키를 건네며 누나의 인기척을 살폈지만 집에는 고모뿐이었다.

"누나는요?"

"고 가시네가 요새 노느라 정신 팔려서 꼭 막차로 온다. 밥은 먹었니?"

"네. 저 누나 방에서 놀다 누나 오면 보고 가도 돼요?"

"그래라."

고모 집은 방마다 높이가 들쭉날쭉했다. 고모가 안방에서 거실로 이동할 때면 손으로 무릎을 짚고 문턱을 넘어야 할 정도였다. 나는 거실을 지나 누나 방으로 건너갔다. 누나 방은 꽤 산만한 편이다. 온 벽이 연예인 포스터와 사진들로 도배되어 있다. 그중에는 내가 좋아하는 것들도 있다.

주윤발과 브래드 피트. 그 둘 사이에 어떤 닮은 점이 있는지 모르지만 나는 그 두 배우를 좋아했다. 한 가지 확실히 닮은 점이라면 두 사람 다 총 쏘는 연기가 일품이라는 사실이다. 특히 <가을의 전설>에 나오는 브래드 피트가 장총을 어깨에 걸치고 걷는 모습은 내 넋을 빼놓기 충분했다. 브래드 피트는 허구한 날 집 밖으로 싸돌아다녔다. 그리고 돌아올 때마다 점점 더 멋있어졌다.

막차가 오려면 한 시간은 더 기다려야 했다. 나는 누나 방의 이불장에 들어갔다. 실은 장롱은 아니고 벽에 조그맣게 숨겨져 있는 공간이었다. 겨우 다리를 뻗을 정도로 좁은 방인데 이 마을에서 이런 방이 있는 집은 내가 아는 한 두 집뿐이었다. 큰고모 집과 오갑이네 집. 이 조그만 방에 들어와 문을 닫으면 세상에서 가장 어두운 곳에 있게 된다. 나는 ㄴ자 모양으로 앉아있다 무릎을 세워 팔로 감싸 쥐었다. 그리고 양팔 사이에 얼굴을 묻었다. 내가 가장 좋아하는 자세였다. 다만 이런 자세는 이런 방에서만 가능하다. 넓은 방에서는 같은 자세를 취해도 지금과 같은 기분을 맛볼 수 없다. 이 작은 방에서는 시간이 멎었다.

라디오 소리에 정신을 차렸다. 눈을 떴지만 감았을 때처럼 깜깜해서 내가 눈을 떴는지조차 헷갈렸다. 라디오 소리 사이로 부스럭거리는 소리가 났다. 누나가 온 걸까. 나는 여닫이문을 밀어 열다가 말았다. 누나가 교복을 벗고 있었다. 고모와 만나지 못한 걸까. 나는 속옷 차림이 된 누나의 몸에서 눈을 떼지 못했다. 누나의 브래지어는 헐렁해 보였다. 상상하던 것보다는 작은 가슴이었다. 팬티는 짙은 암갈색이었는데 원래 검정색이던 것이 물이 빠진 건지 얼룩덜룩했다. 밴드 부분에 남아있는 원래 색이 아니었다면 처음부터 암갈색인 줄 알았을 거다.

한동안 제자리에 서 있던 누나는 갑자기 치마가 흘러내린 자리에 주저앉았다. 그리고 나와 같은 자세로 웅크렸다. 누나의 어깨가 떨렸다. 라디오에서는 015B의 '이젠 안녕'이 나오고 있었다. 누나의 우는 모습을 보는 건 처음이었다. 언제나 웃는 모습만 보이던 누나였다. 나로서는 어떤 이유인지 알 길이 없었지만 많이 슬퍼하고 있다는 것만은 알 수 있었다. 그러나 나는 누나와 같은 자세로 누나가 맞추는 주파수의 라디오를 듣는 거 말고는 달리 할 수 있는 게 없었다. 어떤 이유에서든 다른 사람의 눈물을 보는 일은 불편했다.

그렇게 한참을 울던 누나는 라디오 주파수를 돌리더니 라디오 앞에서 한 번 더 울었다. 그리고 다른 방으로 건너갔다. 밥그릇 달그락거리는 소리가 들렸고 나는 발소리를 죽인 채 큰고모 집을 빠져나왔다. 막 집으로 향하려는데 고모가 상추가 담긴 바구니를 들고 나타났다.

"어디 가니?"

"집이요."

"누나는 봤고?"

"네. 아니 못 봤어요. 다음에 올게요."

나는 달아나듯 종종걸음으로 큰고모 집을 벗어났다. 앞으로는 누나에게 안길 자신이 없었다. 그렇다고 내가 안아줄 자신은 더더욱 없었다. 앞으로는 누나 방에서 자정까지 노는 일도, 누나 옆에서 자는 것도 할 수 없을 것이다. 그때마다 오늘 본 누나의 모습이 떠오를 테니까.

　큰고모 집에서 돌아오는 길에 다시 만난 오갑이는 추수기를 제외하고는 공터나 다름없는 건조장의 전봇대에 묶여 있었다. 날이 어둑한 가운데 오갑이가 서 있는 부분만 비에 젖은 것처럼 한결 더 검게 보였다. 오갑이는 편안해 보였다. 녀석은 묶인 채 자고 있었다.

　"또 묶였냐?"

　"뭐 맞는 것보단 낫지."

　"풀어줄까?"

　"어. 대신 갈 때는 다시 묶어줘야 해."

　오갑이의 몸에 감긴 줄은 소 목줄과 같은 두꺼운 것이었다. 매듭이 느슨해 줄을 푸는 건 어렵지 않았다. 나는 혹시 몰라 원래의 매듭을 기억해 두었다. 오갑이와 나는 건조장과 텃밭 사이에 있는 허리 높이의 담장에 걸터앉았다.

　"들었냐?"

　"뭘?"

　오갑이가 물장구를 치듯 땅에 닿지 않는 발을 교차하며 무심하게 대꾸했다.

　"이 전봇대에 가로등 달린대."

"씨발. 다음번엔 완전 쪽팔리겠다."

오갑이가 흔들던 다리를 멈추고 한숨을 내쉬었다.

"어차피 사람들 다 아는데 뭘. 다른 데 묶어 달라 하든가."

"여기가 우리 집에서 하천 논 가는 길목이잖아. 물꼬 보러 갈 때 지나는 길이니까 가로등이 달려도 여기에 묶을걸."

오갑이가 전봇대에 묶이기 시작한 건 꽤 오래전부터였다. 오갑이의 형들도 그 과정을 다 거쳤고 요즘 가장 자주 묶이는 건 오갑이었다. 오갑이네 형제라면 반드시 거쳐야 하는 성인식 같았다. 몇 번은 동네 사람들이 오갑이 아버지를 찾아가 말렸지만 그는 듣지 않았다. 한 번은 누군가 풀어줬다가 결과적으로 오갑이만 더 얻어맞았다. 아저씨는 보란 듯 건조장 복판에서 오갑이를 두들겨 팼다. 그 뒤로는 묶인 오갑이를 보고도 다들 혀만 찰 뿐이었다. 그러나 정작 오갑이는 제 아버지 흉을 보지 않았다. 안 보는 건지 못 보는 건지는 알 수 없었지만 남들이 제 아버지 흉보는 걸 싫어하는 것만은 확실했다. 그래서 나는 오갑이가 묶여 있더라도 아저씨 말은 잘 꺼내지 않는다. 녀석이 먼저 말하기 전에는 말이다.

이번에 묶인 건 군고구마 때문이라고 했다. 아궁이에 고구마를 굽다가 아저씨에게 들킨 게 전봇대에 묶인 이유였다. 오갑이의 아버지는 고구마를 구워 먹는 건 낭비라고 생각하는 작자였다.

타서 버리는 부분이 많기 때문이었다. 그는 군고구마는 애들이나 좋아하는 거라고 생각했다. 오갑이는 애가 맞는데 말이다.

그사이 밧줄로 고리를 만든 오갑이가 그걸 제 목에 걸었다.

"야. 당겨봐."

나는 오갑이 목에 걸린 밧줄을 당겼다. 오갑이가 켁켁거렸다. 그래서 줄을 풀어주려 했지만 단단히 고정이 돼 쉽지 않았다. 오갑이가 계속 켁켁 거리더니 제 목을 파고 말 것처럼 급히 손을 놀렸다. 다행히 줄은 느슨해졌다.

"씨팔. 죽는 줄 알았네. 이게 아닌데."

오갑이가 고개를 갸우뚱했다.

"뭐가?"

"형한테 들었는데 목이 졸리면 기분이 좋아진대. 섹스할 때처럼."

"설마."

"아니야. 진짜라고 했어. 시간이 너무 짧았나."

생각해보니 우리는 기절 놀이를 했던 적이 있었다. 기절시킬 사람을 벽에 등지게 한 뒤 다른 한 명이 양 손바닥으로 목을 힘껏 누르는 놀이였다. 그 놀이를 하다 보면 정말로 기절하는 애들도 있었다. 그러면 옆에서 구경하던 애들이 죄다 달려들어 뺨을 갈겼다. 정신을 차린 녀석은 반쯤 넋이 나가 있다가 대단한 경험이라도 한 듯 기절하기 직전의 기분을 자랑하고는 했다.

"근데 말야. 서서 자면 좋냐?"

"아 그거. 완전 좋아."

다시 담장에 걸터앉은 오갑이가 촐싹거리며 다리를 흔들었다.

"그럼 나도 한 번만 묶여보자."

오갑이가 무슨 특권을 양보하는 것처럼 고민을 하다 한참 뒤에야 고개를 끄덕였다.

"오래는 안 돼. 곧 물꼬 보러 나올 시간이니까."

나는 담장에서 내려와 전봇대에 기대섰다. 오갑이가 내 몸에 줄을 감았다. 줄이 배를 옥죄는 느낌이 좋았다. 문득 자전거 짐받이에 앉아 아빠를 안았던 기억이 났다. 아빠의 기분도 지금의 나와 비슷했을까.

"다 됐어."

나는 눈을 감고 잠에 들어 보려 했다. 그러나 줄이 허리에 묶여 상체가 지탱되지 않았다.

"좀 더 위쪽을 묶어 줘봐. 가슴 쪽."

"아씨. 귀찮은데. 대충 자봐."

"어차피 할 일도 없잖아."

오갑이는 투덜대면서도 줄을 풀었다가 가슴팍에 다시 묶었다. 한결 나았다. 나는 눈을 감고 몸에서 힘을 뺐다. 고개가 숙여졌지만 상체가 확실하게 고정되자 불편하지는 않았다. 어두운 곳에서 눈을 감자 감은 눈의 바깥이 더 캄캄하게 느껴졌다. 묶이기 전에는 미처 몰랐는데 약한 바람이 불고 있었다. 바람이 얼굴을 어루만졌다. 끝도 없이 넓고 캄캄한 공간에 떠 있는 기분이었다. 산 너머 마을의 개 짖는 소리가 들렸고 산에서 우는 산새 소리들도 들렸다. 도랑물 흐르는 소리가 들렸고 후다닥 멀어지는 발소리가 들렸다. 그리고 가까워지는 발소리와 술 냄새. 툭툭 볼을 치는 까칠한 감촉에 눈을 떠보니 오갑이가 아닌 백발의 오갑이 아빠가 눈앞에 있었다.

"왜 니놈이 여기 있냐? 오갑이 이놈은 어디 갔어?"

"그게……."

나는 곁눈으로 아저씨 너머로 상황을 살폈다. 건조장 담장 너머에 쭈그려 앉아 있는 오갑이가 보였다. 담장에 붙어 있는 내게는 보이지만 아저씨가 서 있는 자리에서는 사각지대였다.

"오갑이가 똥이 마렵다고 해서 제가 대신 묶여 있는 거예요. 오갑이는 저희 집 화장실에 갔어요."

"참나. 네놈은 제대로 정신이 박혀 있는 놈인 줄 알았더니. 요새 애새끼들은 어째 죄다 이 모양인지. 쯧쯧."

아저씨가 한심하다는 표정을 지으며 전봇대 뒤쪽으로 다가오려 했다.

"안 풀어주셔도 돼요. 오갑이 오면 교대할게요. 약속했거든
요."

막 매듭에 손을 갖다 대던 아저씨가 다시 한 번 혀를 차며 그
냥 논으로 갔다. 아저씨의 뒷모습이 어둠에 섞이고 나자 오갑이
가 담장을 넘어왔다.

"딱 걸렸네. 큭큭."

"웃지 마 씨발. 완전 좆 됐다."

나는 오갑이를 원래대로 묶어주고 집으로 돌아갔다.

형이 대문 앞에서 담배를 피우고 있었다.

"쟤는 왜 묶여 있는 거야?"

나는 자초지종을 설명했다. 내 설명을 들은 형이 나지막하게
읊조렸다.

"프로메테우스가 생각나네."

"인간에게 불을 가져다준 신?"

"어. 그 죄로 독수리에게 간을 쪼아 먹히는 형벌을 받은 신."

"음."

뭔가 심오한 생각이 날 듯했지만 끝내 나지 않았다.

"너 프로메테우스란 이름의 뜻이 뭔지 아니?"

"몰라."

"미리 생각하는 자란 뜻이야. 그러니까 프로메테우스는 자기가 그렇게 될 줄 알고 있었던 거지. 그렇게 보면 죄는 생겨나는 게 아니야. 이미 정해져 있는 거지."

이해가 가지 않았다. 내 머릿속을 간파한 듯 형이 설명을 이어갔다.

"가령 네가 나에게 모욕을 줬다고 치자. 내가 참는 데도 계속해서 모욕을 주는 거야. 그래서 내가 도저히 못 참고 주먹을 날렸어. 그럼 누가 죄인일까?"

"음, 둘 다 똑같은 거 아냐? 모욕한 쪽이 좀 더 나쁘고."

"그게 아니지. 내 쪽이 더 큰 죄인이야. 못 참은 쪽이. 죄는 그런 식으로 다 정해져 있어. 교활한 놈들은 상대가 죄를 짓게 유도하거나 쫄쫄 굶게 만들어서 도둑질을 하게 하는 거야. 길들여지지 않는다면 자기보다 더 큰 죄를 짓게 해서 제거하는 거지."

형은 프로메테우스가 친구라도 되는 것처럼 말했다. 하지만 결정적으로 오갑이와 프로메테우스가 다를 수밖에 없는 건 오갑이 자식은 자기가 왜 묶여야 하는지 모르고 묶여 있다는 사실이다. 고구마를 구워 먹는 게 전봇대에 묶이는 이유라는 건 너무 우습지 않은가. 거기다 내 생각이 맞다면 오갑이 아버지도 자신이 왜 오갑이를 묶어야 하는지 모를 거다. 정말로 고구마를 구워 먹었다고 자식을 전봇대에 묶었다면 이 역시 우습지 않은가.

그래서 나는 생각했다. 진짜 이유는 오갑이가 애이기 때문이라고. 내 주변의 어른들은 아이들보다 많이 싸웠고 그 이유는 아이들이 싸우는 이유와 별반 다르지 않았다. 다만 오갑이는 애여서 묶인 거다. 평생 간을 쪼아 먹히는 형벌이라니. 벌에 대한 상상력은 인간이나 신 할 것 없이 대단들 하시다.

안 들려, 진짜 안 들려

내가 사차원 공간에 대해 믿게 된 건 식사 때 있었던 일련의 사건들 때문이다. 우리 가족은 거실에서 식사를 했는데 종종 믿기지 않는 일들이 생겼다. 그중 하나는 애벌레 사건이었다. 된 장국에서 구더기가 발견되는 식상한 일을 말하는 게 아니다. 가끔 살아있는 애벌레가 밥상 위로 떨어지는 일이 있었다. 그 애벌레는 구더기만 한 크기였지만 훨씬 가늘었다. 애벌레가 징 그럽다는 생각은 해본 적이 없었기에 놀란다거나 하는 요란을 떠는 일은 당연히 없었다. 오히려 문제는 식구들 중 누구도 애 벌레의 출현 따위에 관심을 갖지 않았다는 사실이다. 물론 훈비 를 제외하고 말이다.

마땅히 구미가 당기는 반찬이 없어 깨작거리며 밥을 먹던

중에 출현한 애벌레는 훈비의 흥미를 끌기에 충분했다. 애벌레는 천장에서 떨어졌다. 그러나 거실 천장에는 애벌레가 잠입할 만한 틈이 없었고 나는 고심 끝에 그 애벌레가 벽 타기 전문 애벌레라는 결론을 내렸다. 그 대단한 애벌레는 경사도 90도에 마땅한 홈도 없는 거실 벽을 타고 천장의 중앙까지 기어오른 것이다. 내 추리력이 조금만 부족했더라면 그때부터 사차원 공간 따위를 믿었을지도 모른다.

아빠와 엄마는 물론 할아버지와 할머니조차도 애벌레에 대해 이렇다 할 말이 없이 밥을 먹었다. 그들의 눈에만 애벌레가 보이지 않거나 동생과 내 눈에만 애벌레가 보이거나 둘 중 하나 같았다. 밥상에 떨어진 애벌레가 김치통과 고등어 접시 사이를 꼬물꼬물 빠져나오는데도 아무도 말이 없었다. 그들은 자신들이 애벌레 따위가 떨어지는 밥상에서 식사를 한다는 사실을 인정하기 싫었던 게 틀림없다. 실제로 그날 저녁식사가 끝난 후 애벌레로 인해 다툼이 있었다. 집 안에 애벌레 따위가 기어 다니는 이유에 대해 서로의 탓을 해야만 했으니까. 그래도 식사 시간 동안에는 말없이 식사만 하는 인내심을 보여준 탓에 애벌레는 무사히 화단으로 이동할 수 있었다. 애벌레의 구세주라면 말할 것도 없이 훈비였다.

내가 사차원 공간이 있다고 확신하게 된 건 애벌레의 출현과 비슷한 상황이긴 했지만 이번에는 없던 게 출현한 게 아니라 있어야 할 게 사라진 사건 때문이었다. 물론 그때의 상황도 훈비와 나만 관심을 가졌다. 일명 콩자반 사건이었는데 동생이 먹으려고 집었던 콩자반이 사라진 사건이었다. 어른들은 동생의 말을 믿지 않고 밥이 먹기 싫어 허튼소리를 하는 거라 생각했지만 나는 보았다. 당시 훈비는 네 살이었고 젓가락질이 무척 서툴렀다. 그런 녀석이 젓가락으로 무언가를 집는 모습은 경이로웠다. 정말이지 녀석이 젓가락으로 무언가를 집어 들 때면 나는 밥을 먹지 않아도 배가 부르다는 말이 이해될 정도였다. 물론 훈비의 밥그릇 주변에는 온갖 음식물들이 떨어져 있어 비빔밥 재료를 따로 모으는 것처럼 보일 지경이었지만 말이다.

동생의 젓가락에 들린 것들조차 매번 입안으로 들어가는 건 아니었다. 입가에 붙기도 했고 입에 들어가기 직전에 떨어지기도 했다. 녀석은 떨어진 음식물을 손으로 주워 먹었다. 그러면 어른들은, 특히 할머니는 훈비의 손등을 때리며 주워 먹지 못하게 했지만 나는 녀석이 뭔가를 주워 먹는 모습도 좋았다. 녀석의 손은 흙이 잔뜩 묻어 있어도 지저분하다는 생각이 들지 않을 정도로 귀여웠다. 아무튼 그날 나는 훈비의 젓가락에 집힌 콩자반이 녀석의 입 근처까지 무사히 인도되는 과정도, 그리고 안타깝게도 그 콩자반이 입에 들어가기 직전에 떨어지는 모습도, 떨어지던 콩자반이 밥그릇 너머로 사라진 것도 두 눈으로 똑똑히 보았다. 이건 정말 사실이다. 녀석은 떨어진 콩자반을 손으로 주워 먹기 위해 밥그릇 주변을 살폈지만 끝내 찾지 못하고 뾰로통한 표정이 되었다.

"콩이 달아났어."

나는 도저히 웃음을 참을 수 없을 지경이 됐고 배를 움켜쥐며 밥그릇을 치워보라고 했다. 그런데 밥그릇 뒤에도 콩이 없었다. 그래서 밥상 밑으로 떨어진 게 아닐까 싶어 확인해보았지만 그곳에도 없었다. 심지어 동생의 옷에 붙어있나 살펴보았지만 밥풀 몇 개만 발견됐다.

"내가 꼭 찾아줄게."

나는 식사가 끝난 뒤 본격적으로 콩을 찾아 나섰다. 그러나 어디에도 없었다. 콩이 어디 갔냐는 훈비의 질문에는 우리가 알지 못하는 다른 세계로 떠난 거라는 얼빠진 설명을 하고 말았다. 도저히 다른 설명은 할 수가 없었다. 그러나 훈비는 내 말을 믿었다. 녀석은 수박을 먹을 때도, 참외를 먹을 때도 악착같이 씨앗을 골라내는 녀석이니까. 씨앗을 먹으면 몸 안에서 수박과 참외가 열릴 거라고 믿는 녀석이니까 말이다.

나는 그 사건이 지난 한참 이후로도 다른 설명을 해주지 못했다. 실제로 나조차도 콩이 사차원 공간으로 사라진 게 틀림

없다고 믿게 됐다. 그런 공간이 있다고 믿고 싶었다. 사차원이나 UFO 따위가 있다고 주장하는 사람들은 그런 가상을 믿고 싶은 사람들일 뿐이다. 어쩌면 나도 그런 부류일지도 모른다. 그러나 동생에게 그런 식으로 설명해준 건 잘못한 거라는 생각이 든다. 그게 아직도 마음에 걸린다.

식사 때를 제외하고 우리 가족이 거실에 모이는 일은 흔치 않았다. 일 년에 서너 번 귀를 후빌 때가 전부라 할 정도였다. 가족의 귀지를 파내는 건 아빠의 담당이었다. 나와 동생과 엄마는 차례대로 아빠의 책상다리 위에 모로 누웠다. 때를 밀어주는 게 엄마라면 귀를 후벼주는 건 아빠였다. 두 경우 모두 꽤 통증이 따랐다.

귀지를 파내는 일은 시간과 장소가 정해져 있었다. 장소는 햇빛이 들어오는 거실이었다. 시간은 햇빛이 잘 들어오는 정오 무렵이었다. 집은 남향이었고 아빠는 서쪽에서 동쪽으로 이동하는 햇빛을 따라 우리들의 머리를 이동시켰다. 오른쪽 귀의 귀지를 모두 파고 왼쪽 귀를 파기 위해 몸을 뒤집을 때면 햇빛이 얼굴로 쏟아졌다. 세상에서 가장 눈부신 햇빛이었다. 나와 동생은 왼쪽 귀지를 파낼 때마다 눈을 감아야 했다.

사실 나는 오른쪽 귀를 후빌 때도 눈을 감았다. 그러면 내 귓속에 들어온 귀이개가 절구통 방망이처럼 크게 느껴졌고 내 귀 안이 캄캄한 우주처럼 여겨졌다. 귀이개는 그 넓은 허공을 긁어대느라 번번이 허탕을 쳤고 그러다 간혹 귀지가 걸리면 떨어질까 귓속 벽을 따라 조심조심 긁어냈다. 몹시 주의를 기울여야 하는 작업이었다. 아빠가 그 작업을 몇 번씩 실패할 때마다 빌어먹을 귀이개가 고막을 뚫어버리지는 않을까 조바심이 났다. 그렇게 되면 나는 한쪽 귀로만 소리를 들을 수 있을 거다. 귀이개가 귓속을 긁어대는 소리가 울릴 때마다 내 몸은 햇볕에 달구어졌다.

"노다지네. 부자 되겠다."

아빠는 왕건이가 나올 때마다 놀려댔다. 그건 만족스럽다는 의미였다. 따라서 아빠가 제일 귀를 파주기 싫어하는 사람은 엄마였다. 엄마의 귀에서 귀지 가루조차도 나오지 않았다.

"방향 바꿔."

엄마의 귓속에 있던 귀이개를 빼내며 아빠가 허탈해하면 이번에는 엄마가 당연하다는 표정을 지었다. 그러나 실은 아빠도 만족스러워했다. 나는 엄마의 귀 안에 내 귀지를 넣어두는 상상을 했다. 아빠가 엄마의 귀에서 내 귀지를 파내면 어떤 반응을 보일까. 또 절대 청정구역의 오염을 확인한 엄마는 어떤 반응을 보일까.

"악! 고막 뚫지 마."

훈비는 귀 안에 고막이란 게 있다는 사실을 들은 뒤로는 언제나 고막 이야기를 했다. 고막이 터질까 염려하는 녀석의 말에는 당연히 나도 공감했다. 아빠의 손에 들린 귀이개는 매번 너무 깊숙이 들어왔으니까. 그때마다 엄청난 통증이 밀려왔지만 곧 사라졌다. 귀를 파다 생긴 통증은 생기자마자 사라졌다. 그래서 그 통증은 짜릿했다. 지속되지 않는, 곧 사라질 게 예상되는 통증은 짜릿했다. 아니 선택할 수 있는 통증은 짜릿했다. 가끔씩 나는 끝났다는 아빠의 말을 유보시키기 위해 부러 이미 판 귀를 다시 보였다.

귀지가 나올 때마다 나는 확인을 요청했다. 아빠가 파낸 게 고막일 수도 있다는 의심 때문이었다. 귓속이 얼얼할 정도로 귀지를 파낸 날에는 정말로 소리가 잘 안 들리기도 했다. 그러면 나는 고막이 떨어진 게 아닐까 지레 겁을 먹었다. 나는 귀 후비기가 끝나면 양쪽 귀를 번갈아 손바닥으로 막고서 소리가 들리는지 확인을 했다. 훈비는 정말로 자기 귀에 있던 고막이 터졌다고 믿었다. 사실 한 번쯤 고막이 터지는 경험을 해보고 싶었다. 진짜로 고막이 터져본 사람이 듣는다면 내 귀를 잡고 들어 올려 서울 구경을 시켜주고 싶은 충동이 들겠지만 어쩌겠는가. 고막이 터져보고 싶다는 건 사실인데.

언젠가 아빠가 훈비의 귀지를 긁어내다 피를 본 적이 있었는데 아빠 말로는 동생 귀 안에 있던 피딱지가 떨어진 거라 했다. 제 피를 확인한 훈비는 이제 자신은 한쪽 귀가 먹었다며 울다 웃었다. 나는 녀석의 한쪽 귀를 막고 소리가 들리는지 확인해 보자고 했다. 녀석은 들리지 않는다고 했다. 무척 들뜬 목소리로 "안 들려. 진짜 안 들려." 하고 온 집안을 뛰어다녔다. 훈비는 잠시도 지루한 걸 참지 못했다. 차라리 고막이 뚫렸으면 하고 바랄 정도로 말이다.

사실 진짜 고막이 터진 사람은 엄마였다. 할머니의 따귀질이 원인이었다. 나와 훈비가 고막이라는 낱말을 알게 된 것도 엄마의 터진 고막 때문이었다. 엄마의 고막은 잘 붙었을까. 엄마의 몸은 전체적으로 왼쪽이 오른쪽보다 안 좋았다. 보리 이삭의 바늘 같은 부분에 찔린 눈도 콤바인의 컨베이어 톱날에 잘린 손가락도 왼쪽이었다. 모르긴 몰라도 엄마보다 할머니의 청력과 시력이 좋을 것이다. 엄마의 고막을 터트린 날 할머니는 엄마의 청력 일부를 빼앗아 갔는지도 모른다. 젠장. 이런 망할 기억은 별로 끄집어내고 싶지 않다. 어쨌든 나는 거실에서 귀를 후비는 게 좋았다. 귀를 후빌 때 가장 좋은 점은 모두 말이 없어진다는 사실이다. 귓속에 귀이개가 들어와 있을 때는 누구라도 말이 없어진다. 누구라도 온순해진다. 이런 순간의 지속과 내 고막을 거래할 수 있다면 나는 주저 없이 내 고막을 팔 것이다.

슈스케를 위한 헌정

형과 함께 읍내로 나갔다. 나의 목적은 이발이었고 형의 목적은 사우나였다. 내 머리카락들은 지나치게 많이 자라 있었다. 생각해보니 엄마가 집을 나간 이후 한 번도 머리를 깎지 않았다. 거의 삽살개 수준이었다. 우리는 머리를 자르고 대중목욕탕에 가기로 했다.

형을 따라간 곳은 장터에 있는 이발소였다. 나는 이발소가 처음이었다. 이발소 안은 미용실에서 나는 샴푸 냄새나 중화제 냄새 대신 비누 냄새가 났다. 나는 이발소에 오기를 잘했다고 생각했다. 엄마와 다니던 미용실을 갔다면 분명 엄마의 안부를 물어왔을 테니까.

의사처럼 흰색 가운을 입은 아저씨가 손님의 턱수염을 면도

하며 알은체를 했다. 내 차례가 되어 나는 소방차 머리를 해달라고 했다. 아저씨는 무성의하게 알았다 했다. 조금 불안했지만 별수 없었다. 거침없이 잘려나가는 머리카락을 보니 내가 아는 소방차 머리와 아저씨가 아는 소방차 머리가 다를 수도 있겠다는 생각이 들었다. 다 자른 뒤 안경을 쓰고 보니 아저씨가 아는 소방차 머리는 스포츠 머리였다.

이발소를 나설 때 내 머리는 효주 형과 같은 스타일이 되어 있었다. 이렇게 짧은 머리는 태어난 순간을 제외하면 처음이었다. 머리카락 사이로 바람이 스며드는 게 느껴졌다. 거울을 보고 들었던 짜증이 바람과 함께 사라졌다. 형과 같은 스타일이라는 이유로.

이발소를 나와 은하 목욕탕으로 갔다. 은하 목욕탕은 처음이었다. 은하 목욕탕의 지하에는 은하수 다방이 있었는데 엄마는 그런 이유로 은하 목욕탕을 꺼렸었다. 엄마는 약간의 결벽증이 있었다. 세균이란 단어를 자주 사용했는데 그 망할 세균 때문에 목욕탕을 갈 때마다 첫차를 타고 읍으로 나가야 했다. 남들보다 먼저 씻기 위해서였다. 그러나 다방 이모들이 자주 사용한다는 이유로 세균이 많다는 말은 납득이 가지 않았다. 엄마의 설명은 늘 조금씩 부족했다.

사실 나는 어릴 적 엄마와 여탕에 들어간 일을 기억하고 있다.

그리고 그때 본 장면을 떠올릴 수도 있다. 맙소사. 나는 그때 이후로 한동안 여자의 몸을 혐오하게 됐을 정도로 충격을 받았다. 여탕에 있는 여자들은 죄다 엄마보다 나이가 많은 사람들뿐이었고 설사 젊은 여자들이었다고 하더라도 목욕탕 안에서의 몸짓은 결코 아름다울 수 없었다. 그런 충격은 이후 아빠와 남탕을 처음 갔을 때도 받았지만 공통된 결론이라면 사람의 몸은 결코 아름답지 않다는 사실이었다.

남탕에 처음 갔을 때의 충격은 알몸에 드러난 흉터들 때문이었다. 남자들의 몸에는, 나이가 많으면 많을수록 흉터들이 많았다. 그들은 그 흉터들을 가리기보다는 오히려 더 드러내는 편이었는데 내가 본 흉터들 중 가장 끔찍했던 건 어떤 할아버지의 허벅지에 난 구멍들이었다. 정확히 말해 구멍이 뚫렸다 아문 자리였다. 그 할아버지가 다리를 절룩이며 걸어서 나는 그게 총알이 박혔던 흔적이라 확신했다. 언젠가 내 몸에도 그들과 같은 흉터들이 생길 거라 생각하자 끔찍했다.

형의 몸에는 어떤 흉터들이 있을까. 나는 탈의를 하면서부터 형의 몸을 흘깃거렸다. 형의 몸은 어떤 흉터도 용납하지 않을 것처럼 다부졌다. 그리고 정말로 형의 몸에는 흉터가 없었다. 대신 어깻죽지 부분에 문신이 있었다. 정확하지는 않지만 상어 같았다. 상어치고는 배 부분이 볼록해 얼른 보면 참치처럼 보였지만 누가 참치 따위를 문신으로 새기겠는가. 그러나 놀랍게도 형과 나란히 욕탕에 앉아 문신에 대해 물었을 때 형은 참치가 맞다 했다.

"이 문신은 슈스케를 위한 거야."

"슈스케? 그게 뭔데?"

"일본의 참치잡이 어부. 이 문신은 그 어부에 대한 헌정이야. 내가 처음으로 새우잡이 배를 타고나서 새긴 거지. 그때쯤 텔레비전에서 참치를 잡는 일본 어부를 본 적이 있었거든. 놀랍게도 칠십 먹은 노인이 그 엄청난 녀석을 혼자서 잡는 거야. 그건 아무나 할 수 있는 게 아니지. 자기 몸보다 큰 참치를 칠십 살 노인 혼자서 잡는다는 게 믿겨져?"

"그물로?"

"아냐. 그 노인은 낚시로 잡았어. 배는 절대 참치보다 빠를 수 없으니까 참치의 이동 경로를 예측해야 해. 그 노인처럼 혼자서 선장이자 선원 역할까지 해야 하는 사람들이 모는 배 여러 대가 참치 떼를 포위하는 게 시작이지. 그들은 참치를 모는 타이밍까지는 협동을 하지만 최종적으로 잡는 부분에서는 경쟁을 하는 거야. 참치 떼의 길목을 막고 나면 낚싯줄을 던지지. 여전히 배를 몰면서 말이야. 믿겨져? 혼자서 낚시와 배 운전을 동시에 하는 거야. 정말 기가 막힌 건 낚싯바늘을 참치의 입이 아니라 위장에 걸어야 한다는 사실이야. 입가에 걸리면 참치의 이빨에 줄이 끊어지게 되지만 위에 걸리면 참치가 입을 다물지 못해서 줄을 끊기 힘들거든. 그 모든 걸 경험에서 밴 감각으로 해야 해. 그런 건 진짜지."

형이 이렇게까지 들떠서 말하는 건 처음이었다. 그러니 그가 지금 한 말은 거짓말일 리 없었다. 나는 좀처럼 상상이 되지 않았다. 홀로 그 모든 과정을 해내는 사람들이 있다는 게, 그것도 칠십이나 된 노인이 그런 사람이라는 게 믿겨지지 않았다.

"그런 문신은 어디서 새기는 거야?"

형이 내게 물을 끼얹었다.

"아직 일러. 네게도 슈스케 같은 사람이 생긴다면 알려줄게."

나는 탕에서 때를 불리는 내내 형의 몸을 훔쳐보았지만 역시나 어떤 흉터도 찾지 못했다. 이상한 건 눈으로 발견하지 못했음에도 흉터를 본 것 같은 기분이 든다는 사실이었다. 형의 어깻죽지에 새겨진 문신도 그런 흉터의 일부 같았다. 처음으로 멋들어진 흉터를 본 기분이었다. 탕에서 나온 우리는 플라스틱으로 된 붉은색 앉은뱅이 의자에 앉아 서로의 등을 밀어주었다.

등이 따가웠다. 하지만 나는 아프다는 말을 하지 않았다. 시원하다와 아프다의 경계가 헷갈렸다. 나는 통증을 견디기 위해 김 서린 거울을 바라봤다. 흔들리는 형의 상체가 뿌옇게 비쳤다.

그 순간 본적도 볼일도 없는 슈스케가 떠올랐다. 팽팽해진 낚싯줄을 움켜쥐느라 손바닥이 갈라지는 슈스케가 떠올랐다. 그러나 아마도 칠십 살 슈스케의 손바닥은 갈라지지 않을 것이다. 이미 갈라져 본 적이 있는 손바닥에는 소나무껍질 같은 굳은살이 박여 있을 테니까. 그러자 엄마의 발뒤꿈치가 떠올랐다. 돌팔이 약품을 써서라도 벗겨내려 했던 굳은살 말이다. 원했든 원하지 않았든 생기고 만 굳은살들. 혹 굳은살은 내 몸의 일부를 희생시킨 결과일까. 일종의 성곽처럼 말이다. 안을 지키기 위한 표면. 그렇다면 엄마는 왜 악착같이 뒤꿈치의 굳은살을 제거하려 했을까. 안을 지키는 것보다 바깥으로 나가길 원했던 것일까.

목욕탕에서 나와 우리가 향한 곳은 당구장이었다. 나는 당구장 역시 처음이었다. 당구장에서는 담배 냄새가 진하게 났다. 나는 곧 그 냄새에 익숙해졌다. 형의 친구들로 보이는 사람들이 손을 들어 보였다. 아직 이곳에 형과 아는 사람들이 있다는 게 신기했다. 나는 당구장 벽면을 따라 놓인 소파들 중 하나에 앉아 형의 행동들을 지켜봤다.

"한 시간쯤 걸릴 거야. 끝나면 자장면 먹게 해줄게."

형이 요구르트 한 병을 건네며 말했다. 형은 내기 당구를 하는 거였다. 게임이 시작되고 큐가 공을 칠 때마다 내가 아는 욕과 모르는 욕, 욕인지 뭔지 모를 말들이 오갔다. 가라꾸, 하쿠, 겐세이, 뽀록, 삑사리, 히끼 같은 말들. 뜻을 알 수 없는 당구 용어들은 어딘지 험악하게 들렸다. 그 말들은 나를 긴장시켰고 그 탓에 나도 모르는 사이 다른 형들 몫의 요구르트까지 마시고 말았다.

"햐. 이 새끼 요거 귀엽네. 맛있냐?"

자기 차례가 끝나고 내 옆에 앉은 갈색 머리가 말했다. 나는 대답을 하지 않았다. 그러자 갈색 머리가 내 머리를 헝클었다. 나는 기분이 나빠져 슬쩍 머리를 털었다. 갈색 머리의 요놈 봐라 하는 표정이 눈에 들어오자 심장이 요동쳤다. 긴장감에 떨렸다. 동시에 묘한 스릴이 척추를 타고 머리에서 발끝으로 흘렀다.

"야! 동생이 너보다 견제가 나은데."

"건들지 마라. 붙으면 네가 질지도 모른다."

"그래? 야. 너도 쌈꾼이냐?"

갈색 머리의 말에 그의 패거리들이 낄낄거렸다. 나는 여전히 아무 말도 하지 않았다. 사실 입이 열리지 않았다. 그래서 나는 갈색 머리의 눈을 빤히 쳐다봤다. 갈색 머리의 손이 다시 내 머리 위로 올라오더니 개라도 쓰다듬듯 쓰다듬고는 일어섰다.

차라리 뒤통수를 후려쳤다면 나았을 거다. 수치심이 몰려들었고 동시에 화가 났다. 철저하게 애 취급하고 있었다. 형이 이런 놈들과 친구라는 사실이 실망이었다. 나는 속으로 씹새끼란 말을 중얼거렸다. 그러나 참아야 했다. 아무리 맞기 훈련 중이라지만 상대가 형의 친구여서는 곤란했다.

나는 계속되는 내기 당구를 지켜보며, 그리고 그 와중에 네 사람 사이에 오가는 대화들을 엿들으며 네 사람 사이의 서열을 파악하는 데 골몰했다. 결론부터 말하자면 실패였다. 다만 그 네 사람과 나 사이의 벽만 확인했다고나 할까.

게임에서 패한 쪽은 갈색 머리 쪽이었고 덕분에 나는 갈색 머리가 계산한 자장면을 먹었다. 그는 게임비보다 많은 돈을 형에게 건넸고 내 자장면 그릇에는 메추리알을 투척했다. 제기랄. 진짜 투척이었다. 내가 노려보자 갈색 머리가 말했다.

"난 메추리알 안 먹거든."

정말 맘에 안 드는 놈이었다.

자장면으로 저녁을 해결하고 효주 형과 갈색 머리 일행은 흩어졌다. 이후 형은 딱히 계획이 없어 보였다. 나는 형에게 오락실이나 가자고 말했다. 형은 별 고민 없이 그러자고 했다. 형과 나는 세계 2차대전을 배경으로 한 비행기 게임인 1945를 네 판까지 깬 뒤 스트리트 파이터를 했다. 1945는 내가 하자고 했고 스트리트 파이터는 형이 하자고 한 게임이었다.

형은 게임이 서툴렀다. 쉴 틈 없이 주먹과 발 버튼들을 눌렀지만 기술이 써지는 경우는 좀처럼 없었다. 켄을 선택한 내가 장풍만 반복해서 쏴도 이길 수 있는 게임이었다. 그러나 나는 두 번 쏜 장풍을 두 번 다 피하지 못한 춘리를 보며 장풍은 더 이상 쏘지 않았다. 육탄전 끝에 춘리가 꺄악 하는 비명과 함께 슬로우 모션으로 나자빠졌다. 나는 점수 화면이 뜨기 전에 효주 형에게 귓속말을 했다.

"형 화면 잘 봐."

"왜?"

"보면 알아."

잠시 후 화면이 바뀌면서 얼굴이 퉁퉁 부은 춘리가 가슴팍이 찢어진 치파오의 팔을 x자로 교차해 가린 장면이 나왔다. 형이 큭큭 하고 웃었다.

"답례를 해야겠네."

형이 내 손목을 잡아끈 곳은 읍내에 하나뿐인 공원이었다. 좀처럼 인적이 드문 공원이었고 하교 시간이나 되어야 도서관에 들리는 중고딩들이 거쳐 가곤 하는 곳이었다. 공원에서 볼거리라면 벚꽃 정도뿐이었다. 형은 읍내를 가로지르는 강물이 내려 보이는 정자에 나를 앉혀둔 뒤 잠시만 기다리라고 했다.

강가로 펼쳐진 들판이 물결처럼 일렁였다. 들판의 물결은 강물이 흐르는 방향과 일치했다. 공원에서 부는 바람만이 반대 방향이었다. 바람에 흩날리는 벚나무 꽃잎들이 정자 안에까지 들어와 굴러다녔다. 솔직히 꽤 아름다운 풍경이었고 때문에 나는 현실이 아닌 다른 공간에 있는 것 같은 기분이 됐다. 형은 공원의 쓰레기통 근처에 있는 공중전화 부스에서 누군가와 통화를 하고 있었다.

"집에 전화했어?"

"아니."

"그럼?"

"조금만 기다려봐. 누가 오기로 했어."

나는 형 말대로 누군가를 기다리며 정자에 적힌 낙서들을 읽었다. SEX 또는 sex, 누구와 누구가 SEX를 했다 와 같은 낙서들이 대부분이었다. SEX가 광고 중인 의류 브랜드처럼 보일 지경이었다. 나는 낙서를 하는 현장을 직접 목격한 적은 한 번도 없었다. 이런 낙서를 보다 보면 sex는 도둑질과 비슷하다는 생각이 든다. 하는 사람은 있지만 본 사람은 없으니까.

sex에 관한 낙서 중에는 간혹 내가 아는 여자애의 이름이 적혀 있기도 했다. 물론 내가 아는 그 여자애일 리는 없겠지만 그 낙서들은 자꾸만 그 여자애와의 섹스를 상상하게 했다. 정말 놀라운 건 정자의 천장에까지 낙서가 되어 있다는 사실이다. 낙서에 관한 집착은 어떻게든 빈 틈새를 찾아내는 것부터 시작해서 이미 쓰인 곳에 더 진한 글씨로 덧입히기까지 다양한 형태로 표현됐다. 뒤늦게 조잡한 그림이 입혀진 곳도 있었다. 합작예술도 아니고 사다리를 놓아야 닿을 수 있는 천장에 낙서라니, 미켈란젤로의 천지창조가 따로 없었다. 사실 sex에 관한 낙서의 범인들은 실제로 sex 경험이 없는 애들이 분명하다. 천지창조든 sex에 관한 낙서든 경험하지 못한 것에 대한 환상이 담겨 있다는 점만은 비슷했다.

"여기야."

효주 형이 공원 입구의 계단을 향해 손을 들어 보였다. 미니스커트를 입은 젊은 여자가 무언가를 싼 보자기를 들고 걸어오고 있었다. 가까이서 본 여자는 형보다 나이가 많아 보였다. 여자에게서 진한 향수 냄새가 났다. 짙은 화장과 미니스커트 때문에 꽤 예뻐 보였다. 가슴골이 보일 정도로 패인 니트 때문에 나는 어디에도 시선을 두기 어려웠다. 사실 나는 중학생 누나들조차도 빤히 바라보지 못했다. 하지만 이번에만은 여자의 얼굴을 빤히 쳐다보려고 노력했다. 조금 더 용기를 내 가슴부터 종아리까지 슬쩍 훑어보기도 했다. 형을 실망시키고 싶지 않았다.

여자가 보자기를 풀어헤치자 보온병과 컵 두 개가 나왔다. 여자가 잔 두 개에 보온병에 든 것을 따랐다. 김이 났고 커피향이 났다. 한 잔은 효주 형의 손에 한 잔은 여자 손에 들렸다.

"애도 한 잔 줘."

"어머. 너도 커피 마시니?"

의외라는 여자의 반응에 나는 기분이 나빠졌다. 담배도 피웠는데 이깟 커피쯤이야. 나는 고개를 끄덕였다. 여자는 자기가 마시던 커피를 내게 건넸다. 잔에 루주가 잔뜩 묻어 있었다. 입술에 묻어 있을 때는 예뻐 보이던 루주 자국이 잔에 묻어나자 불쾌했다. 그러나 하필 그 루주 자국이 마시기 편한 쪽에 위치했으므로 나는 아무렇지 않은 듯 루주가 묻은 쪽으로 마셨다.

"왜 요즘은 놀러 안 와."

"수작 부리지 마. 몇 번이나 봤다고."

"빈정거리긴. 이럴 때 보면 애 같아."

짐작은 했지만 여자의 정체가 오봉이라는 게 확실해졌다. 나는 다시 낙서들을 보려고 노력했다. 간접 시야로 자꾸만 오봉의 허연 허벅지가 들어와 가운데가 부풀었다. 나는 낙서들에 집중해야 했다. 낙서의 씨앗은 최초의 낙서다. 최초의 낙서는 나머지 공간을 여백으로 바꿔놓는다. 그러면 이렇게 고즈넉한 정자도 낙서 도배가 되는 건 시간문제다. 확인해 봐도 좋다. 버스

좌석같이 좁은 공간에조차 서로 다른 필체의 낙서들이 뒤엉켜 있기 마련이다. 여백을 견디지 못하는 머저리 같은 녀석들이 널렸다는 말이다.

효주 형이 지갑을 꺼냈다. 그리고 만 원권 지폐 몇 장을 꺼냈다. 다방 커피가 이렇게 비싼 거였나 하고 놀랄 때 지폐를 쥔 효주 형의 손이 여자의 가슴골 속으로 들어갔다. 아니 들어가려고 했다. 그러나 여자가 형의 손을 붙잡더니 뭐라 귓속말을 했다. 그러자 형의 귓불이 빨개졌다. 나는 여자가 형을 흥분시킬 만한 말을 했다고 짐작했다. 그러자 입안에 고인 침이 꼴깍하고 목을 넘었다. 삼켜도 침이 계속 고여 난처했다. 자리를 피하고 싶었지만 망할 아랫도리 때문에 다리를 꼬아야 했다. 그러다 여자의 눈과 내 눈이 마주쳤다. 여자가 생긋 웃더니 나를 향해 손을 뻗었다. 여자는 내 손을 잡고 자기 가슴 쪽으로 끌어당겼고 여자의 물컹하고 따뜻한 가슴이 만져졌다. 그러나 사실 이 장면은 상상이었다. 내 손에는 여자의 가슴이 아닌 만 원이 들려 있었다.

"얘, 떡볶이 사 먹어라."

이번에는 내 팔뚝에 소름이 돋았다. 그렇다. 나는 sex란 낙서만 봐도 긴장하고 마는 애송이였다.

여자를 보내고 돌아오는 길에 형에게 물었다.

"형, 그 누나가 귓속말로 뭐라 한 거야?"

"아, 그거?"

형의 귓불이 다시 빨개졌다.

"동생 앞에서 모범을 보이래. 젠장, 쪽팔리게 큭큭."

우리는 둘 다 웃음이 터졌고 한동안 낄낄거렸다.

그 줄무늬만큼의 유전자는

아빠가 김해에 다녀왔다. 김수로 왕릉에 참배를 지내고 온 거다. 해마다 이맘때면 김해 김씨 성을 가진 수많은 사람들이 김해를 방문했다. 나는 그 수고를 이해할 수 없었다. 작년까지는 엄마가 동행했지만 올해는 아빠 혼자 다녀와야 했다. 아빠는 돌아오자마자 그곳에 몰려들었던 수많은 인파들과 그중에 있었던 유명 정치인을 입에 올리며 김해 김씨라는 자부심에 도취된 감정을 감추지 않았다. 그런 아빠가 우스웠다.

왜 건국신화 속 시조들은 다 알에서 태어났는가. 신화적 상징이니 어쩌니 해도 그 알이라는 게 결국 새알 아닌가. 공룡알도 아닌 새알. 왜 우리에게 하늘은 숭배의 대상으로만 여겨지는 걸까. 내 생각에 그건 불안 때문이다. 불안이 신을 만들고 매달리게 한다. 이 사실을 깨닫기까지는 꽤 오랜 시간이 걸렸고 그 힌트는 교회에서 찾았다.

교회에서 가장 많이 들었던 말은 아버지 하나님과 구원과 인도, 그리고 죄와 나였다. 사실 그 단어들은 하나로 이어져 있다. 가령 내 죄로부터 나를 구원하시고 아버지 하나님께로 인도하소서. 우리는 태어난 순간부터 죄인이다. 그건 원죄 때문이다. 그런 우리를 대속한 분이 예수님이고 그분으로 인해 우리는 우리의 죄를 사함 받았다. 그러니 축복인 줄 알고 참회하라. 그렇지 않으면 지옥에 떨어질 것이다.

사실 나는 예배를 들을 때마다 불온한 상상을 하고는 했다. 그건 일종의 SM적인 모습이었는데 간단히 말하자면 이랬다. 목사님이 성경책 대신 강대상에서 예배당 입구까지 닿을 수 있는 긴 채찍을 들고 신도들을 내리치는 장면이다. 잘못했지? 잘못했지? 그러면 그 채찍에 맞은 사람들은 머리를 조아린다. 네 죽을죄를 졌습니다. 용서해 주세요. 용서해 주세요. 천국은 아니어도 좋으니 지옥에만 떨어트리지 말아 주세요.

아빠는 가끔 엄마에게 이끌려 교회를 갔지만 신자라 할 수는 없었다. 그래서 우리 집은 제사상을 차려놓고 기도를 했다. 다른 이들에게는 기형적으로 보이겠지만 내게는 그 풍경이 아름다웠다. 그건 내가 아는 한 엄마와 아빠가 타협점을 찾아낸 유일한 산물이었으니까.

어쨌든 엄마가 종교와 현실을 간혹 헷갈려 한다면 아빠는 신화와 현실을 구별하지 못했다. 김해에서 듣고 온 이야기들을 죄다 사실이라 믿었다. 아빠는 알까. 김수로왕의 왕비가 아유타국에서 온 사람이란 사실을. 따라서 우리의 시조는 최초의 국제결혼자라는 걸. 나는 그 이야기들은 고사하고 우리 집 족보조차 믿을 수 없었다.

우리 집 족보는 큰방의 장롱 깊숙한 곳에 보관되어 있다. 학교 숙제 때문에 족보를 떠들어 본 적이 있었지만 나는 족보를 믿지 않았다. 내가 초등학교에 입학하던 해에 없던 족보를 만든 일을 기억하기 때문이다. 그런 족보에 대한 나의 신뢰는 우리집 1대 조상개에 해당하는 진돗개의 족보에 대한 신뢰 정도였다. 그러고 보면 신화란 종잡을 수 없는 시간을 특정 공간에 붙들어 놓기 위해 탄생하는 거란 생각이 든다.

내 시조의 탄생설화를 들을 때마다 진도와 아끼다가 떠오른다. 우리 집 1대 조상개는 서울에 사는 삼촌이 아파트로 이사를 하면서 기차 편으로 부쳐온 진돗개였다. 쌍을 맞추기 위해 아빠는 추가로 암컷 한 마리를 사들였다. 그런데 진돗개 순수혈통을 구하지 못해 진돗개와 일본 개인 아키다 피가 섞인 잡종을 사들였는데 얼른 봐도 아키다 유전자를 더 물려받았거나 아니면 그냥 아키다 같은 외모였다. 진돗개는 직모인데 반해 그 개는 곱슬모에 투실투실 살집이 있었고 덩치는 더 컸다. 진돗개의 이름은 진도였고 아키다의 이름은 어른들 발음에 용이하게 변해 아끼다였다. 아키다의 이름은 어쩌다 보니 꽤 상냥한 이름이 돼버렸는데 사실 녀석은 이름과 달리 싸움꾼이었다.

진도와 아끼다는 첫 대면 때부터 으르렁거렸다. 그 싸움에서 진도의 코 한쪽이 뜯겨나갔다. 아빠는 진도의 코에 후시딘을 발라주며 아끼다를 나무랐는데 웃으며 나무라는 모습이 의아했다. 물린 놈 코에 약을 발라주며 문 놈을 칭찬한 격이었다. 어쩌면 그때 이미 아빠는 아끼다에 대한 기대를 품게 됐는지도 모른다.

아빠는 개를 좋아했다. 나도 개를 좋아했다. 동생은 기르던 개에게 손가락을 물리기 전까지 개를 좋아했다. 엄마는 기분에 따라 좋아했다 싫어했다 했는데 평상시에는 귀찮아했다. 할머니에게 개는 다 자라면 팔아야 하는 가축이었다. 이건 개들에 대한 우리 가족의 입장이라면 개들의 입장에는 다소 차이가 있었다.

일단 개들도 아빠를 가장 따르긴 했다. 개들이 바라보는 나는 이인자였고 훈비는 자기들이 돌봐야 하는 대상으로 여겼다. 엄마에 대해서는 별다른 관심을 보이지 않았고 가장 눈치를 살피는 건 할머니였다. 그러니까 개들에게 있어 할머니는 일인자는 아니었고 일종의 천적이었다.

진도와 아끼다는 지치지도 않고 으르렁거렸으나 놀랍게도 언제부턴가 아끼다의 배가 불기 시작했다. 아끼다는 여덟 마리의 새끼를 낳았고 그게 진도의 첫 2세였다. 그중 네 마리가 죽고 세 마리는 팔렸다. 아빠는 제일 튼실해 보이는 수컷 한 마리를 남겼는데 그 녀석이 지금 마당에 있는 누렁이다.

성견이 된 누렁이는 우리 마을 최고의 카사노바가 됐다. 일단 등치가 좋았고 그렇다고 뚱뚱한 게 아니라 다부진 몸매였기에 암컷이 있는 집마다 누렁이의 유전자를 받고자 찾아왔기 때문이다. 결과적으로 우리 마을을 비롯해 인근 마을 전역에는 누렁이의 2세들이 태어나게 됐고 또 그 2세들은 다른 지역으로도 팔려갔기 때문에 누렁이의 유전자는 걷잡을 수 없이 퍼져나갔다.

대문 앞에 개를 실은 트럭 한 대가 멈춰 섰다. 나는 당연히 누렁이의 유전자를 받기 위한 개이려니 하고 그 개를 구경하고자 대문을 나섰는데 이전과는 뭔가 분위기가 달랐다. 일명 핏불 테리어란 종의 그 개는 온몸이 검정색 바탕에 가로로 감색 줄무늬들이 있었고 귀는 삼각자 끝부분을 심어놓은 것처럼 날카롭고 작았으며 머리가 상당히 컸다. 그 개의 첫인상은 상상으로만 그려보던 케르베로스에 가까웠다. 덩치는 누렁이와 견줄 만큼 컸는데 나를 보자 잡아먹을 듯 짖어대는 게 목줄을 쥐고 있던 주인만 아니었으며 돌팔매질을 해준 뒤 달아나고 싶은 충동이 들 정도였다. 이제 와서 밝히자면 그 (아메리카)핏불 테리어는 순종이 아니었다. 개를 좋아하는 아빠를 둔 탓에 나는 꽤 많은 개들을 보러 다녔는데 순종 핏불 테리어는 눈앞에 있는 녀석보다 날렵하게 생겼고 얼굴도 더 작은 편이다.

사실 나는 누렁이를 통해 유전이란 단어를 이해했다. 유전이란 단어는 기분 나빴다. 유전이란 게 정말 있다면 나는 아빠의 형제들처럼 서서히 머리가 벗겨질 수도 있고 고혈압이 될 수도 있으며 간암에 걸릴 수도 있었다. 엄마처럼 운동신경이 떨어질 수도, 시력이 더 나빠질 수도, 다 자란 키가 백육십 이하일 수도 있었다.

그런 것들은 아무래도 상관없었다. 정말 기분이 나쁜 건 유전이란 말이 운명과 동의어로 들린다는 사실이었다. 그렇게 되면 문제는 정말 심각해진다. 아빠 같은 남자로 자라 엄마 같은 여자와 결혼하고 내 엄마는 할머니 같은 시어머니가 되고 그럼 내 아내는 다시 엄마 같은 사람이 되어 나는 아내와 엄마 사이에서 쪼그라든 아빠의 도플갱어 같은 인생을 살게 된다. 상상만 해도 숨이 막혔다. 유전은 어찌할 수 없다 해도 운명만은 가만 둬서는 안 된다. 이 망할 놈의 운명은 조금만 방심하면 앞서가 며 내 목에 걸린 줄을 잡아챌 것이다. 나는 숨이 막혀 죽으면 죽 었지 녀석이 잡아당기는 쪽으로는 가고 싶지 않았다. 그러다 문 득 그런 생각이 들었다. 이 망할 운명을 박살내기 위해 엄마는 집을 나간 게 아닐까 하는.

마침내, 그러나 갑자기 대문이 열렸고 기대로 들뜬 누렁이의 천진한 얼굴이 보이는 순간 트럭 위의 핏불 테리어가 누렁이를 향해 번개같이 뛰어내렸다. 그 무지막지한 녀석은 누렁이를 보 자마자 목을 물고 늘어졌다. 이 황당한 상황을 누렁이는 어떻 게 받아들일까. 누렁이의 목을 문 핏불 테리어가 머리를 흔들 때마다 피가 튀었고 두 마리의 개가 내뿜는 열기에 주위는 후 끈해졌다. 나는 아빠에게 말리라고 했지만 아빠는 난감한 표정 을 지어 보이며 좀 더 두고 보자는 말만 반복했다. 어느새 트럭 에서 내려온 투견의 주인은 아빠 옆으로 다가와 가슴팍에 팔짱 을 꼈다.

"형님. 내가 안 그랬소. 암만 힘이 좋아도 투견하고는 게임이 안 된다니까."

아빠의 표정은 더욱 일그러졌다.

"말려야지 안 되겠네."

드디어 아빠가 제정신을 차린 것 같았다. 그러나 그 순간 개싸움의 양상이 뒤바뀌었다.

목줄을 풀지 않은 투견이었기에 누렁이는 연신 녀석의 목을 무는 데 실패하고 있었다. 누렁이는 당장이라도 쓰러질 것 같은 몸을 겨우 가누고 있었다. 덩치만 컸지 싸움이라고는 해 본 적이 없는 녀석이었으니 당연한 결과였다. 그런데 그런 녀석이 갑자기 목을 털어 투견의 입에서 벗어나더니 그대로 투견의 얼굴을 물어버린 거였다. 그리고는 어디서 그런 힘이 났는지 투견의 얼굴을 문 채 패대기치자 투견이 길옆 시궁창으로 나가떨어졌다. 시궁창에서 빠져나온 투견이 재차 공격을 시도했지만 요령을 익힌 누렁이는 다시 얼굴을 문 뒤에 이번에는 힘으로 눌러 자빠트렸다. 저 순둥이 같은 녀석이 언제 싸움을 해봤다고 저렇게 싸우는 걸까 하는 의문이 드는 동시에 누렁이의 부모견이 국제결혼 한 싸움꾼들이었다는 사실을 떠올렸다.

이번에는 투견의 주인 얼굴이 일그러졌다.

"이거 진짜 말려야지 안 되겠네."

아빠는 투견 주인이 했던 말을 되풀이했으나 그 뉘앙스는 사뭇 달랐다.

"아예 뒤져브라고 냅두쇼."

투견의 주인은 자기 개에게서 등을 돌렸다. 투견은 더 이상

기력이 없는지 쓰러진 채 가쁜 숨을 내쉬고 있었고 마찬가지로 지친 누렁이도 더 이상의 행동은 없이 짓누르고만 있었다. 아빠가 누렁이를 끌어 대문 안쪽으로 이동시켰다. 누렁이는 자신이 아빠와 나를 지킨 거라고 생각하는 듯했다. 그리고 나는 그게 투견에게 누렁이가 이긴 비결이라 생각했다.

그러나 감상적이었던 나의 생각은 잠시 후 수정됐다. 누렁이의 승리 비결에는 생물학적인 이유가 있었다. 누렁이는 진도와 아키다현이 태생인 부모견 사이에서, 그러니까 싸우다 정분이 난 부모견 사이에서 태어났다. 그런 누렁이가 아메리카 핏줄인 핏불 테리어와 싸운 격이었다. 사실 핏불 테리어는 태생이 사나운 종자는 아니었다. 다만 핏불 테리어는 근력과 맷집이 좋은 개다. 그런 핏불 테리어의 성질을 이용한 투견꾼들이 핏불 테리어를 투견으로 만든 것이다. 투견을 만드는 사람들은 어릴 때부터 개에게 매질을 하고 굶기거나 살아있는 먹이를 주는 등 폭력성을 길러낸다. 그 사실을 안 뒤로 나는 사람을 보면 이유 없이 이를 드러내는 개들을 볼 때마다 마음이 아팠다. 녀석들은 두려운 것이다. 자기를 공격할까 봐 접근 금지 신호를 보내는 것이다.

대문 밖으로 투견 주인의 호통 소리가 이어졌다.

"이 망할 개새끼가. 쪽팔리게 족보도 없는 잡종한테 작살이 나!"

나는 잡종이란 말에 실은 핏불 테리어 자체가 교배종이란 말을 하고 싶었으나 꾹 참았다. 세상에 순종은 없다. 순종을 주장하는 이들이 있을 뿐. 나는 담장 너머로 멀어지는 트럭을 지켜보며 투견의 누런 줄무늬를 생각했다. 어쩌면 그 줄무늬만큼의 유전자는 누렁이의 것일지도 몰랐다.

지나칠 수가 없잖아

아빠가 강아지 한 마리를 데리고 왔다. 몇 달 전 누렁이와 교미한 암컷이 낳은 새끼들 중 한 마리라고 했다. 아빠는 새끼를 마당에 풀어놓았다. 암탉을 잃은 장닭이 잠시 관심을 보였지만 곧 흥미를 잃었다. 잠을 자려는데 새끼의 낑낑거리는 소리가 들렸다.

소리는 거실 밖에서 났다. 나는 거실로 나갔다. 새끼는 신발들을 깔고 엎드린 채 낑낑거리고 있었다. 안방 문이 열리더니 아빠가 나왔다. 아빠는 요강 뚜껑을 열다 나를 보고는 마당에 있는 화장실로 갔다.

"어미 찾는가 보다. 얼른 자라."

아빠가 오줌을 누며 말했다.

나는 아빠가 안방에 들어간 뒤 새끼를 내 방으로 데리고 왔다. 새끼는 어두운 방안을 킁킁거리며 헤매다가 이불 속으로 파고들었다. 이불 속에서 내 배를 찾아 주둥이로 찔러댔다. 나는 새끼의 머리를 쓰다듬었다. 새끼는 내 손을 따라 머리를 움직이다가 손가락을 빨았다. 새끼의 입속은 뜨거웠다. 새끼는 손가락이 늘어날 만큼 강하게 빨았다. 빨면서도 낑낑거렸다. 손가락은 곧 축축해졌고 뜨거워졌다. 새끼는 다섯 개의 손가락을 번갈아 가며 빨았다. 아무리 세게 빨아도 젖은 나오지 않았다. 나는 녀석이 찾는 어미가 아니니까. 나는 새끼에게 찡찡이라는 이름을 지어줬다.

아빠는 내일부터 내 방을 뜯어고칠 거라 했다. 나는 창문만은 남겨달라고 했다. 마당을 향해 뚫린 창문의 유리는 바둑판 형태로 올록볼록했다. 나는 그 동전만 한 네모들에 눈을 가까이 대고 보는 걸 좋아했다. 그렇게 보는 바깥은 돋보기로 보는 것처럼 중심이 볼록해 보였다. 마당 가장자리를 따라 심어진 과실수들도 배불뚝이 나무가 됐고 누렁이는 머리가 두 배나 커 보였다.

아침이면 창문을 통해 굴절된 햇빛은 자잘한 무지개들이 되어 벽지에 비쳤다. 무지개들은 매번 같은 자리에서 생겨나 같은 자리로 이동하다 사라졌다. 만져도 따뜻하지 않았다. 예쁘지만 힘이 약해진 빛들이었다.

내 책상은 창문 아래 붙어 있다. 나는 책상에서 과학 상자를 가지고 놀거나 그림을 그리다 누렁이가 짖으면 대문을 확인했다. 들어오는 사람이 할머니나 할아버지, 아빠라면 하던 걸 계속했고 엄마면 문제집을 펼쳤다. 문제집과 그 밖의 책을 구분할 수 있는 사람은 엄마뿐이었으니까. 엄마는 내가 뭘 하고 있어도 나무라지 않았지만 그렇다고 해서 칭찬을 하는 것도 아니었다. 엄마는 오로지 다른 사람들 앞에서만 칭찬을 했다. 그래서 나는 엄마의 칭찬을 믿지 않았다. 엄마가 내게 화를 낼 때는 내가 집에 너무 늦게 올 때뿐이었다. 그랬던 주제에 정작 자신이 가장 오래도록 집을 떠나 있다.

내 손가락을 빨다 포기한 찡찡이가 이불 밖을 떠돌며 낑낑거렸다. 전등을 켰다. 책상에 앉자 수없이 많은 내가 모자이크 유리창에 비쳤다. 내가 너무 많았다. 미리 방을 정리하기로 했다. 그러나 곧 생각을 고쳐먹었다. 내가 치울 수 있는 건 많지 않았다. 나는 창문과 국어대사전과 백과사전과 일기장 들을 제외하고는 다 버리기로 결심했다. 그러나 내 결심이 지켜진 일은 거의 없었다.

찡찡이가 계속해서 낑낑거린다. 문득 동생이 보고 싶었다. 훈비는 내 방에서 태어났다. 녀석이 태어날 때 아빠는 마당에서 이리저리 왔다 갔다 했고 나는 거실에 있었다. 엄마가 여러 번 비명을 질렀고 나는 그때마다 엄마가 죽을지도 모른다는 생각을 했다. 세숫대야와 수건이 드나들 때 열린 문틈으로 잠깐이지만 누워있는 엄마를 봤다. 엄마 손을 붙잡고 있는 아주머니가 보였고 의사인지 간호사인지 모르는 산파 역할의 여자가 엄마의 다리 쪽에 있어 엄마는 잘 보이지 않았다. 애를 낳는 과정은 누군가 죽기 전의 모습과 비슷해 보였다. 문은 곧 닫혔지만 나는 엄마가 죽고 말 거란 생각을 멈출 수가 없었다. 나는 어떤 녀석이 태어나든 죽도록 괴롭혀 주기로 결심했다.

그러나 나는 훈비를 괴롭힐 수 없었다. 녀석은 너무 작았고 녀석이 자랄 때마다 나도 자랐기에 늘 작았다. 거기다 녀석은 울보여서 작은 일에도 눈물을 보였다. 가령 비행기만 지나가도 울어버리는 그런 녀석이었다. 대신 잘 웃기도 했다. 나는 그런 훈비가 신기했다. 나도 어렸을 때는 녀석과 같았을까. 잘 모르겠다. 훈비는 내 방에서 자는 걸 좋아했다. 이건 정말이다. 엄마와 함께 집을 나가기 전날 밤에도 내 방에서 자는 걸 내가 안아 들고 안방으로 옮겼으니까 말이다. 녀석은 아무것도 모르지만 달리 생각하면 뭐든 알았다.

훈비가 했던 말 중에 대단한 것들을 말하라면 하루를 꼬박 말할 수도 있을 정도다. 그중 하나는 이런 거다. 엄마가 자기를 구박했다며 아빠에게 고자질하는 할머니를 보더니 훈비가 내 손을 잡아당겼다. 내가 녀석의 입에 내 귀가 닿도록 몸을 숙이자 "할머니는 남자만 좋아해." 이렇게 말하는 거였다. 정말 대단한 통찰력이 아닌가. 녀석도 내년이면 입학을 해야 하는데 이대로라면 나와 다른 학교에 입학할 확률이 높았다.

이런 생각을 하면 조금 슬퍼진다. 영리한 녀석인 건 맞지만 녀석이 벌써부터 혼자가 되는 건 마음이 아프다. 우리 가족 중 나보다 힘이 약한 사람은 동생뿐이다. 따라서 내가 지켜줄 수 있는 것도 동생뿐이다. 그러나 나는 녀석이 어디에 있는지도 어느 학교에 다니게 될지도 모르고 있다.

내일이면 나는 버리고자 했던 것들을 다시 상자에 주워 담을지도 모른다. 엄마와 나는 한 가지 닮은 습관이 있었다. 그건 물건을 모으는 건데 주로 쓰고 난 것들이거나 한 번도 쓰지 않은 것들이었다. 그렇게 모은 물건들 중 하나라도 분실이 된 날에는 집이 발칵 뒤집혔다. 나는 그때의 엄마 심정을 잘 안다. 모아둔 물건을 잃어버리면 정말 꼭지가 돌아버린다. 가령 나는 모아둔 병뚜껑 중 몇 개가 사라진 사실을 알면 옷장에 개어있는 양말 속까지도 뒤지고 만다. 매번 침착하고자 했지만 매번 실패했다. 그렇게 잃어버린 물건을 찾다 보면 운동장을 몇 바퀴 돌았을 때처럼 호흡이 가빠졌고 온몸이 뜨거워졌다. 병뚜껑을 찾아 집 안을 헤집다 우연히 거실 벽에 있는 반신 거울에 비친 내 얼굴을 본 적이 있었는데 술에 취한 오갑이 아빠처럼 붉었다. 얼굴의 실핏줄들이 죄다 터져버린 것 같았다. 그런 순간에 누군가 말을 붙이면 "상관 마"라는 말과 "망할 집구석"이란 말만 발작처럼 반복했다. 그건 엄마도 마찬가지였다.

나는 뭔가 모으는 버릇이 있었지만 동시에 분실하는 경우도 잦았다. 내가 잃어버린 것들을 찾는데 몰입하는 이유는 그 분실한 물건이 내 눈에 뜨이지 않을 뿐 어딘가에 존재한다는 사실 때문이다. 맥가이버 칼(스위스 아미 나이프)처럼 날카로운 물건을 잃어버렸을 때는 문제가 심각했다. 나는 분실한 물건을 찾는 게 얼마나 괴로운 일인지 잘 알고 있기에 마음속으로는 '그래, 차라리 잘된 일이야. 맥가이버 칼이 계속 있었다면 언젠 가는 손을 베이고 말았을 거야.' 같은 식으로 마음을 다잡으려 노력했다. 그러나 언제나 실패였다. 찾아내지 못한 이상 맥가이버 칼은 어디에든 있을 수 있다. 어쩌면 칼날을 뺀 상태에서 잃어버렸는지도 모른다. 맥가이버 칼을 찾지 못한다면 그것은 어디에든 있을 확률이 존재한다. 나는 언제든 그 칼에 찔릴 위협을 안고 사는 셈이다. 이불 속에 맥가이버 칼이 들어 있는 상상은 생각만 해도 끔찍했다.

만약에 끝내 잃어버린 물건을 찾지 못하게 되면 남아 있는 물건들도 죄다 버렸다. 그리고 그 물건이 있던 자리를 보면서 슬퍼했다. 슬펐지만 그것들이 눈앞에서 완전히 사라질 때에야 비로소 안정을 되찾았다. 만약 남아있는 물건들을 그대로 둔다면 그 물건들을 볼 때마다 돌아버릴 것 같았다. 그래서 같은 상황이 발생하면 후회할 걸 알면서도 또다시 같은 행동을 반복했다. 거의 미친놈 같았다. 그런 내가 나조차도 이해되지 않았다. 정신이 나가지 않고서야 누가 병뚜껑 따위를 모은단 말인가. 누구라도, 공수 같은 녀석조차도 병뚜껑 따위는 모으지 않는다. 그런데 내가 그런 정신 나간 짓을 하고 있었다.

　병뚜껑을 처음으로 모은 건 우연적이었다. 하굣길 도로 위에서 뭔가가 반짝거리는 게 보였다. 내가 가까이 다가가자 더 이상 반짝이지 않았고 그래서 다시 뒷걸음질을 치자 다시 반짝였다. 그것은 정확히 그 위치에서 볼 때만 반짝였다. 나는 그 반짝거리는 위치를 기억해두었다가 단숨에 그 자리로 뛰어갔다. 그 자리에 있던 건 사이다 병뚜껑이었다. 아직 차에 밟히기 전인지 찌그러지지 않은 채였다. 그 병뚜껑을 찌그러지게 두어서는 안 된다는 생각이 들었다. 그런 생각이 들고 나면 도저히 그냥 지나칠 수 없었다. 마치 병뚜껑이 내게 주워지기 위해 기다리고 있었다는 것처럼 의미부여가 됐고 나는 주워야만 했다.

문득 아빠가 집 전체를 뜯어고치는 이유를 알 것도 같았다. 아빠와 엄마는 크게 다투고 난 다음 날이면 가구들의 위치를 바꾸고는 했다. 가구들을 재배치하면 이전과 다른 가정이 될 거라 믿는 것일까. 무의미하고 멍청한 짓이었다. 몇 번 바꾸다 보면 원래 위치로 돌아올 수밖에 없는 좁은 집에서 말이다. 엄마가 없는 지금 아빠는 혼자서 그 빌어먹을 짓을 하고 있는 셈이다. 가구 옮기기 대신 생각해낸 게 고작 집을 뜯어고치는 일이라니. 아빠는 늙어 죽을 때까지도 이 집을 떠나지 못할 게 확실했다. 공사를 열 번쯤 반복하는 한이 있더라도 말이다. 버리고 싶지만 버릴 수 없는 것들에게 할 수 있는 건 자리 바꾸기 정도란 걸까.

쥐는 꼬리를 남긴다

찡찡이는 며칠 사이 손가락을 빠는 힘이 점점 약해졌다. 어제
부터는 아예 빨지 않더니 결국 죽고 말았다. 아빠는 장염이거
나 심장사상충 때문일 거라 했다.

"심장을 파먹는 기생충이다. 지렁이같이 생겼지."

"어떻게 파먹는데?"

"그건 몰라."

"아마 빨아먹을 거야. 새끼의 심장은 말랑거릴 테니까."

아빠는 심장사상충이 지렁이 같다 했으나 나는 거머리 같을
거라고 생각했다. 거머리의 입은 심이 나오는 볼펜 구멍처럼 생
겼는데 그 입으로 피를 빨아먹었다. 나는 심장에 사는 거머리
를 떠올려보았다. 거머리에게는 천국이었다.

"어떻게 할 거야?"

"글쎄. 너에게 맡기마."

나는 죽은 새끼와 호미를 들고 개울로 갔다. 개울에서 비교적 높은 지대에 호미로 구덩이를 팠다. 지금 파고 있는 구덩이 옆에는 새끼 토끼와 병아리가 묻혀 있었다. 새끼 토끼를 묻은 자리에는 토끼를 닮은 돌멩이가 놓여 있었고 병아리가 묻힌 자리에는 병아리를 닮은 돌멩이가 놓여 있었다. 죽은 강아지를 묻고 강아지를 닮은 돌을 찾아 나섰다. 강아지를 닮은 돌은 찾기 힘들었다. 대신 거머리를 닮은 돌을 찾아 강아지 무덤 위에 내려놓았다. 강아지가 죽었으니 이제 심장사상충도 죽을 것이다. 강아지가 할 수 있는 유일한 복수였다.

집에 돌아왔을 때 아빠는 마당에 총을 겨누고 있었다. 아빠는 내 방 공사를 앞두고 삼 일째 시간을 끄는 중이었다. 아빠는 거실의 유리문을 열고 총부리만 밖으로 내어놓은 채 조준하고 있었다. 총구는 마당 한쪽을 차지하고 있는 외양간과 화장실 사이에서 오갔다.

"똥 퍼내다 보니까 쥐가 너무 많다."

내가 뭘 잡는 거냐고 물었을 때 아빠가 한 말이었다. 아빠가 처음 총을 쏘았을 때 큰 방에서 텔레비전을 보던 할머니는 염병할 것, 소 잡을 일 있냐며 욕을 쏘아댔다. 나는 이상한 흥분에 젖어 아빠 곁을 떠나지 못했는데 그건 내가 방심하고 있을 때 총소리가 들릴까 두렵기 때문이다. 아빠는 여전히 쥐들의 동선인 외양간과 화장실을 노려보고 있었고 나는 아빠가 보는 곳과 방아쇠에 올려진 아빠의 검지를 번갈아 가며 보았다. 쥐들은 외양간의 사료를 훔쳐 먹거나 똥 속에 있는 덜 소화된 것들을 먹었다. 나는 불안감이 극에 달할 때마다 아빠에게 말을 걸었다.

"원래 쥐를 총으로 잡아?"

"뭘로 잡든 잡기만 하면 되지. 요새 쥐들은 영리해서 쥐덫에도 안 걸린다."

나는 앞으로 영리하다는 표현은 쓰지 않기로 결심했다.

두 번째 총알이 애꿎은 화장실 벽에 구멍을 냈을 때 나는 아빠가 쥐를 잡고 싶다기보다는 총을 쏘고 싶은 게 아닌가 하고 추측했다. 솔직히 아빠가 이 집에 있는 쥐들을 죄다 죽였으면 싶었다. 망할 쥐새끼들.

나는 쥐들을 볼 때마다 할머니가 떠올라 참을 수 없었다. 쥐들은 그 조그맣고 까만 눈으로 세상의 모든 것들을 염탐했다. 녀석들의 눈은 사람과 먹이, 그 두 가지만을 보기 위해 박혀 있었다. 할머니는 지금에야 방안에 틀어박혀 나오지 않지만 엄마가 있을 때는 종일 부산하게 집안을 돌아다녔다. 나는 그게 엄마의 행동을 염탐하기 위해서란 걸 알았다.

"영점이 안 맞아."

세 번째 쏜 총알이 쥐를 빗겨나갔을 때 아빠는 총 가방 안에 있던 망원경을 꺼내 공기총에 장착했다. 마당에 총질을 하면서 망원경이라니, 거의 정신이 나간 사람 같았다. 공기총은 서울에 사는 작은아빠가 자신의 총을 엽총으로 교환하며 이전해 준 거였다. 이전한 지 사 년이 넘어가지만 아빠는 공기총으로 사냥을 한 적이 없었다. 담장 위로 솟은 탱자나무의 참새 무리에게 쏜 것과 마을에서 제법 떨어진 개울에서 깡통을 세워두고 맞추기를 한 게 전부였다. 깡통을 맞추는 이유를 물었을 때 돌아온 대답은 영점을 맞추기 위해서라고 했다. 영점이란 가늠자와 시선이 일치하는 데로 총알이 날아가는 걸 말한다. 아빠는 평상시에 영점을 잘 맞춰두어야 사냥을 할 때도 헛맞지 않는다고 했다. 짐작대로면 지금쯤 공기총의 영점은 일 센티미터의 오차도 없을 것이다. 그러나 아빠는 사냥을 하지 않았다. 정말 괴팍한 작자가 아닌가.

"영점은 전에도 맞췄잖아?"

"한 번 맞췄다고 계속 유지되는 게 아니다. 영점은 늘 틀어지지."

영점이 계속 틀어지는 거라면 평상시에 맞춰두는 건 불필요한 일이었다. 사냥을 가기 직전 한 번만 맞추면 됐다. 역시 아빠는 그냥 총을 쏘고 싶은 거다.

"전쟁이 나면 우리나라가 지고 말 거다. 너처럼 안경을 쓰는 애들이 자꾸 늘어나니 말이다."

"안경만 쓰면 아빠만큼 잘 보여."

"전쟁통에 안경이 온전할 것 같으냐?"

사실 내 눈은 엄마의 유전이었다. 그 밖에도 엄마에게 물려받은 거라면 약해빠진 뼈대와 친구들에 비해 압도적으로 무성한 털들이었다. 아빠의 양쪽 시력은 자그마치 2.0이었고 다부진 근골에 열세 살인 나보다도 털이 없었다. 내가 아빠에게 물려받은 거라면 성뿐이었다. 엄마는 병약했고 엄마를 닮은 나도 잔병치레가 잦았다. 아빠는 번갈아 병원에 출입하는 엄마와 나를 볼 때마다 눈살을 찌푸렸다.

"그러는 아빠는 누구를 닮았는데?"

대답이 없다 싶었는데 네 번째 총성이 울렸다. 꼬꼬댁하는 소리가 울렸고 누렁이가 안절부절못하며 짖었다.

"뭐라고 했지? 못 들었다."

"아빠는 누구를 닮았냐고."

"글쎄다. 확실한 건 네가 나를 안 닮아서 다행이라는 거다."

사료통 근처에 장닭이 쓰러진 채 날개를 푸드덕거리고 있었다.

닭이 날갯짓을 할 때마다 마당에 핏자국이 남았다. 닭은 살아 움직이는 도장 같았다. 아빠는 창고에 있던 가을걷이 나락과 고추를 도둑맞았을 때도, 엄마의 손이 콤바인에 말려들었을 때도, 동생과 나를 보고는 다행이다는 말만 중얼거렸다. 나는 아빠에게 있어 다행일 수밖에 없는 내가 싫었다. 다행이라는 말은 무력한 사람들이 쓰는 말이었다. 그러나 나는 멍청한 표정으로 아무렇지 않은 듯 있을 수밖에 없었다. 그러자 아빠는 한 번 더 다행이라고 말하며 담배를 피웠다. 아빠가 말하는 다행이란 더 잃을 수 있는 것들 가운데 덜 잃은 게 있다는 의미였고 그 덜 잃은 것들 중에는 언제나 나와 동생이 포함되어 있었다.

아빠의 쥐잡이가 닭잡이로 끝나고 그 흔적들을 살피던 나는 아빠의 총알이 전부 쥐를 빗나간 건 아니라는 사실을 알았다. 화장실의 갈라진 콘크리트 블록 사이로 한줄기 피가 흘러나오고 있었다. 벽 틈 사이로 쥐꼬리가 삐져나와 있었다. 벽에서 흘러나온 피가 쥐꼬리를 타고 톡톡 떨어졌다.

그래, 이론상으로는

일주일 사이 또다시 닭백숙을 먹은 아빠는 다음 날 오전부터 내 방의 공사를 시작했다. 동전만 한 구멍이 뚫려있던 닭다리는 누렁이의 차지가 됐다. 누렁이는 아빠가 던져준 닭다리를 공중에서 날렵하게 낚아챈 뒤 앞발로 누르고 게걸스럽게 뜯어먹었다. 이제 아빠의 총에 맞아 죽을 닭은 없었다.

아빠는 종이박스 네 개를 주면서 두 개에는 필요한 것들을, 두 개에는 창고에 집어넣을 것들을 담으라고 했다. 그렇게 해서 내 방이 생긴 후 처음으로 내 물건들을 정리하게 됐다. 필요한 것과 필요하지 않은 것들로 구별하는 것은 생각보다 어려웠다. 개미를 태워 죽일 때나 쓰는 돋보기를 창고에 넣을 상자에 담았다가 개미를 관찰할 때 쓸 수도 있다는 핑계를 내세워 필요한 것들을 담는 상자로 옮겼다. 그러다 개미를 관찰할 일은 지금까지도 앞으로도 영원히 없을 거라는 생각에 다시 창고로 갈 상자에 옮겨 담았다. 대부분의 물건들이 두 종류의 상자 사이를 수차례 오갔다. 사실 불필요한 고민이었다. 아빠는 내 물건들을 버리지 않을 테니까. 단지 창고의 잡동사니들 틈으로 옮기는 것뿐이었고 내 마음이 바뀌면 언제든 다시 꺼내올 수 있는 일이었다.

나는 아빠가 분할해준 상자의 비율이 문제라고 생각하기에 이르렀다. 반반으로 나누는 일은 내 모든 물건들에 대해 반쯤은 쓸모가 있고 반쯤은 쓸모없는 것이라 여겨지게 했다. 나는 상자 하나에만 필요한 물건들을 담기로 했다. 상자 한 개가 가득 차면 나머지 것들은 미련 없이 나머지 상자에 담기로 결심했다.

그러자 이번에는 뜻밖에 담을 게 별로 없어 문제였다. 아빠가 남기고 싶은 물건이라 했더라면 네 개의 상자 중 한 개도 창고로 갈 상자가 없었을지도 모른다. 필요한 물건은 별로 없었다. 사전들만 떠올랐다. 하지만 사전들은 상자에 담을 필요가 없었다. 상자에 담는다면 무거워 옮길 수도 없다.

결과적으로 한 개의 상자에 담긴 건 어린이 목공세트, 과학상자, 팔레트와 물감, 붓, 각종 문구류였다. 그리고 덮개를 닫은 상자 위에 사전들을 올려두었다. 계획과 달리 일기장은 나머지 상자 속에 넣었다.

한 가지 마지막까지 고민이 됐던 물건은 단소였다. 구입한 후로 단 한 번도 소리를 내지 못한 단소였다. 오 학년 음악 실기 시간에 단체 구입했는데 일주일 동안 연습했지만 소리를 낼 수 없었다. 덕분에 악기이던 단소는 매가 되어 내 손바닥을 내리쳤다. 처음으로 흥미를 느꼈던 악기였지만 내가 음악적 소질이 없다는 사실을 일깨워 준 악기이기도 했다. 당연히 창고행 상자에 넣게 될 물건이라 생각했는데 예상 밖으로 마지막까지 고민하게 됐다.

단소는 세게 불어도 약하게 불어도 소리가 나지 않았다. 담임이 단체로 구입한 거라서 애들의 단소는 모두 같았다. 그러니 단소 탓을 할 수 없었다. 우리는 한 명씩 교탁 앞에 나가 단소를 불어야 했다. 대부분의 애들은 성공했고 나와 다른 아이 두 명만 실패했다. 실패한 우리 셋은 자기가 불던 단소로 손바닥을 열 대씩 맞았다. 단소가 허공을 가를 때마다 쉭쉭 바람 소리가 났다. 그렇게 불어도 나지 않던 망할 소리가 잘도 났다. 그날로 나는 음악을 싫어하기로 했다. 50센티미터 자로 맞은 뒤 포기한 산수에 이어 두 번째로 포기한 과목이었다. 나는 단소를 창고행 상자에 담았다.

짐 정리를 끝낸 나는 잡동사니들이 담긴 상자를 들고 공수네 집에 들렀다. 공수 부모님은 농사를 짓지만 부업으로 고물상도 했다. 엄밀히 말하자면 정식 고물상이라기보다는 마을에서 나오는 고물들을 모아 두었다가 진짜 고물상에 넘기는 일이다. 고물들의 정류장인 셈이다. 가끔 고물을 사 가는 경운기가 마을을 지났지만 마을 사람들은 공수네 집에 고물을 팔았다. 고물을 실은 경운기를 모는 아저씨는 고물을 받으면 라면이나 엿 따위를 줬지만 공수네 집에서는 현금을 주기 때문이었다. 공수네 집이 고물상을 시작한 건 마을에서 유일하게 트럭을 장만한 게 계기였다. 공수의 부모님은 마당에 고물을 모으다 고철값이 오르면 고철들을, 종잇값이 오르면 종이들을 트럭에 싣고 진짜 고물상으로 향했다.

공수는 자기 부모님과는 별도로 자신만의 고물을 모았다. 공수가 모으는 고물들은 한눈에 봐도 고물상에서조차 취급하지 않을 것들이었다. 녀석은 전자제품 속에서 나오는 각종 자석이나 반도체, 그리고 시계 따위를 모았다. 이유는 타임머신을 만들기 위해서라고 했다. 비행기 정도면 이해해보려 했지만 타임머신이란 말은 좀처럼 와 닿지 않았다. 그래도 나는 녀석에게 잡동사니들을 모아 넘긴다. 그러면 녀석은 제 부모처럼 푼돈을 내 손에 쥐여 줬다.

놀랍게도 공수는 며칠 전 자신의 코를 내리찍은 전학생, 지후와 함께 있었다. 지후는 우리 학교 서열 일 순위의 자리를 전학 첫날에, 그것도 망치질 주먹 한 번에 거머쥐었다. 그런 녀석 둘이 학교 밖에서 어울려 있는 꼴이니 조금 놀라웠다. 사실 공수의 진짜 모습을 알면 그리 놀랄 일도 아니다. 공수는 학교에서의 모습과 마을에서의 모습이 다른 애였다. 학교에서는 나름 대장 역할을 했지만 형들과 어른들이 있는 마을에서는 얌전히 지내는 녀석이었다. 정말이지 망할 학교란 곳에는 언제나 서열이 있는 법이다. 한 학년에 한 반밖에, 그리고 그 한 반에 스물두 명밖에 없는 곳에도 엄연히 서열은 존재한다. 물론 영화 비트에 나오는 도시의 학교처럼 심하지는 않지만 말이다. 그런 학교에 다녀야 한다면 나는 미쳐버리고 말 거다. 그러나 내가 생각하는 도시는 늘 관념일 뿐이었다. 어차피 나는 성인이 되어야만 이곳에서 벗어날 수 있을 테니까.

"오오! 바로 이거야."

공수는 상자를 열어보더니 흥분으로 정신이 혼미해졌다. 이미 나 따위는 안중에도 없었다. 녀석의 집 마당에는 고물들이 지붕보다 높이 쌓여 있었다. 고물로 된 동산 옆에 사는 황구는 오늘도 여지없이 나를 보고 짖었다. 녀석은 공수네 식구를 제외하고는 누구를 보더라도 짖었다. 공수는 그 이유가 자기 집 담장이 무너졌기 때문이라고 했다. 공수네 담장은 무너졌다기보다는 쓰러졌다. 고물의 무게를 지탱하지 못하고 담장이 통째로 넘어간 건 삼 년 전이었다. 공수 말에 의하면 그때부터 황구는 자기가 지켜야 할 영역이 지구 전체라고 믿는 것 같다고 했다. 그 말이 사실이라면 황구는 지구 전체를 경계해야 하는 피곤한 개였다.

공수는 지후에게 어깨동무를 하는 등 제법 친한 척을 하고 있었지만 지후는 썩 달가워하지 않는 표정이었다. 솔직히 말해 그런 지후가 멋있었다. 애들은 별일도 아닌 일에 늘 법석을 떨었지만 지후는 달랐다. 녀석의 입에서 이야기가 나온다면 우리와는 전혀 다른 이야기가 나올 것이다. 나는 그 이야기가 듣고 싶었고 동시에 공감하지 못할까 봐 두려웠다.

공수는 상자를 보물단지라도 되는 양 품에 안고 아지트로 향했다. 고물 더미는 하나가 아니라 재질별로 여러 개였는데 그중 고물로서의 가치도 없는 것들만 모아둔 곳이 아지트였다. 한때 아이들 사이에서 아지트가 유행처럼 번지던 시기가 있었는데 나는 아직도 아지트의 요건이 무엇인지 모르겠다. 아이들은 자기들이 자주 모이며 어른들은 관심을 갖지 않는 모든 장소에 아지트라 이름 붙였다. 그렇기에 주로 폐축사나 다리 밑, 산의 너럭바위 따위를 선정했다. 공수의 아지트는 유일하게 마을 안에 있는 것이었다.

꼭대기의 높이가 2미터쯤 되는 고물 더미 한쪽에 개구멍을 뚫은 형태로 지어진 공수의 아지트는 거창하게 말하자면 고대 왕릉 같았고 친근하게 말하자면 움막 같았다. 나는 그 고물 더미의 속에 들어갈 때마다 정말 유적지에 들어온 기분이 들고는 했다. 동산처럼 쌓여있는 고물 더미들 중 아직까지 한 번도 치워지지 않은 유일한 고물 더미라서 그런 것 같았다.

정말 고물뿐인 아지트였지만 그래도 내 관심을 끄는 물건이 있기는 했다. 그건 진공관 오디오의 일부였는데 전구와 비슷한 형태였다. 나는 진공관을 볼 때마다 알 수 없는 생각들에 휩싸였는데 정리하자면 이런 내용이다.

진공관이라 하면 그 내부가 공기조차 없는 무의 상태라는 말이다. 그런데 내 눈앞에 버젓이 그 진공이란 공간이 있다. 진공의 공간이라는 그 아무것도 없는 상태가 유리로 된 틀 안에 갇혀 있다. 정말 아무것도 없는 상태가 존재할 수 있는 걸까. 투명하다고 해서 공기가 없는 게 아니듯 저것은 분명히 일정한 공간을 차지하고 있지 않은가. 그런데도 정말 아무것도 없다고 말할 수 있다는 사실은 도저히 납득이 가지 않았다.

이런 생각을 하다 보면 이번에는 대기압에 관한 생각이 꼬리를 물었다. 우리가 살고 있는 지구라는 행성에는 대기권이라는

막이 있고 그 막 안에는 대기압이라는 게 있다. 만약 우리 몸 안에도 대기압과 같은 압력이 없다면 우리는 대기압에 짓눌려 바람 빠진 풍선처럼 되고 말 거다. 우리가 엄청난 대기의 압력 속에서도 아무렇지 않을 수 있는 건 우리의 몸이 그 대기압과 같은 힘으로 맞서고 있기 때문이다. 그런데 저 얇은 유리로 된 진공관은 내부에 어떤 압력도 갖고 있지 않으면서도 엄청난 공기의 압력을 지탱하고 있는 것이다. 나는 그 사실이 경이롭다기보다는 믿기지 않았다. 그러나 눈앞에 그런 물건이 있다. 나는 비어있는 공간이 버틸 수 있는 이유를 오랫동안 고민했다. 그리고 내린 결론은 음악의 신이 허락한 틈이란 거였다. 말도 안 되는 소리지만 막상 그렇게 생각을 정리하자 그렇게 믿고 싶었다.

"아 참. 고물값 계산해야지."

사실 진공관의 개념도 대기압에 관한 개념도 공수에게 들어 아는 것이었다. 문득 아지트란 진공관과 비슷한 의미가 아닐까 하는 생각이 들었다. 존재하지만 존재하지 않는 그 무엇. 그 무엇을 존재하게 하기 위한 작은 공간. 정말 그런 공간은 필요하다. 우리의 몸은 늘 대기압과 맞서느라 지쳐있기 때문에 가끔은 몸을 대신해 대기압과 맞서줄 공간도 필요하다. 믿길지 모르겠지만 실제로 나는 공기가 너무 무겁게 느껴지는 순간이 있다. 그런 순간이면 내 어깨가 종아리까지 내려가 손이 땅에 끌려다니는 기분이 들었다. 아무리 걸어도 제자리인 것 같은 기분이랄까. 내 생각을 알 리 없는 공수는 상자 안의 물건들을 하나하나 확인한 뒤 주머니를 뒤적거렸다.

"이 정도면 되지? 많이 쳐준 거야."

오백 원이었다. 녀석은 내가 액수가 적다 따진 적이 한 번도 없음에도 언제나 생색을 냈다. 실은 제 아빠의 말투를 따라 하는 거였다.

"됐어. 이번 거는 그냥 주는 거야."

"왜?"

"내게는 더 이상 쓸모없는 것들이니까."

"너 바보냐?"

이놈이 미쳤나. 돈을 안 받겠다는데도 지랄이다. 생각해보니 돈을 안 받겠다는데 한사코 쥐여 주는 것도 제 아빠랑 닮았다. 공수와 둘이서면 모를까 지후녀석 앞에서 어른 흉내나 내는 꼴을 보이기는 싫었다. 자존심이 상한다고 해야 할까. 아니다. 이 기분은 자존심이란 한 단어로 설명할 수 있는 게 아니다. 모든 게 한심해 보인다는 듯한, 공수와 나를 공기처럼 통과해 그 너머를 바라보고 있는 듯한 저 시선. 그래. 자존심이 상한다기보다는 주눅이 든다고나 할까, 아무튼 그런 기분이었다.

"쓸모는 네가 정하는 게 아니야. 돈을 주고 거래해야 쓸모

있는 게 되는 거지."

"그래. 네 말이 맞아. 그래서 안 받겠다는 거야. 나는 저것들이 정말로 쓸모없는 것들이 되길 바라니까."

나는 진심으로 녀석이 이 멍청한 거래 흉내를 그만두길 원했다. 오백 원을 쥔 공수의 손이 목적지를 잃고 굳어 있었다. 마치 시간이 정지한 것 같았다. 녀석은 타임머신을 만드는 데 가장 중요한 건 시계와 자석이라고 생각했고 그래서 이 아지트 내부에서 가장 흔하게 보이는 것도 그 두 가지였다. 그중 바늘이 돌아가는 시계는 하나도 없었다.

"그런데 말이야. 너 정말로 타임머신을 만드는 게 가능할 거라 생각해?"

"당연하지. 언젠가는 가능할 거야."

공수가 허황된 꿈을 꾸는 건 자기 넷째 형 때문이었다. 녀석은 제 위로 일곱 명의 형과 누나들이 있었고 아래로는 여동생 한 명이 있었다. 그중 넷째 형의 장래희망이 공학도였는데 중학생 때 라디오 조립 대회에 나가 입상을 한 적이 있었다. 그때 라디오가 조립되는 과정을 지켜본 공수는 타임머신에 관한 영감을 얻었다고 했다. 녀석의 표현을 그대로 빌리자면 눈으로 보고도 믿기지 않는 일이 실제로 벌어졌단다. 알 수 없는 칩들로 이루어진 플라스틱판과 선들을 납땜으로 연결하고 주파수를 이리저리 돌리자 라디오가 나오더란 거다. 공수는 그때부터 공기 중에는 우리가 알 수 없는 수많은 에너지가 흐르고 있고 그것들을 잘 이용하면 뭐든 만들 수 있다고 믿었다. 공수의 형이 그날 자기 눈앞에서 잡아낸 건 소리였지만 공수는 시간을 잡아내기로 결심한 거다.

"아인슈타인이 그랬대. 이론상으로는 시간여행이 가능하다고."

"정말? 그러게 내가 뭐랬어."

나는 이론상으로라는 말을 다시 한 번 읊어줄까 하다 말았다. 실은 말이 되건 안 되건 녀석이 원하는 거라면 됐으면 좋겠다. 역시 불가능하겠지만.

이론상이라는 말은 슬픈 말이다. 백과사전에는 아인슈타인의 성장과정도 요약되어 있었는데 김나지움의 지독한 기숙사 생활과, 유대인이라는 이유로 차별받았던 일들이 적혀있었다. 그러나 나는 그것보다도 '이론상'이라는 말이 가슴 아팠다. 아인슈타인은 어린 시절부터 절망이 뭔지를 알았던 게 분명하다. 평화는 이론상으로만 가능했다. 우리 가족의 갈등 해결도 이론적으로는 가능했다.

기독교에서는 사랑이, 불교에서는 자비가 그것을 가능케 한다. 하지만 어떤 이론도 교회 밖으로 절 밖으로는 이어지지 못했다. 엄마는 목사님의 달콤한 말들을 듣고 나서 집으로 오자마자 온갖 욕설들에 둘러싸였고 자신도 욕설들로 응수하기를 반복했다. 아빠도, 목사님도, 신도 해결 못하는 일을 내가 해결할 수는 없었다. 모든 게 이론상으로만 가능할 뿐이었다. 그러나 나는 한때 그 일이 가능할 수도 있다고 믿었던 적이 있다. 결과는 참혹했지만 말이다.

"완성만 되면 너는 공짜로 태워줄게. 너는 내 후원자니까. 언제로 가고 싶어?"

"시간여행은 싫어. 언제로 가든 나는 지금 모습 그대로일 테니까. 너도 헛된 기대 따위는 하지 않는 게 좋아. 넌 그대로일 테니까."

나는 기대 따위는 하지 않는다. 기대 이상의 내일은 없다. 무언가를 기대하며 사는 인간은 설사 기대하던 일이 현실로 이뤄지더라도 또 다른 기대를 만들지 않고는 버틸 수 없다. 내일을 기대하며 사는 얼간이는 늘 실망할 수밖에 없다. 하지만 문제는 기대가 내 의지로 좌지우지할 수 있는 게 아니란 사실이다. 그래서 나는 현재의 상태를 파악하는데 골몰할 뿐이다. 아마도 지금의 나는 진공관과 비슷한 상태일 거다. 텅 비어있지만 지랄 맞게도 빈 공간이란 게 남아있는 상태. 그래서 제자리에서만 버틸 수 있는 상태.

나는 조금 전 내 말이 지후 녀석에게는 어떻게 들렸을지 초조한 심정으로 녀석의 표정을 살폈다. 그러다 녀석과 눈이 마주쳤다. 순간 녀석의 눈에서 경멸이 느껴졌다.

"여긴 시간이 멎어버린 곳이야. 다들 느려터진 데다 걱정도 없어. 나는 니들과 닮아가는 게 겁나. 알아?"

나는 정말 얼간이인 게 확실했다. 지후의 말에 병신처럼 고개를 끄덕이고 말았으니까. 사실 어느 정도는 공감도 됐다. 하지만 전적으로 수긍할 수는 없었다. 그랬다가는 정말 끝장이라는 생각이 들었으니까. 뉴스에 나오는 서울 시민들의 발걸음은 하나같이 누군가에게 쫓기듯 빨랐고 나는 도저히 그런 걸음을 흉내낼 자신이 없었다. 그런데 그런 걸음을 걷는 지후가 우리를 보고 겁이 난다니. 내가 바이러스가 된 것 같았다. 지후와 나는 서로를 보고 불안해한다는 점에서는 같았다. 하지만 지후는 나와 닮을까 불안하고 나는 지후를 닮지 못하게 될까 봐 불안하다는 부분에서 달랐다.

지후는 달아나듯 공수 집 대문을 빠져나갔다. 그때서야 새삼 녀석의 걸음이 얼마나 빠른지 알게 됐다. 거의 경보 수준이었다.

지후의 뒷모습을 황당한 표정으로 바라보던 공수가 입을 열었다.

"미친놈. 어른 되기 싫다면서?"

내게 한 말인지 지후에게 한 말인지 모호했지만 대답을 할 사람은 나뿐이었다.

"애로 남기에는 이미 많이 자라버린 것 같아서."

갑갑증이 일었다. 대화를 할수록 내가 비정상으로 여겨졌다. 어디로든 떠나고 싶었다. 그러나 나는 꼼짝도 하지 않았다. 갈 곳이 없었다. 어쩌면 공수는 벌써 시간여행 중인지도 모르겠다. 이곳이 십 년 뒤에도 이십 년 뒤에도 유지된다면 타임머신은 아니더라도 타임캡슐로 남을 수는 있을 것이다. 이 시계들은 그때도 여전히 이 시간에 멈춰있을 테고 공수는 "타임머신? 진짜 그딴 얼빠진 소리를 했었어? 내가? 하하."와 같은 말들을 고백하게 될지도 모른다. 그때까지 이 고물 더미가 남아 있기만 하다면 말이다. 이론상으로는.

"공수야."

"왜?"

"나 뺨 한 대만 때려주라."

"미친놈."

"진심이야. 한 대만 때려주라."

"왜?"

"이유는 묻지 말고 한 대만 갈겨주라. 이렇게, 이렇게."

나는 공수의 손목을 잡고 내 뺨을 치게 했다. 얼간이 같은 짓인지 알지만 내가 할 수 있는 건 이것뿐이었다. 지금 공수가 내 뺨을 쳐주지 않는다면 정말 미쳐버릴 것 같은 기분이었다.

"그러니까 왜?"

"씨발. 고물값이라 생각하고 한 대만 쳐달라니까."

짝.

제법 찰진 따귀였다. 그러자 멈춰있던 시간이 다시 흘렀다.

"괜찮냐? 씨발. 그러니까 싫다 했잖아."

"괜찮아."

"무슨 일인데?"

"괜찮으면 한 대만 더 갈겨줄 수 있냐?"

"이 새끼가 진짜."

"알았어. 조금 아쉽지만 괜찮아. 근데 넌 맞고 싶을 때 없어?"

"미쳤냐. 하루라도 안 맞고 싶다."

다시 갑갑증이 일었다. 그러나 이번에는 도저히 때려 달라 부탁할 수 없었다.

"그만 간다."

"잠깐만."

공수가 팔목을 붙잡았다. 빌어먹을 오백 원을 끝내 쥐여 주려나 보다 했는데 웬 시계 하나를 줬다. 이 고물 더미 속에 작동하는 시계가 있을까. 우려와 달리 동그란 형태의 탁상시계는 유리가 깨지고 없었음에도 시곗바늘은 돌아가고 있었다. 시간도 맞는 것 같았다.

"내가 직접 고친 거야. 이건 쓸모가 있겠지. 고물값으로 가져가. 그리고 고장 나면 가져와. 이 시계는 내가 있는 한 멈추지 않을 거야."

기왕 뭔가 줄 거라면 진공관을 떼어 달라 하고 싶었지만 진공관을 깨트리지 않고 보관할 자신이 없었다. 나는 고물이지만 작동하는 시계를 들고 공수 집을 나섰다.

암바사 농약

농번기가 시작됐다. 일주일간 학교에 나가지 않아도 된다는 의미다. 대신 집에서 일을 해야 했다. 올해는 엄마가 없기에 더 많은 일을 해야 했다. 농사일이 많아지면서 공사는 더디게 진행됐다.

아빠가 경운기의 시동을 걸자 도랑에 넣어둔 호스를 타고 경운기 뒤에 실린 커다란 플라스틱 통으로 도랑물이 빨려들었다. 검은 플라스틱 통은 경운기의 트레일러 절반을 차지했고 나머지 절반은 손가락 굵기의 노란 호스가 차지했다. 낚싯대처럼 긴 분사기를 트레일러에 기대어 묶고 나자 그사이 고무 통의 삼분의 이쯤 물이 찼다. 아빠는 세 가지 농약을 섞어 탄 뒤 긴 각목으로 저었다. 마지막 병에 담긴 농약을 부었다. 투명하던 농약 물이 우유색으로 변해갔다. 우유색 물에서 거품이 뽀얗게 일었고 나는 떠올리기 싫은 탄산음료 암바사를 떠올리고 있었다. 빌어먹을 암바사.

경운기의 시동이 걸리자 형과 나는 잽싸게 트레일러에 실린 호스 위로 뛰어올랐다.

"스파게티 면발 같다."

"맞아."

나는 라면 면발 같다 생각하면서도 고개를 끄덕였다. 나는 스파게티 면발이란 걸 구경해본 적도 없으니 라면과 스파게티를 모두 먹어본 형의 말이 맞을 거다. 나는 둥글게 말린 농약 호스를 보며 스파게티 면발을 떠올려 보려 노력했다. 머릿속에서 농약 호스를 백분의 일로 줄이기 위해 안간힘을 썼다.

"스파게티 면은 단단해."

"맞아. 삶기 전에는 단단하지."

찍었는데 맞았다. 이제부터는 스파게티 이야기를 하지 않기로 했다. 조금 전에 내가 한 말만 들어도 형은 내가 스파게티를 먹어봤다고 생각할 테니까. 나는 농약 호스를 딛고 일어나 농약 통을 잡고 섰다. 농약 통의 높이는 내 목 정도였다. 농약 물이 출렁이는 소리가 듣기 좋았다. 형은 고무 통에 기대앉아 멀어지는 창고를 바라봤다.

경운기가 국도를 벗어나 논둑길로 접어들자 고무 통 안의 물은 보다 심하게 요동을 쳤다. 그리고 몇 방울이 내 얼굴로 튀었다. 입가에도 튀었다. 나는 혀를 내밀어 입가에 튄 농약 물을 훔쳤다. 보기와는 달리 혀를 꺼내 헹구고 싶을 정도로 쓰고 비렸다. 지독한 냄새였다. 하지만 참을 만했다. 나는 볼에 튄 농약을 손가락에 묻혀 입안에 넣었다. 이 짓을 몇 번쯤 반복하면 치사량일까. 어쨌든 이 물을 마시기만 하면 이 세상을 뜰 수 있다. 하지만 너무 썼다. 그리고 지독하게 비렸다. 단 두 방울만으로도 말이다. 농약에서 딸기 맛이 났다면 어땠을까. 하루도 거른 적 없이 들큼한 막걸리를 마시던 할아버지가 이 세상에서 마지막으로 마신 게 이 쓰고 비린 농약이었다. 아무리 술에 취했어도 그렇지 어떻게 이런 농약을 단숨에 들이킬 수 있었을까? 마시기 전에 맛을 봤더라면, 아니 냄새만 맡았더라면, 그랬더라면 결코 막걸리처럼 원샷을 하는 일은 없지 않았을까.

바람이 농약을 뿌리는 중인 논에서 경운기 쪽으로 부는 통에 형과 나는 신나게 농약 입자들을 마셔야 했다. 논 끝머리까지 도달한 아빠가 중간에서 줄을 잡고 있는 형에게 뭐라 소리쳤고 형이 다시 내게 뭐라 소리쳤다. 경운기 소리가 시끄러워 잘 들리지 않았다. 형이 손을 위아래로 흔들었다. 경운기 모터를 줄이라는 건가. 나는 황새 부리 모양의 사이드 클러치 위에 달린 스위치를 돌렸다. 그러나 너무 많이 돌렸는지 시동이 꺼져 버렸다. 아빠가 분사기를 내려놓고 다가왔다. 농약을 너무 많이 들이킨 걸까. 머리가 어지럽고 속이 메스꺼웠다. 기분이 우울했다. 어쩌면 농약 때문이 아니라 경운기 시동을 꺼트려서인지도 모른다. 젠장. 경운기 스위치 하나 제대로 조작하지 못하다니. 어쨌든 기분이 끝 모르고 가라앉았다. 망할 흰색이 자꾸 떠올랐다.

나는 농약을 하고 돌아온 저녁부터 앓았다. 두통이 심했고 헛구역질과 설사를 했다. 아빠와 형은 다음 날에도 농약을 하기 위해 논으로 향했고 나는 할머니만 있는 집에 남았다.

커튼이 펄럭였다. 언제 커튼을 바꿔 단 것일까. 커튼은 이전 것보다 얇았고 하얀색이었다. 커튼이 펄럭일 때마다 그 너머의 실루엣이 보였다. 엄마가 돌아온 걸까? 나는 커튼으로 다가갔다. 그리고 커튼을 젖혔다. 할아버지? 할아버지가 왜? 백색 두루마기를 입은 할아버지가 나를 보고 손을 내밀었다. 나는 그런 할아버지가 무서워 뒷걸음치려 했지만 몸이 마비되어 움직이지 않았다. 그때 할머니 목소리가 들렸다. 이것 좀 마셔라. 불쌍한 내 새끼, 이것 좀 마셔라. 나도 모르게 할머니가 건넨 물을 마셨다. 그리고 바로 토했다. 농약 맛이 났다.

등짝이 식은땀에 젖어 축축했다. 불을 켜자 머리맡에 놓인

자리끼가 보였다. 할머니가 왔던 걸까? 주전자 위에 대접이 덮여 있었다. 주전자 주둥이를 입에 대고 물을 마셨다. 설탕물이었다. 다시 베개를 베고 누었는데 베개가 축축했다. 눈가를 만져보니 물기가 닦였다. 일어나 방 밖으로 나섰다. 할머니 방의 방문이 열려 있었고 텔레비전 소리가 빠져나오고 있었다. 열린 문으로 다가갔다. 할머니는 여느 때처럼 텔레비전 쪽을 향해 모로 누워 있었다. 자고 있는지 내 인기척에도 움직임이 없었다. 혹시? 할머니가 죽은 게 아닐까 하는 생각이 들었다. 그러나 나는 깨워볼 생각도 못하고 내 방으로 돌아왔다.

할아버지의 죽음은 자살이 아니었다. 명백한 타살이었다. 할아버지가 돌아가시기 전날 엄마와 할머니는 심하게 다퉜다. 할머니의 손에는 농약병이 들려있었고 할머니는 그 농약을 엄마더러 마시라 했다. 엄마는 저항했고 그러다 방바닥에 떨어진 농약병이 깨지면서 온 집안에 농약 냄새가 퍼졌다. 할머니가 살아있는 한 엄마는 할머니에게 살해될 운명으로 보였다. 할머니와 엄마가 마당으로 이동해 싸우는 동안 나는 농약병 파편들을 치우고 행주로 농약을 훔쳤다. 마당에서 다시 뭔가가 부서지는 소리가 났다. 이번에는 사기로 된 요강이 깨져있었다. 오줌에 젖은 콘크리트 마당이 멍든 것처럼 짙어졌다.

농약에 젖은 행주를 쥔 손이 부르르 떨렸다. 이대로는 엄마가 죽고 말 거다. 손의 떨림이 몸 전체로 퍼져갔다. 눈주름이 떨렸고 입초리가 전기 자극을 받은 개구리 뒷다리처럼 꿈틀거렸다. 제멋대로 움직이는 몸과는 달리 두뇌는 엄청난 속도로 회전했다. 아인슈타인이 된 것 같았다. 농약과 할머니만 마시는 탄산음료 암바사가 연속적으로 떠올랐다. 나는 농약 물이 떨어지는 행주를 들고 냉장고 앞으로 갔다. 냉장고에서 꺼낸 암바사 마개를 열고 그 위에서 행주를 짰다. 농약이 하얀 암바사 속으로 주르륵 떨어졌다. 탄산이 뽀글뽀글 올라왔지만 색깔의 변화는 없었다.

행주는 아무리 빨아도 농약 냄새가 났다. 결국 나는 행주를 불에 태워 없앴다. 젖은 행주를 태우기 위해 쓰레기통의 쓰레기를 모조리 태워야 했다. 나는 행주가 녹아내리는 모습을 보며 믿을 수 없게도 희열을 느꼈다.

다음 날이었다. 대낮부터 술에 취해 돌아온 할아버지가 거실 문에 걸터앉은 채 물을 찾았다. 술에 취한 사람을 보는 일은 그리 유쾌한 일이 아니어서 나는 방에서 읽던 책을 마저 읽었다. 할머니가 욕하는 소리와 냉장고 문이 열렸다 닫히는 소리가 났다.

그날 할아버지가 마신 건 암바사였다. 내가 농약을 섞어둔 암바사였다. 그러나 그 암바사를 할아버지에게 먹인 사람은 할머니였다. 입에서 거품을 내는 할아버지를 사이에 두고 나는 할머니와 눈을 마주쳤다. 할머니는 내게 병원에 전화를 하라고 했지만 나는 전화를 걸 수 없었다. 그 자리가 두려웠다. 그래서 전화를 거는 대신 대문을 나서 달아났다. 대문을 나선 내가 찾아간 곳은 아빠가 농약을 치고 있는 논이었다. 경운기 소리 때문에 내 목소리는 좀처럼 아빠에게 가 닿지 못했다. 나는 경운기의 시동을 끄고 말했다.

"할아버지가 죽을 것 같아요. 할머니가, 할머니가 그랬어요."

돌아가신 건 할아버지였지만 할머니가 잃은 건 할아버지뿐만이 아니었다. 마을에는 할머니가 할아버지를 독살했다는 소문이 떠돌았다. 사람들은 할머니를 꺼려하기 시작했다. 엄마와 아빠는 할아버지가 자살을 한 거라 결론을 내렸지만 나는 끝까지 할머니가 범인이라 주장했다. 오갑이와 공수를 만나서도 할머니가 할아버지를 살해했다고 말하고 다녔다. 나도 왜 그런 말을 멈추지 않고 반복했는지 이해할 수 없었다.

할머니와 나는 공범이었다. 우리는 할아버지를 살해할 의도는 없었지만 직간접적으로 개입한 사람들이었다. 그리고 각자 할아버지가 아닌, 가족 중 다른 누군가를 죽이고 싶었던 사람들이었다. 쓰러진 할아버지를 사이에 두고 내 눈과 마주쳤던 할머니의 눈동자, 그 눈동자가 기억에서 떠나지 않았다. 놀라운 건 정작 할머니가 그런 소문을 듣고도 딱히 변명을 하지 않았다는 사실이다. 때문에 할머니에 대한 흉흉한 소문은 보다 기정사실화 됐고 막기에는 걷잡을 수 없이 퍼졌다. 할머니에 대한 살해 계획은 그때가 처음이자 끝이었지만 할머니가 죽기를 바라는 심정은 더 강해졌다. 그녀는 할아버지의 죽음에 대해 나를 범인으로 의심할 수 있는 유일한 사람이었으니까.

"행주가 어디 갔지?"

엄마가 행주를 찾았을 때부터 나는 엄마도 똑바로 바라볼 수 없었다. 내 적개심은 할머니에서 멈추지 않고 엄마에게도 향했다. 할아버지를 죽게 한 직접적인 원인이 할머니였다면 최초의 원인은 엄마 같았다. 나는 그날부터 엄마가 내방에 출입하는 것을 막았다. 할머니도 아빠도 그 누구도 내 방에 출입해서는 안 됐다. 유일하게 내 방에 출입할 수 있는 사람은 동생뿐이었다.

어디서든 농약 냄새가 났다. 농약 냄새가 맡아지기 시작하면 비록 혼잣말이긴 해도 상상조차 하지 못했던 말들이 내 입에서 나오기 시작했다. 미친년들, 씨발 새끼들, 왜 살아 등신들, 죽어 버려와 같은 말들. 그러나 그런 말들을 뱉고 난 뒤에 드는 감정은 비참함과 죄책감이었다. 나는 그 감정들을 덮기 위해 다시 욕설들을 내뱉어야 했다. 마지막 순간에 모든 욕설들은 득달같이 나를 향했다. 차라리 죽어 버려.

　몸 상태가 나아진 다음 날에는 형과 고추밭 줄치기 작업을
했다. 태풍이 몰려와 고추나무들을 꺾어놓기 전에 작업을 끝내
야 했다. 고추나무는 다 자랄 때까지 세 번 줄을 쳐줘야 한다.
이삼 미터 간격으로 두둑에 지지대를 꽂고 그 지지대들을 줄
로 연결하는 작업이었다. 줄을 지지대에 감아가며 고랑을 왕복
해 다녀오면 고추나무들은 두 줄 사이에 끼게 된다. 그러면 바
람이 불어도 쓰러지거나 꺾이지 않고 버틸 수 있었다. 요령만 있
으면 할 수 있는 일이었기에 형과 나에게 작업이 맡겨졌다. 작년
까지만 해도 엄마와 둘이서 하던 일이었다. 형은 농사꾼으로서
의 재능은 없어 보였다. 아빠만 없으면 농땡이를 피웠다. 지금
은 혼자서 술판을 벌이는 중이다. 술을 마시는 형은 마음에 들
지 않았다. 할아버지가 떠올라서 싫었다. 나는 되도록 형을 보
지 않기 위해 일에 집중했다.
　고추밭에 줄을 치는 일은 원래 엄마가 하던 일이었다. 배에
두루마리 타래를 달고 고랑을 오가는 엄마는 거미 같았다. 아
직 고추가 많이 자라지 않았을 때면 엄마가 쳐놓은 하얀 줄들
이 햇빛에 반짝였다. 줄이 다 쳐진 고추밭은 완성된 거미줄 같
았다. 줄을 다 치고 나서 하는 일은 고추나무가 자라 다음 줄을

칠 때까지 기다리는 일이었다. 거미줄을 치고 기다리는 거미처럼 기다릴 뿐이었다. 기다리는 건 고추밭 일 뿐만이 아니었다. 양파밭 일도 마늘밭 일도 죄다 기다리는 것 투성이었다. 기다리는 일은 나를 지치게 했다. 정말 빌어먹을 일이었다. 기다리는 일은 누구라도 지치게 했다. 나는 이 녹색 식물들을 저주했다. 작물들은 언제나 사람의 손을 기다린다. 작물과 농부들은 둘 다 기다림의 달인들이었다. 농부란 작자들은 지독하게도 잘 참아낸다. 아파도 병원조차 가지 않고 참다가 겨울에 몰아서 치료를 받았다. 그건 치료라 할 수도 없었다. 나도 미련하게 기다림에 익숙한 인간이 될까 두려웠다.

아빠는 집을 몇 번 더 공사하는 일이 있더라도 엄마를 기다릴 것이다. 이곳의 사람들은 그 흔한 이혼을 하지 않았다. 서로 죽일 것처럼 싸울망정 떠나지 않았다. 심지어 여행이란 단어를 사용하는 사람조차 본 적이 없다. 우리 가족만 해도 한 번도 가족여행을 떠나본 적이 없다. 삼십 분 거리에 있는 더러운 해수욕장에 가서 닭백숙을 먹은 게 전부였다. 왜 이 지역 해수욕장에서는 한여름에 닭백숙 따위를 파는 걸까. 아이스크림보다 닭이 더 많이 팔릴 정도였다.

여행 따위를 못 가봐서 화가 난다는 말이 아니다. 내가 견딜 수 없는 건 나 또한 망할 농부나 작물들처럼 기다림에 익숙해져

가고 있다는 사실이다. 내가 성인이 되더라도 이 빌어먹을 마을을 벗어나 있을 거란 상상은 들지 않는다. 선천적 시각장애인들 중에 각막을 이식받아 시력을 회복한 사람들은 처음 본 세상을 보고 대부분 실망한다고 한다. 세상이 상상했던 것처럼 아름답지 않기 때문이다. 그래서 나는 늘 최악의 경우를 상상했다. 그리고 그 최악의 상황에서 벗어나 있음에 안도했다. 나는 유토피아를 상상하지 않았다. 다만 평범한 사람들이 살아가는 세상을 상상할 뿐이다. 그러나 나는 어디로도 떠나지 못하는 인간이 될지도 모른다.

어느덧 줄치기 작업이 끝나갔다. 내가 한 번도 쉬지 않았던 탓이다. 나는 중간에 몇 번이고 쉬고 싶었다. 그러나 그렇지 못했다. 나는 그런 인간이었다. 잘 멈추지 못했다. 이대로라면 분명히 운명에 질질 끌려다니며 사는 한심한 인간이 되고 말 거다. 그렇게 살기는 싫다. 하지만 세 병째 병맥주 마개를 따고 있는 저 인간은 다르다. 이 마을에서 고추밭 줄치기 따위는 대수가 아니라는 사실을 아는 유일한 인간. 고추나무에서 며칠 전에 친 농약 냄새가 났다. 약간 어지러웠다. 빨리 고추밭을 벗어나고 싶었다.

뒤꿈치로 걷는 사람들

앞에 '개'자가 들어간 열매들은 맛이 별로다. 그러나 그런 열매들도 달라질 수가 있었다. 우리 집 앞마당의 담장 밑은 콘크리트 포장을 하지 않고 그냥 두었는데 각종 과실수들이 자라고 있는 이유였다. 앵두나무, 파리똥나무(보리수나무), 무화과나무, 개복숭아나무. 이 중 개복숭아나무는 엄밀히 말하자면 천도복숭아와 개복숭아를 교접한 나무니 개천도복숭아나무인 셈이다.

개천도복숭아는 우리 가족을 포함해 마을 사람들 모두가 좋아하는 열매였다. 천도복숭아의 신맛과 복숭아의 물컹한 식감을 싫어하는 사람이라면 개천도복숭아의 맛에 빠질 수밖에 없었다. 개천도복숭아는 테니스공만 한 크기에 표면에는 천도복숭아와 복숭아 중간 길이의 솜털이 나 있다. 아삭하면서도 당도가 놀라울 만큼 뛰어나 한 번 먹으면 그 맛을 잊기 힘들 정도였다. 일반적으로 앞에 '개'자가 붙은 열매들이 그렇듯 생긴 것도 예뻤다. 연둣빛 바탕에 선명하게 물든 자줏빛. 반으로 쪼개어 보면 씨앗은 천도복숭아처럼 붉었고 씨앗을 중심으로 번진 붉은 빛깔은 동백꽃잎을 눌러놓은 것 같았다.

아직 과실이 익기 전이었는데 5호쯤 되는 태풍이 지나가면서 많은 낙과를 남겼다. 저녁을 먹고 있는데 양철 대문이 부서지듯 열리는 소리가 났다. 무슨 일인가 싶어 아빠와 나는 거실 통유리로 마당의 상황을 살폈다. 오갑이의 아빠가 개천도복숭아 나무 아래 쓰러져 있었다. 그는 비틀거리며 일어나다 개천도복숭아를 밟고 다시 자빠졌다.

아빠가 슬리퍼를 신고 마중 나가는 사이에 자고 있던 형이 내 곁으로 다가왔다.

"무슨 일이야?"

"모르겠어. 술기운에 따지러 왔나 보지 뭐."

형은 떠지지 않는 눈을 비벼가며 유리문 너머의 상황을 지켜봤다. 아저씨는 술에 취해 있었고 뭔가에 단단히 화가 나 있었다. 나는 일전에 할머니에게 들은 욕을 되갚기 위해 온 거라 추측했다.

할머니가 논두렁을 걷던 중에 논으로 굴러떨어진 사건이 있었다. 오갑이 아빠가 모는 시티100이 할머니 곁을 바짝 붙어 지나가서였다. 할머니는 옆구리를 부여잡고 죽는소리를 했지만 X-ray 상 이상은 발견되지 않았다. 할머니는 병원비는 고사하고 제대로 된 사과도 받지 못한 통에 간만에 동네를 활보하며 아저씨에 대한 험담을 퍼트리고 있는 중이었다.

아빠가 다가가자 아저씨는 일어날 생각이 사라진 듯 아예 주저앉았다. 손바닥으로는 연신 개천도복숭아나무의 기둥을 내려쳤다. 아빠 옆에 있는 그는 내 친구의 아빠라기에는 심하게 늙어 보였다. 오갑이는 위로 형과 누나가 여섯 명 있는 집의 막내였고 큰누나와의 나이 차이는 자그마치 스무 살이었다.

"배은망덕한 새끼들이 떼로 달려들어서는……."

아저씨는 하소연만으로는 분이 채 안 풀리는지 애꿎은 개천도복숭아나무를 계속해서 내리쳤고 그 충격에 과실 몇 개가 떨어졌는데 그중 하나가 그의 정수리로 떨어졌다. 그는 홧김에 낙과를 집어 던졌는데 채식도 즐기는 누렁이가 멋지게 점프를 하여 받아먹었다.

사연은 간단했다. 아저씨는 오갑이를 비롯한 아들 넷에게 집단 린치를 당한 것이었다. 그대로 있으면 죽을 것 같아 도망쳐 왔다는 말을 들으며 나는 오갑이가 제 아빠에게 얻어터진 뒤 전봇대에 묶여 반성의 시간을 갖던 일을 떠올렸다. 아빠도 비슷한 기억을 떠올린 듯했다.

"자업자득입니다. 형님도 언제까지 힘으로 될 줄 알았습니까."

"아이고. 자지 털도 안 난 새끼까지 발길질을 하더란 말일세. 자식새끼가 애비를 치는 일이 세상천지에 어딨는가."

"애들은 아직 집에 있습니까?"

고개를 끄덕이는 오갑이 아빠를 두고 아빠가 대문을 나섰다. 오갑이 아빠는 "아이고"와 "더 흉한 꼴 보기 전에 어서 죽어야지"라는 말을 반복하며 뒤를 따랐다. 나는 알 수 없는 흥분에 휩싸였다. 형을 꼬드겨 아빠의 뒤를 밟았다.

오갑이네 돌담은 내가 까치발로 서면 들여다볼 수 있을 만큼 낮았다. 오갑이의 형 중 사갑이 형, 삼갑이 형, 이갑이 형–사실 이갑이 형과 사갑이 형을 정확히 구분할 자신은 없다. 둘은 정말 닮았다.–이 아빠 앞에 나란히 서 있었고 셋 중 가장 큰형인 이갑이 형 뒤에 오갑이도 서 있었다. 이갑이 형의 변에 의하면 자기 아빠가 엄마를 팼는데 더 두고 보면 죽을 것 같아 그랬다고 했다. 설명을 들은 아빠는 오갑이의 아빠를 나무란 뒤 부엌 구석에 쌓인 싸리나무 가지 하나를 들었다.

"이갑이 저 자식은 아직도 저러고 다니냐?"

나와 나란히 담 너머 상황을 지켜보던 형이 물었다.

"이갑이 형 알아?"

"똘마니였으니까. 집에서도 터지고 살았나 보네. 식상한 새끼."

그때 아빠 뒤에 서 있던 아저씨가 마당으로 들어서더니 아빠에게서 회초리를 뺏었다. 그리고 이갑이 형부터 내림 순으로 종아리를 때렸다. 웬만해서는 맞고도 잘 울지 않는 오갑이가 제 차례도 되지 않았는데 울음을 터뜨렸다. 아빠는 고개를 절레절레 저었다.

그날 이후로도 아저씨의 행태는 여전했다. 차이라면 아쉬운 소리의 비중이 늘었다는 정도였다. 변한 건 오갑이였다. 이전의 오갑이는 제 아빠를 말할 때 그 새끼라는 호칭을 사용했지만 다소 조심스러운 목소리였다. 그러나 그날 이후 오갑이는 그 새끼란 말을 할 때마다 오히려 목소리를 높였다. 나는 오갑이를 이해했지만 조금 두려웠다. 오갑이에게 말하지는 않았지만 오갑이가 어른이 되면 아저씨를 닮을 것 같다는 생각이 들었다. 그 사실은 내게도 유효할 수 있었다. 그래서 그날 이후로는 오갑이를 만나기가 꺼려졌다. 어쩌면 이 마을의 사람들도 언제나 조금씩 변하고 있었던 건지도 모르겠다. 다만 그 변화가 과거 회귀형 변화여서 드러나지 않은 것일 뿐.

매실처럼 연둣빛이던 개천도복숭아의 과실 중에는 간간이 붉은 기운을 머금기 시작한 것들도 있었다. 작년에는 버린 게 절반이나 될 정도로 과실이 많이 열렸었다. 가지가 찢어질까 싶어 익지 않은 열매를 털어냈을 정도였다. 그러나 올해는 작년보다 눈에 띄게 적게 열렸다. 과실수들은 해거리란 걸 했다. 과실수뿐만이 아니라 농작물들도 해거리를 한다. 그러나 농부들은 올해는 작황이 안 좋을 걸 알면서도 작년에 키웠던 작물을 반복해 키웠다. 이곳에서 변화는 무의미했다.

나는 동네 애들과 만나는 횟수를 줄이고 있었다. 비교적 자주 만나던 오갑이와도 마찬가지였다. 녀석은 제 아빠를 두들겨 팬 이후 어깨에 잔뜩 힘을 주고 다녔다. 표정도 이전과는 달랐다. 앞니의 벌어진 틈 사이로 침을 찍찍 뱉어댔다. 내가 모르는 뭔가를 알고 말았다는 투의 표정이다. 무엇이 녀석의 표정을 바꿨을까. 아빠를 두들겼다는 사실이? 아빠가 더는 두렵지 않다는 사실이? 암튼 으쓱거리는 꼴이 보기 싫었다. 나는 대신 형과 지내는 시간이 많아졌다. 거기다 집 공사가 재개됐기에 밖으로 나돌 시간도 줄었다.

거실은 유일하게 도배가 되어 있지 않은 방이었다. 도배가 되어 있는 다른 방들보다 오히려 나았다. 다른 방들은 이전 도배지 위에 새 도배지를 덧입혀 놓아 벽에서 떨어진 아랫부분은 거의 커튼 서너 개가 겹쳐 있는 수준으로 너덜거렸으니 말이다.

거실의 벽은 집 외벽과 마찬가지로 하얀색 페인트가 칠해져 있었지만 진열장이나 액자들에 가려있어 노출된 부분이 많지 않았다. 아빠는 거실 공사의 중점은 천장과 도배라고 했다. 거실 천장은 높이가 일정하지 않고 가운데를 중심으로 두 번에 걸쳐 계단처럼 높아졌다. 가장자리와 가운데 부분의 높이는 오십 센티미터쯤 차이가 있었다. 내가 점프를 해서 닿을 수 있는 건 가장자리 천장뿐이었다. 두 번째 천장에 닿기에는 손가락 한 마디 정도가 부족했다. 손가락 한 개도 아닌 한 마디만큼의 부족분이 나를 계속해서 뛰어오르게 자극했다.

"이단 점프라고 알아?"

내 점프를 본 사촌 형이 물었다.

"아니."

"마이클 조던 알지? 마이클 조던이 하는 점프인데 공중에서 한 번 더 발 구르기를 하는 거야. 그러면 조금 더 뛸 수 있어."

형은 벽에 등이 닿을 만큼 물러섰다가 중심부의 가장 높은 천장을 향해 도약했다. 형의 손가락이 슥 소리를 내면서 천장을 쓸었다. 캥거루 같았다. 그러나 나는 형의 손끝을 보느라 정작 발동작은 보지 못했고 형은 다시 한 번 시범을 보여야 했다. 점프할 때 형은 한쪽 무릎이 접혀진 채였고 공중에서 접었던 다리를 쭉 뻗으면서 허리를 폈다. 이번에도 스윽 소리를 내며 성공했다. 정말 공중에서 한 번 더 점프를 한 것 같았다.

"다 큰 것들이 밥 처먹고 힘쓸 일이 없냐? 구들장 무너진다."

큰방 문이 열리는가 싶더니 할머니의 불호령이 떨어졌다. 곧 문이 닫혔고 나는 무시했다.

"형. 그럼 이번에는 그냥 점프해 봐. 그래야 비교가 되지."

"그냥 뛰면 안 닿을 거야."

형은 다시 한 번 벽까지 물러났다가 달려가며 뛰어올랐다. 스윽 소리가 아니라 쿵 소리가 났다. 이어 천장의 쥐들이 놀라 달아나는 소리가 들렸다. 이번에는 손가락 끝이 아니라 손바닥이 천장을 친 거였다. 형은 스스로도 놀란 듯 자기 손바닥을 바라봤다.

"이게 더 높이 올라가는데?"

형이 어깨춤을 으쓱하며 난처한 표정을 지었다.

"이단 점프는 마이클 조던 같은 사람한테만 좋은 방법인가 보네."

"음. 마이클 조던 같은 게 어떤 건데?"

"뭐 키가 크다던가 농구 선수라던가 아니면 대머리이거나 암튼 우리랑 다른 사람."

별생각 없이 뱉은 말이었지만 해놓고 보니 우리와 일치하는 건 정말 없었다. 심지어 나는 농구를 해 본 적도 없었다. 그러나 나는 일단 형이 말한 방법대로 뛰어보기로 했다. 나는 형과 다르고 마이클 조던과 같을 수도 있으니까. 그리고 일단 폼은 이단 점프가 멋있었다. 나는 있는 힘껏 점프를 하며 접었던 발을 뻗었다.

"악!"

"오! 졸라 아프겠다."

발꿈치에 전달되는 강렬한 통증이 실패임을 확인시켜주었다. 처음 시도하는 방법이면서 너무 힘을 많이 준 게 문제였다. 나는 천장에 닿기 위해 점프를 하는 게 아니라 방바닥을 내리찍기 위해 점프한 꼴로 떨어졌다. 제우스의 창끝이라도 밟은 듯 발뒤꿈치에서부터 척추를 타고 전기가 찌르르 올라왔다. 그리고 닫혔던 큰방 문이 다시 열렸다.

"저 망할 잡것들이. 진짜로 구들장 내려앉았네."

발뒤꿈치가 방바닥에 닿는 순간 바닥이 꺼지는 느낌이 들었는데 그게 진짜일 줄이야. 방바닥 장판이 우묵하게 들어가 있었다. 발로 구들장을 격파한 셈이었다.

"장난 아닌데. 넌 점프가 아니라 발차기를 해야겠다."

발꿈치의 통증은 오래갔다. 그래서 한쪽 다리를 절며 벽에 걸린 액자들을 옮겨야 했다. 새삼 이 집이 얼마나 오래된 집인지 궁금해졌다. 내 발차기 한 번에 바닥이 꺼지는 집이었다니.

하긴 아궁이도 생각보다 쉽게 부서지긴 했다. 내 방의 천장은 갈라져 있었고 안방의 천장도 볼록하게 내려앉은 부분들이 있었다. 어쩌면 더 일찍 공사를 시작해야 했던 건지도 모른다.

거실의 벽은 액자를 걷어낸 자리마다 금이 가 있었다. 손에 닿는 액자들을 모두 떼어내자 남은 건 큰방 문 위쪽에 달린 가훈뿐이었다. 나는 내 방의 의자를 가져와 딛고서 엄마가 뜨개질로 떴다는 家和萬事成(가화만사성)을 뗐다. 가훈 뒤의 벽은 손가락이 들어갈 만큼 갈라져 있었다. 틈들이 너무 많았다.

거실에 있던 물건들을 다 옮기고 장판을 벗겨내자 꺼진 방바닥이 드러났다. 왜 하필 오늘에서야 무너진 걸까. 아니 왜 아직까지 무너지지 않았던 걸까. 엄마와 아빠, 할머니의 쿵쾅거리며 찍히던, 뒤꿈치로 걷는 사람들의 무게를 어떻게 견뎠던 걸까. 서서히 금이 갔던 건지도 모른다.

사람의 발소리는 그 사람의 심장 박동과 닮아있다. 나는 사뿐사뿐 걷는 사람들이 좋았다. 만약 그런 사람이 눈앞에 나타난다면 나는 단번에 그 사람을 좋아하고 말 거다. 그런 사람을 만난다면 가슴에 귀를 대고 심장 소리를 들어보고 싶다. 나지막하게 울리는 심장 박동은 내가 가지고 싶은 심장이기도 했다. 하지만 나는 결코 그런 심장을 가질 수 없을 거다. 매우 시끄러운 심장을 가졌으니까. 심장은 내 몸 안의 것이지만 다른 사람만이 조절할 수 있다. 어디 심장뿐인가. 정말 내 몸에는 스스로 조절할 수 없는 부분이 많았다. 가끔 내가 남들보다 더 많은 불수의근을 가지고 있는 건 아닐까 하고 생각할 정도였다.

심장 박동 대신 호흡을 조절해본 적이 있다. 엄마는 숨소리가 컸다. 말없이 옆에 있으면 숨소리가 선명하게 들렸다. 그리고 엄마의 호흡은 남들보다 빨랐다. 나는 내 호흡 속도가 엄마와 같다는 걸 알고 깜짝 놀란 적이 있다. 그래서 엄마보다 느리게 호흡하기 위해 훈련을 하다 포기했었다.

나는 바닥에 귀를 대고 소리를 듣는 버릇이 있다. 심지어 한여름 아스팔트 바닥에 귀를 대고 학교 너머 코너를 돌아오는 버스 소리를 듣다 귀가 데일 뻔한 적도 있을 정도다. 좋아서는 아니었다. 단지 버릇일 뿐이다. 누구든 죽도록 버리고 싶은 버릇 하나쯤은 있지 않은가. 정말 듣기 싫은데 듣지 않고는 배기지 못하는 상황이란 게 있다.

욕설들, 비난과 힐난의 말들, 물건들이 부서지는 소리, 피비린내가 나는 신음과 절규, 그리고 침묵. 내 불 꺼진 방에 침묵이 찾아온 걸 알고 방바닥에서 귀를 떼고 나면 그때부터는 심장 소리가 나를 괴롭혔다. 눈을 감으면 소리는 더 또렷해졌다. 그래서 귀를 막으면 몸 안의 소리들이 들렸다. 귓가에서 울리는 맥박 소리는 베개에 막혀 다시 내 안으로 들어왔다. 내 몸에서

나는 소리들은 나를 감시하는 또 다른 내가 내는 소리들 같았
다. 내 몸의 소리가 들리는 날에는 안 좋은 기억들이 반복해
서 떠올랐다. 그 기억의 시작과 끝은 매번 할아버지의 죽음이
었다.

"차라리 잘된 일이다. 어차피 부서질 거였으면 오늘 같은 날
이 좋지."

아빠는 계획보다 바닥을 두껍게 깔기로 했고 시멘트 포대를
더 뜯었다. 공사 중인 집과 이전 집의 가장 큰 차이는 난방 시설
이었다. 공사가 끝나면 우리 집 방바닥을 데우는 건 아궁이의
연기가 아니라 보일러 호스의 뜨거운 물이 된다. 바닥에 깔게
될 호스 주위에 조약돌을 깔기로 했다. 그러면 보온효과가 높
아진다고 했다. 그 사실을 부엌과 내 방 공사가 끝난 뒤 알게 된
아빠는 안타까워했고 그러면서도 지금이라도 알게 돼서 다행
이라고 말했다. 그놈의 다행이란 말을 어디에나 갖다 붙였다.

형과 나는 조약돌을 모으기 위해 하천으로 갔다. 나는 형이
끄는 리어카와 나란히 걷다 리어카에 타기도 했다.

"조금 뒤로 이동해봐."

내가 리어카의 바퀴보다 뒤쪽으로 자리를 옮겨 앉자 형이 빠
른 속도로 리어카를 끌었다. 속도가 붙자 형이 뛰어올랐다. 형
은 리어카 손잡이를 붙잡은 채 공중에 오래 떠 있었다. 나는

길바닥에 가까워졌다. 달리는 시소 타기 같았다. 형은 몇 번 더 뛰어올랐다. 형의 상체만 보였기에 누군가 형을 공중으로 집어 던진 것 같았다.

"바꿔서 해. 이번에는 내가 태워줄게."

"난 됐어."

형은 다시 천천히 리어카를 끌었다. 몇 차례 가속이 붙었지만 하천과의 거리는 여전히 멀었다. 나는 고집을 부려 형과 자리를 바꿨다. 형도 내가 탔던 것처럼 바퀴 뒤쪽에 탔다. 리어카는 앞으로 나아가면서 손잡이는 위로 솟구치려고 했다. 비행기가 막 뜨기 시작하는 순간 같았다. 나는 손잡이를 허리 아래로 꾹 눌러 끌다 가속을 붙였다. 그리고 어느 정도 속도가 붙었을 때 형이 했던 것처럼 뛰어올랐다. 그러자 쇠로 된 손잡이가 나보다 먼저 솟구치며 내 턱을 올려쳤다. 순간 턱이 사라진 것 같은 느낌이 들며 정신이 멍해졌다. 혀가 데인 것처럼 뜨거워지면서 동시에 마취 주사에 맞은 것처럼 얼얼했다. 입 안 가득 비린 맛이 났다.

"괜찮냐?"

"어. 개탄아."

괜찮아 라고 말하려 했지만 입 밖으로 나온 말은 '개탄아'였다. 침을 뱉어 보니 피가 섞여 있었다. 혀를 심하게 깨물었다.

눈물도 찔끔 났다. 아파서라기보다는 충격 때문인 것 같았다.

"혀 깨문 거야?"

"개탄아. 딘따 개탄아."

입안에 피가 고여 발음이 꼬였다. 혀가 약간 마비된 것도 같았다.

"많이 깨문 것 같은데. 진짜 괜찮아?"

"개탄타니까."

괜한 형한테 화가 치밀었다. 도대체 망할 질문을 몇 번이나 반복해야 직성이 풀리겠다는 걸까. 빌어먹을 괜찮냐. 이게 정말 괜찮아 보이나. 나는 다만 괜찮아 보이고 싶은 거였다. 형이 아니라 누구에게라도 괜찮아 보이고 싶었다. 혀가 잘린 것도 아니고, 아니 뭐 조금 잘렸더라도 괜찮단 말이다. 이깟 통증 따위는 아무것도 아니니까. 정말 아무것도 아니니까. 지금 괜찮지 않은 건 괜찮냐는 질문뿐이었다.

"자꾸 침 뱉지 말고 그냥 삼켜. 상처 벌어지니까. 입안의 상처는 금방 아무니까 괜찮아."

빌어먹을. 형이 다시 리어카를 끌었고 나는 그 옆에 나란히 걸었다. 얼얼하던 턱에서도 조금씩 통증이 느껴졌다. 혀는 두 배로 부풀어 오른 것 같았다. 혀가 입안을 가득 채웠다. 그러다 입안이 꽉 차서 터질 것 같았다. 나는 피가 섞인 침을 계속해서 삼켰다. 침 속에 젤리처럼 말랑거리는 것들이 섞여 있었다. 잘린 혀의 조각이거나 아니면 응고한 피 따위 같았다. 꿀꺽꿀꺽. 침이 목울대로 넘어가는 소리가 형의 귀에 들릴 만큼 크게 울렸다. 애처럼 들떠서 장난이나 치는 게 아니었다. 점프 따위를 한들 무슨 소용이란 말인가. 나는 나 자신이 한심하게 느껴졌고 우울해졌다. 무엇보다도 형 앞에서 이런 모습을 보인 게 수치스러웠다.

하천에서 조약돌을 모으는 건 일도 아니었다. 아빠는 애기 주먹 정도의 크기면서 무거운 돌이 좋다고 했다. 나는 주먹 안에 들어오는 돌은 닥치는 대로 리어카에 실었다.

"신기한 거 보여줄까? 격파술."

형이 말했다. 정말이지 지루한 일은 한순간도 못 참는 인간이다. 형의 손에는 길쭉하고 팔목만큼 두꺼운 돌이 들려 있었다.

"어떻게 부술 건데?"

형이 장난스러운 표정으로 말했다.

"손으로."

내가 아직도 화가 풀리지 않았다고 생각하는 걸까. 나는 형이 내 기분을 풀어주기 위해 농담을 하는 거라 생각했다. 그래서 일부러 천연덕스럽게 대꾸했다.

"해봐."

"잘 봐."

형은 받침돌 위에 손에 쥔 돌을 올려놓더니 밤주먹을 쥔 오른손을 돌 위에 올려놓았다. 그리고 밤주먹을 들어 올렸다 내려놓았다 세 번 반복한 뒤 기합 소리와 함께 힘껏 내리쳤다. 마술처럼 돌이 쪼개졌다. 나는 잔뜩 고인 침을 꿀꺽 삼키며 쪼개진 돌을 만져보았다. 결이 있거나 무른 퇴적암 따위가 아니었다. 물 위를 걷는 기적을 지켜본 기분이랄까. 믿을 수 없었다.

"어떻게 한 거야?"

"손날을 단련한 거지. 하지만 그것만으로는 안 돼. 아무리 단련해도 손이 돌보다 단단해질 수는 없으니까."

형이 깨진 돌 조각을 받침으로 있던 돌에 내리쳤다. 들고 있던 돌이 다시 부서졌다.

"돌이 돌을 깬 거야. 여기서 중요한 건 깨야 할 돌보다 받침돌이 더 단단해야 한다는 거지."

형은 다른 돌 하나를 주워와 다시 한 번 시범을 보였다. 나는 쪼그려 앉아 고개를 옆으로 숙인 채 관찰했다. 형이 들고 있는 돌과 받침돌 사이에 5밀리미터 정도의 간격이 있었다. 그 간격이 돌을 부서지게 하는 거였다. 말하자면 형의 주먹은 돌과 돌이 부딪치게 하는 것뿐이었다. 물론 그것도 쉬운 건 아니겠지만. 형이 쪼갠 돌보다 작은 돌이라면 나도 해낼 수 있을 것 같았다.

"넌 손날이 무뎌서 안 돼. 뼈에 무리가 가."

무색해진 나는 손에 들고 있던 돌을 하천에 던졌다.

"이러려고 했던 거야."

조약돌들을 모으다 우연히 거머리 형태의 돌을 찾았다. 찡찡이를 묻었던 자리였다. 찡찡이가 묻힌 곳은 단단해 보였다.

나는 돌을 주우면서 동시에 형의 손을 훔쳐보았다. 형의 오른손 손날은 왼손과는 달리 굳은살이 뭉쳐 있었다. 굳은살은 이물질처럼 보였다. 형의 몸 같지가 않았다.

"설명을 들어도 이해가 안 돼. 초능력 같아."

"큭. 부서진 돌을 원래대로 붙일 수 있다면 초능력이겠지. 사람이 할 수 있는 일은 부수거나 부서지지 않게 대비하거나 둘 중 하나뿐이야."

"그 굳은살로 뭘 할 건데? 돌 따위를 부숴서 뭐해?"

"말했잖아. 대비라고."

도대체 무엇을 위한 대비라는 걸까. 손날의 굳은살 따위로는 아무것도 할 수 없다. 갑자기 형이 멀게 느껴졌다. 흔한 어른들처럼 여겨졌다. 증오심으로 인해 생긴 발뒤꿈치의 굳은살 따위가 무슨 의미란 말인가.

집에 돌아왔을 때 아빠는 꺼진 구들장에 콘크리트를 채우고 있었다. 거실의 벽들은 액자와 진열장이 놓여 있던 자리마다 색이 달랐다. 가려져 있던 부분이야말로 흰색이었다. 원래 드러나 있던 벽에 대해 더 이상 흰 벽이라 할 수 없었다.

주인 없는 신발들

24칸 신발장을 다 뒤져도 신고 싶은 신발이 없었다. 실은 신발을 신고 싶지 않았다. 가끔씩 이런 날이 있었다. 그래서 맨발로 쏘다녔다. 마을 안에서는 맨발로 다녀도 불편할 게 없었다. 흙길은 맨발로 걸을 때 오히려 느낌이 좋았다. 그러나 내 나이의 아이들 중 맨발로 다니는 애들은 없다. 심지어 어린애들도 이제 맨발로 다니지 않는다. 맨발로 다닌다는 건 비난을 받는 행동이 됐다. 콘크리트 길을 맨발로 걷는 건 바보들이나 하는 짓이다. 그랬다가는 발바닥에 구멍이 숭숭 뚫리고 말 테니까.

24칸짜리 신발장이 생긴 건 2년 전 일이었다. 2년 전 아빠는 폐교 처리 된 산골 학교에서 사물함 하나를 주워왔다. 아빠는 버려진 것들을 곧잘 주워왔다. 이 마을 사람들은 누구나 줍는 걸 좋아했다. 그들은 남이 쓰던 걸 주워 쓰는데 어떤 거부감도 느끼지 않았다. 그들에게 있어 쓰레기란 코를 푼 휴지 정도밖에 없을 것이다. 하긴 우리 같은 애들도 빈 병이나 우유팩을 버리는 짓은 하지 않았다. 다 돈이었다. 그런데 나는 빈 병 따위는 모으지 않았다. 그건 정말이지 불필요한 짓이었다. 돈이 생겨도 쓸 데가 없기 때문이었다. 그럴 바에는 애초에 쓸모없는 병뚜껑이나 모으는 게 낫다. 논과 밭밖에 없는 곳에서 돈이란 정말 아무짝에도 쓸모가 없었다. 그렇지만 사람들은 다들 돈돈하며 살았다. 망할 돈돈. 기대할 벌이가 없는 사람들에게 유일한 벌이는 아껴 쓰는 것뿐이었다.

너비가 이 미터 정도에 높이는 일 미터가 조금 못되는 목재 사물함을 놓고 아빠는 고심했다. 그리고 그 사물함을 90도 돌려 너비를 높이로 높이를 너비로 바꾸고 났을 때서야 비로소 적합한 용도를 찾아냈다. 아빠는 너비와 높이가 뒤바뀐 사물함을 조그마한 신발장이 치워진 자리에 놓았다. 그렇게 해서 무려 24칸이나 있는 신발장이 생겨났다.

나는 신발 위치를 바꿔두고 다음 날 한 번에 찾는 놀이를 하고는 했다. 동생의 신발을 높은 곳으로 옮겨두어 울린 적도 있었다. 맹세컨대 울릴 생각은 아니었다. 나는 동생이 울기 직전에 짓는 표정을 좋아했다. 그러니까 우는 게 아니라 울기 직전

말이다. 놀랍게도 그런 상태의 동생은 조금만 웃겨줘도 언제 그랬냐는 듯 깔깔 웃었다. 아이들은 울음과 웃음의 전환이 빨랐다. 나를 보고 동생이 웃을 때의 기분은 내가 웃는 것보다 백만 배는 더 유쾌했다.

무려 24칸이나 있는 신발장이었지만 우리 식구의 신발들이 모두 들어가지는 않았다. 신발을 자주 샀다기보다는 더 이상 신을 수 없을 지경인데도 버리지 않기 때문에 생기는 사태였다. 이 집 식구들은 도무지 버릴 줄을 몰랐다. 집이 터질 지경인데도 다들 모으기만 했다. 심지어 아직까지도 할아버지의 신발이 남아있을 정도였다. 할아버지가 돌아가신 뒤로 안쪽에 인조털이 붙어있는 검정 고무신은 공유물이 됐다. 할머니와 나만 그 신발을 신지 않았다.

집을 나간 엄마와 훈비의 신발들도 여전히 몇 켤레나 있었다. 애들은 언제나 자신의 슬리퍼에 물을 묻힌다. 나와 동생도 그랬다. 그건 고치려 해도 고칠 수 없는 습관이었다. 우리도 물이 묻은 슬리퍼를 다시 신는 건 싫었기 때문에 일단 물이 묻고 나면 마를 때까지 어른들의 신발을 신었다. 그래서 우리는 매번 우리 발보다 큰 신발을 신을 수밖에 없었고 질질 끌고 다녀야 했다.

여름에는 파란색과 보라색으로 된 엄마의 고무 슬리퍼가

가장 좋았다. 엄마의 슬리퍼를 신으면 시원했다. 겨울에는 할아버지의 털 달린 고무신이 좋았고 다음으로는 아빠의 작업화가 좋았다. 내 신발은 항상 발보다 크거나 작았는데 크다고 투덜대면 몇 달만 지나면 발이 자라 맞을 거라 했고 작다고 투덜대면 곧 신발이 늘어나 괜찮아질 거라고 했다. 신발이 늘어나는 건 사실이었지만 발가락에 물집이 몇 번 생겼다 터진 후의 일이었다. 그렇게 해서 늘어난 신발들은 금방 옆이 터졌다.

나는 맨발로 마당을 돌았다. 아빠는 마당에 콘크리트가 깔린 후로는 아무리 바빠도 아침마다 마당을 쓸었다. 심지어 대문 앞의 길까지도 쓸었다. 거기다 아빠의 말대로 우리 집 마당은 마을에서 가장 반질반질한 마당이 됐다. 하긴 그렇게 두들겼으니. 그래서 마당을 맨발로 걸어도 발바닥을 찌르는 건 없었다. 오후 동안 달궈진 마당은 막 해가 진 아직까지도 따뜻했다. 다만 오후 동안 그늘이 졌을 개천도복숭아나무 아래는 차가웠다. 내 발바닥이 온도계가 됐다.

서른 바퀴쯤 돌다 지겨워져 거실 문턱에 걸터앉았다. 발바닥에 하얗게 흙먼지가 묻어 있었다. 어쩌면 시멘트 가루인지도 모른다. 콘크리트는 아빠가 마당을 쓸 때마다 눈에 보이지 않을 만큼 조금씩 벗겨지고 있을 거다. 흙먼지가 가장 많이 묻은 곳은 뒤꿈치였다.

사람이 걸을 때 가장 먼저 바닥에 닿는 게 발뒤꿈치이지만 대부분의 사람들은 발뒤꿈치의 중요성을 모른다. 내 뒤꿈치는 아직 단단하지 않았다. 뒤꿈치는 단단하기만 해서도 말랑거리기만 해서도 안 된다. 단단하면서도 말랑거려야 한다. 그래서 나는 언제나 소리가 나지 않게 걷는 연습을 했다.

사람을 볼 때면 그 사람의 발뒤꿈치를 만져보고 싶어 참을 수 없을 때가 있다. 물론 관심이 생기는 사람에 한해서다. 훈비의 발뒤꿈치는 당연히 말랑거렸다. 그리고 최근 들어 만져보고 싶은 사람의 발뒤꿈치는 효주 형과 단 한 번 보았던 다방 누나다. 그들의 발뒤꿈치가 모두 딱딱하다면 난 어떻게 해야 할까. 그래서 나는 절대로 그들의 발뒤꿈치를 만져보지 않을 거다. 설사 눈앞에서 발바닥이 아른거리는 행운이 따르더라도 말이다.

나는 내 슬리퍼를 찾기 위해 24칸 신발장을 일일이 열어봐야 했다. 할머니가 신발을 넣어두면 매번 이랬다. 할머니는 닥치는 대로 신발을 넣어두었다. 가장 위쪽 칸을 열었을 때 윙윙거리는 소리가 났다. 동시에 손가락이 따끔했다. 수십 마리의 벌들이 신발장 밖으로 빠져나오며 농성을 했다. 나는 곧장 방 안으로 달아났다. 벌들이 집을 지은 칸은 엄마의 구두가 있는 칸이었다. 좀처럼 열어볼 일 없는 곳이었는데 벌집이 지어졌을 줄이야.

나는 부어오르는 손가락을 보다 화가 치밀어 올랐다.

모기용 살충제를 찾아들고 고무장갑을 낀 채 다시 신발장으로 갔다. 몇 마리의 벌들이 여전히 신발장 주위를 배회하고 있었으나 처음처럼 위협적이지는 않았다. 나는 녀석들이 신발장 안으로 모습을 감출 때를 기다렸다가 신발장 덮개를 열고 살충제를 살포했다. 벌들이 정신없이 날았으나 살충제를 맞은 뒤라 비틀거리며 날았다. 나는 알 수 없는 희열을 느끼며 벌집을 집중적으로 공략했다. 바닥에 떨어진 벌들은 젖은 날개를 바닥에 끌며 비틀거렸다. 나는 그것들을 발로 밟아 짓이겼다. 벌들은 담뱃재처럼 으스러졌다.

그때 누군가 살충제를 쥔 내 손을 붙잡았다.

"그만해."

형이었다. 나는 내 손에 느껴지는 형의 악력 때문에 화가 치밀었다.

"상관하지 마. 벌들이 먼저 공격했단 말이야."

"꿀벌들은 공격 같은 건 하지 않아. 제집을 지키려는 것뿐이지."

형은 더 이상 말하지 않았다. 대신 바닥에 떨어져 기어 다니는 벌들을 발로 짓이겼다. 벌들은 형체도 없이 짓이겨졌다. 나도 알고 있었다. 내게 침을 쏜 꿀벌은 어차피 죽게 된다는 걸, 그럼

에도 침을 쏜 건 제집을 지키기 위해서란 걸 말이다. 하지만 화가 나서 견딜 수 없었다. 내 의식도 불수의근이 되어가는 걸까. 심장처럼 통제가 되지 않았다. 몸이 부르르 떨렸다.

"너처럼 하면 녀석들도 공격적으로 변할 거야. 벌집 따는 법을 알려줄게."

형은 내 손을 끌고 마당으로 나왔다. 그리고는 담장 밑에서 마른 풀들을 긁어모으더니 방망이 형태로 말아 쥐고 다시 신발장으로 갔다. 라이터로 마른 풀에 불을 붙인 뒤 벌집 아래에서 연기를 풍겼다. 벌들은 달아나지는 않았지만 행동이 느려졌다. 육각형 모양의 구멍 속으로 들어갔다 나왔다 하기를 반복했다.

"주변에 불이 난 줄 알고 제 배에 꿀을 저장하는 거야. 몸이 무거워지니까 느려지지."

형은 좀 더 벌들의 행동이 굼떠지기를 기다렸다가 조심스레 벌집을 따서 화단으로 옮겼다. 나는 형의 행동을 보다 풀이 죽었다. 그리고 더 이상 저항 없이 형을 따라 방에 들어갔다. 연고를 찾아 바르고 반창고를 붙였다. 맞는 처방인지는 몰랐지만 그런 사이 격노했던 마음이 다소 누그러졌다. 형은 다시 신발장으로 가 죽은 벌들을 쓸어 담은 뒤 개천도복숭아나무 밑동에 뿌렸다. 나는 담배를 피우는 형에게 다가갔다.

"독대야."

형이 피우던 담배를 내게 건넸다.

"화는 내도 돼. 하지만 거기에 휩쓸려서는 안 돼. 그랬다가는 화가 났던 이유를 잊게 되거든."

화단에 둔 벌집에서 벌들이 바삐 움직였다. 지금 보니 생각했던 것보다 작은 벌집이었다. 담배를 다 피운 형은 뭔가 만들 게 있다며 창고로 갔다. 나는 그 자리에서 벌집만 바라보았다. 나는 왜 저 손톱만 한 것들에게 그리도 화가 났을까.

악마의 발소리

저녁부터 거칠어지던 바람이 다음 날 눈을 떴을 땐 미친 듯이 불고 있었다. 6호 태풍이 한반도에 상륙했다. 그것도 제대로 상륙했다. 큰고모 집을 다녀온 할머니가 큰고모 집은 토끼가 사육장 채 날아갔다며 아무도 밖에 나가지 말라고 했다. 그러나 아빠는 이미 하우스 비닐을 살피러 나간 후였다. 나는 할머니가 큰방으로 들어가는 걸 확인하자마자 사촌 형을 꼬드겼다. 비가 내리지 않는 태풍도, 이렇게까지 바람이 센 태풍도 처음이었다. 놓칠 수 없는 기회였다. 이 망할 마을에서는 이렇게 아드레날린이 솟구치는 기회를 놓쳐서는 안 된다.

"너라면 날아갈지도 몰라."

사촌 형은 농담을 흘리며 신발을 신었다. 집을 나선 순간 내 눈앞에는 다른 세계가 펼쳐졌다. 하늘이 악마의 입 같았다. 먹구름 때문만은 아니었다. 부유물들이 먹구름을 가리다시피 하늘을 날아다니고 있었다. 짚단과 깻단, 비닐들이 하늘을 뒤덮은 까마귀 떼 같았다. 높이 날고 있어 느리게 나는 것처럼 보이지만 실은 미친 듯이 빠른 속도였다. 우리는 마을의 골목을 벗어나기로 했다. 그러면 더 센 바람을 맞을 수 있을 테니까.

골목을 벗어나자 몸이 휘청거릴 정도로 센 바람이 불었다. 우리는 바람에 쓰러지지 않기 위해 바람이 불어오는 쪽으로 몸을 기울인 채 걸어야 했다. 그건 무척 유쾌한 경험이었다. 너울 파도에 몸을 맡긴 채 떠 있는 갈매기가 된 기분이랄까. 바람이 불어오는 쪽으로 기운 몸을 바람이 받아줬다. 휘날리는 머리카락이 솔잎처럼 얼굴을 찔러댔지만 그 촉감도 나쁘지 않았다.

창고 옆에 붙은 비닐하우스의 비닐은 절반 이상 찢겨 휘날리고 있었다. 이미 손을 쓸 수 없는 상태였다. 비닐하우스를 살피러 나간 아빠는 보이지 않았다.

"그만 돌아가자."

사촌 형이 웃음기 가신 얼굴로 말했다. 사촌 형이 겁에 질려 있다 생각하자 나는 더 기분이 좋아졌다.

"형. 점프해볼래? 잘하면 몇 미터 정도는 날아갈 수도 있을 것 같은데."

"고작 몇 미터 날자고 목숨 걸고 싶지는 않다."

바람 소리가 너무 컸기에 우리는 서로의 귓가에 대고 소리쳐
야 했다. 바람이 부는 쪽에 서 있던 형이 바람에 밀려 이마를
내 귀에 부딪혔다. 나는 미친놈처럼 웃으며 귀를 문질렀다.

"이런 바람은 처음이야. 진짜 악마처럼 분다."

나는 형이 비유한 악마라는 말이 좋아졌다. 이대로 세상이
망해버려도 괜찮을 것 같았다. 그때 형이 내 손목을 붙잡더니
뛰기 시작했다. 이유를 물을 틈조차 주지 않았다. 우리는 창고
를 지나 비닐하우스로 갔다.

비닐하우스 바닥에 아빠가 쓰러져 있었다. 나는 조금 무서워
졌다. 우리가 다가갔을 때 아빠는 팔목을 움켜쥐고 천천히 일어
났다. 그러자 그 모습이 우스워 웃을 뻔했다. 어쩌면 바람 때문
일지도 몰랐다. 눈앞에 어떤 상황이 펼쳐져도 웃음이 나올 것
같았다. 바람이 닿는 얼굴이며 목이며 팔들이 간지러웠다.

"작은아버지. 왜 그러세요?"

"하우스 문을 열다 바람에 채였다. 괜찮다. 근육이 좀 놀란
것뿐이야."

"집에 가서 파스라도 붙이시죠."

"그보다는 저거 좀 살펴봐라."

아빠가 턱으로 가리킨 곳에 뭔가 꿈틀거리고 있었다. 가서

보니 한쪽 눈 주변에만 검은 털이 자란 흰 토끼였다. 큰고모가 키우는 토끼랑 생김새가 같았다. 토끼는 절룩거리고 있었으나 살아있었다. 토끼가 여기까지 날아오다니. 그 순간 나는 엄마가 태풍에 실려 날아오는 상상을 하고 말았다. 말도 안 되는 일이 벌어지다 보니 말도 안 되는 상상이 떠올랐다.

"토끼잖아?"

"큰고모네 토끼야."

"그래? 그럼 얼마나 날아온 거야? 최소한 이백 미터는 되겠는데?"

사촌 형은 차마 믿기지 않는 눈치였다. 형은 토끼를 잡으려다 토끼 이빨에 물렸다.

"젠장. 토끼가 사람도 무냐?"

"응. 토끼도 물어. 거기다 토끼 이빨은 면도날처럼 날카롭지."

나는 토끼의 양쪽 귀를 모아 움켜쥐고 들었다. 바람에 토끼가 대롱대롱 흔들렸다. 나는 토끼 귀를 붙잡고 남은 손으로 엉덩이를 받쳐 들었다. 토끼는 곧 얌전해졌다.

"용케 살았구나. 하긴 물고기도 하늘을 날고는 했으니까."

아빠의 말은 사실이었다. 몇 년 전까지만 해도 태풍이 불거나 비바람이 심하게 불던 날이면 하늘에서 물고기가 떨어지기도 했다. 주로 미꾸라지나 매기였고 더러 개구리도 있었다.

나는 물고기들이 하늘에서 떨어지는 장면을 직접 본 적은 없지만 마당이나 처마에서 떨어지는 빗물을 받아두는 고무 통에 들어 있는 경우는 본 적이 있었다. 아빠가 간밤에 잡아둔 게 아닐까 하는 의심이 들었지만 그 의심은 최근에 거뒀다. 백과사전에 그 현상에 대한 설명이 나와 있었다. 그러나 그렇게 하늘을 날아온 물고기가 죽지 않고 살아있는 건 여전히 신기했다.

"용오름 현상이야. 소용돌이 바람이 물고기를 들어 올린 거지."

형의 입이 다시 내 귓가로 다가왔다.

"넌 너무 영리해. 그래서 가끔은 네가 어린 악마 같아."

나는 악마와 같은 웃음을 지어 보이고 싶었으나 어떻게 웃는 게 악마 같은 웃음인지 몰라 관뒀다. 그리고 얼굴이 화끈거렸다. 형이 내 속내를 빤히 들여다보는 기분이 들었다.

"그럼 형은?"

"나는 공인된 악마지. 누구나 나를 피하니까. 어쨌든 너와 나는 같은 피가 흐르는 게 분명해."

같은 피. 나는 그 말이 쓸쓸하게 들렸다. 그건 나약한 사람들이 주로 쓰는 말이지 않은가. 우리는 집으로 향했다. 형은 아빠를 부축했고 나는 토끼를 안아 들었다. 토끼는 품 안에 얌전히 있었지만 떨고 있었다.

집에 도착했을 때 지붕의 기와들이 우르르 무너졌다.

콘크리트 마당에 떨어진 기와들은 귀퉁이가 떨어져 나가거나 동강이 났다. 우리는 할 말을 잃고 기와가 쏟아져 내리는 장관을 지켜봤다. 그러나 반응만 놓고 보자면 우리는 매우 침착했다. 그 순간 우리 세 사람은 각자 다른 생각을 했던 것 같다. 나는 우리가 지금보다 십초쯤 일찍 집에 도착했으면 어땠을까 하는 가정을 세웠다.

기와가 우리의 머리 위로 쏟아지는 상상에 흥분이 됐다. 생각이 정리된 아빠는 입버릇처럼 다행이라는 말을 했고 형은 나와 아빠의 반응을 지켜봤다. 그 순간 나는 오래된 고민 중 하나가 해결되는 기분을 느꼈다. 그렇게 생각하게 된 과정은 이랬다.

우리는 각자 다른 생각을 하는 와중에도 공통된 생각도 했는데 그건 이제부터 어떻게 하지였다. 일어날 일은 어떻게든 일어난다. 다만 우리는 일어난 일에 대해 취하는 반응이 다를 뿐이다. 그러나 기와가 무너져 내린 상황의 핵심은 별수 없음이었고 그 별수 없음으로 인해 우리는 안 좋은 상황에 대한 원인이 아니라 처리에 대해 골몰하게 된 것이다.

웬만하면 일본과 한반도 사이로 빠져나가던 태풍이 한반도의 왼쪽을 강타한 것도, 우리 집 기와가 그 태풍을 견디기에는 약했던 것도 누구의 잘못은 아니었다. 때문에 우리 세 사람은 무척 침착했고 마당에 떨어진 기와와 탈모증이 있는 사람의 머리처럼 벗겨진 지붕의 빈틈을 보며 지붕도 공사를 해야겠다는 공통된 생각을 하게 된 것이었다.

사람들은 대부분의 뒤틀린 상황에 대해서 책임자를 추궁하고 변명을 하고 그로 인해 다투지만 누가 보더라도 어쩔 수 없는 상황 앞에서는 묵묵히 그 수습을 고민한다. 만약 그랬더라면 달라졌을 텐데 라는 후회는 기대와 닮았다. 기대에 못 미치는 상황이 자기의 탓으로 몰릴까 상대를 탓하기에 급급하고 악순환은 반복된다. 어쩌면 인간은 악한 게 아니라 나약할 뿐일지도 모른다.

밤새 개구리 소리가 들렸다. 다리를 다친 토끼는 라면 상자 밖으로 나오지 못했다. 토끼에게 배춧잎을 주었다. 아삭아삭 배춧잎 씹는 소리가 개구리 울음소리와 섞였다. 개구리들은 논에 고인 물이 마르기 전에 짝짓기를 하고 알을 낳고 부화까지 시켜야 한다. 부화한 올챙이 역시 논의 물이 마르기 전에 뒷다리와 앞다리가 나오고 꼬리는 사라져야 한다. 수없이 많은 개구리 울음소리들. 노랫소리라고도 목소리라고도 하지 않는 울음소리. 서로를 부르는 소리는 노래보다는 울음에 가까웠다. 형이 코를 골기 시작했다. 누운 지 십여 분밖에 되지 않았는데 말이다. 나는 좀처럼 한 시간 안에 잠들지 못했다. 자기 싫어서인지 눈을 뜨기 싫어서인지는 모르겠지만.

오늘처럼 소리들이 많은 날이면 잠들기는 더욱 어려웠다. 나는 소리들의 끝에서부터 시작점으로 따라가는 상상을 했고 개구리며 소쩍새며, 도랑물 같은 것들을 떠올려야 했다. 어떤 것들은 누군가 자기 소리를 들어주길 바랐고 어떤 소리들은 듣지 않길 바라지만 불가피하게 내는 소리들이었다. 오늘은 다행히 사람 소리가 들리지 않았다. 밤에 듣는 사람 소리는 좋을 수가 없었다. 하지만 밤에는 말없이 걷는 사람의 발소리조차 들리기 십상이고 그런 소리들은 나를 긴장시켰다. 그 희미한 발소리들은 죄다 나를 향해서만 다가오는 것 같았다. 낮달 같은 발소리들. 나는 발소리들이 멀어질 때에야 안심했다. 그래서 오늘처럼 바람이 세게 불거나 소나기가 내리는 날이 좋았다. 센 바람과 소나기는 다른 모든 소리들을 잠재웠다.

다음 날 등굣길, 도로 위에는 간밤의 횡단에 실패한 사체들이 늦가을 감나무 아래 떨어진 홍시들처럼 터져 있었다. 장마철이면 길 위에서 개구리, 지렁이, 뱀 따위들의 사체를 흔하게 볼 수 있다. 간혹 사체들은 포개졌다. 먼저 죽은 것들 위에 새롭게 죽은 것들, 몸이 터진 개구리, 지렁이, 뱀들이 덧입혀졌다. 황소 개구리들은 제 배 밖으로 국숫발 같은 창자를 드러냈고 엄지만 한 토종 개구리들은 그냥 납작해졌다. 지렁이는 허옇게 불어 개 불처럼 흐물흐물해져 있었다. 꼬리를 차에 밟힌 뱀은 밟힌 꼬리 를 돌아보다 다시 밟혀 똬리를 튼 형태로 납작해졌고 머리부터 밟힌 뱀은 가던 방향을 유지한 채 죽었다.

몇 년 전에 키우던 백구 한 마리도 로드 킬을 당했다. 열린 대 문으로 집을 나간 녀석은 생애 첫 자유에 정신없이 도로까지 내달렸고 나는 그 뒤를 쫓았다. 그날 녀석이 나를 돌아본 건 도 로를 건넜을 때가 처음이자 마지막이었다.

백여 미터쯤 떨어진 곳에서 용달 한 대가 달려오고 있었고 녀 석과 나는 대치했다. 나를 돌아본 녀석이 꼬리를 흔들었다. 나 는 오지 말라는 뜻으로 손을 내저었다. 용달이 보다 가까워졌 을 때 녀석이 나를 향해 도로를 건넜다. 오지 말라는 내 손짓이 녀석에게는 부름으로 전달됐을까. 녀석의 짧은 네 다리가 나를 향해 뛰었다.

백구의 몸에서 나온 심장이 떼굴떼굴 굴러 녀석의 몸통과 멀어졌다. 심장에서는 김이 나왔다. 처음으로 백구가 무서워졌 다. 나는 뒷걸음쳤고 곧장 집으로 돌아왔다. 아빠가 백구를 찾 았을 때 나는 모른 척했다. 그리고 한동안 백구가 죽은 자리를 피하기 위해 마을의 다른 어귀로 빙 돌아 통학했다.

이제는 도로 위에 죽은 것들을 밟고 지나기도 하고 자세히 들여다보기도 한다. 죽은 것들의 흔적이 우스웠다. 나는 동물들의 사체 앞에서는 억지로라도 한 번씩 웃었다. 그러면 두렵지 않았다. 빌어먹게 멍청한 것들. 이쪽이나 저쪽이나, 건너나 안 건너나 논들뿐인 같은 곳인데.

집에서 학교에 이르는 길에는 여덟 개의 전봇대가 있었다. 언젠가 아빠는 전봇대와 전봇대 사이의 거리가 오십 미터라고 알려준 적이 있었다. 나는 그 뒤로 내가 지나는 길의 전봇대들을 세는 버릇이 생겼다. 내가 걸어온 길이 얼마나 됐는지 확인하고 나서야 안심이 됐다. 그러나 내가 걷는 길은 대체로 전봇대 여덟 개를 두고 방향만 바뀌었다. 그 도로 종단이 높은 곳에서 내려 보면 횡단일 수도 있겠다는 생각이 들었다. 개구리에게는 인간이 만든 모든 길이 횡단을 하기 위한 길일 수밖에 없듯 말이다. 내가 개구리들을 내려다보듯 또한 나를 내려다보는 존재가 있다면 그의 눈에 보이는 나 역시도 아무런 차이 없는 이쪽과 저쪽을 무작정 건너고 있는 게 아닐까. 비만 내리면 길 건너의 울음을 향해 이동하는 개구리들같이 말이다.

엄마가 사라지고 질문할 대상이 사라지면서 나는 점점 말이 줄어갔다. 질문이 늘어날수록 말은 줄어들었다. 그러자 들었던 의문들이 희미해졌다. 어른들이 질문을 하지 않는 것도 나와 같은 과정을 거쳐서일까. 최근에는 엄마가 사라진 게 할머니나 아빠 때문만은 아닐지도 모르겠다는 생각이 들었다. 아니면 최소한 돌아오지 않는 이유는 할머니와 아빠가 아니라 나 때문일지도 모르겠다는 생각을 했다. 내 질문들 때문에 말이다. 내가 엄마에게 가장 많이 했던 질문은 실은 내 질문이 아니었다. 엄마가 엄마에게 하지 않는 질문 같아 내 입을 빌려주었을 뿐이었다.

엄마는 왜 살아?

그 질문이 엄마에게 어떤 의미였을까. 나는 할머니와 아빠가 아니라 엄마에게 가장 화가 났었다. 사촌 형의 말대로 나는 악마인 걸까. 그렇다고 생각한다. 엄마가 돌아오면 생각과는 달리 더 많은 질문을 하게 될 거다. 언제나 본능은 내 생각을 따라주지 않았다. 그래서 사람이 악마가 되는 거라면 나는 악마가 맞았다. 어쩌면 내가 엄마에게 보낸 신호는 그날 도로 건너의 백구에게 보낸 것처럼 오해하기 쉬운 신호였는지도 모른다.

탄흔들

"이동 중에는 항상 잠금장치를 걸어둬라."

마침내 형은 아빠에게 총을 빌리는 걸 허락받았다. 형은 총기 면허가 없었지만 아빠도 나도 그 점을 문제 삼지는 않았다. 대신 아빠는 실탄을 열 개만 줬다. 그리고 짐승이 확실할 때만 쏘라는 주의를 줬다.

형과 나는 아빠의 시티100을 타고 야산으로 향했다. 형은 군대를 다녀오지 않았다. 전과가 있어서 면제라고 했다. 그래서인지 형은 감옥보다 군대가 두렵다고 했다. 아마도 형은 총을 쏘아본 적이 없을 것이다. 그러나 나는 묻지 않았다. 달아오른 흥분을 삭히고 싶지 않았다. 요란한 시티100의 엔진소리에 새들은 우리 시야에 들어오자마자 달아났다. 우리는 오토바이를 두고 이동하기로 했다. 우리는 도로변에 오토바이를 세워두고 산속으로 들어갔다.

총을 쏘는 일은 생각보다 어렵지 않아 보였다. 형은 밤나무에 앉아 있던 비둘기 한 마리를 단번에 떨어트렸다. 우연인지 실력인지 모르지만 비둘기는 머리에 구멍이 뚫려 있었다. 우리는 머리에 구멍이 뚫린 비둘기를 보다 서로를 마주 보며 "오!" 하고 감탄사를 터트렸다. 자신감이 붙은 형이 말했다.

"작은아버지가 준 총알이 열 개니까 열 마리를 잡아가자. 그러면 다음에 총을 빌리기가 쉬울 거야."

"아홉 마리로 하면 안 돼?"

"왜?"

"나도 쏘고 싶은데 내가 쏜 총알은 빗나갈 수도 있으니까."

"그래도 열 마리. 내가 한 발로 두 마리를 잡아주지."

형은 보기 드물게 흥분해 있었다.

다음 기회는 좀처럼 돌아오지 않았다. 처음 쏘았던 총소리에 새들이 죄다 달아난 것 같았다. 우리는 더 깊숙한 산속으로 들어가기로 했다.

관리되지 않아 한 사람이 겨우 지나갈 만한 길을 지나자 갑자기 시야가 확 트이며 온통 붉은 꽃무릇들로 뒤덮인 공간이 나왔다. 꽃무릇들은 큼직한 바위들이 있는 곳을 제외한 모든 곳에 펴 있었다. 내 눈으로 꽃무릇 군락지를 보는 것은, 그것도 꽃이 펴있는 꽃무릇 군락을 보는 건 처음이었다. 맑은 연두색 줄기 끝에 펴 있는 붉은 꽃은 홍자색의 상사화와는 조금 다르지만 잎이 시들고 나서야 비늘줄기가 자라고 꽃이 핀다는 점에서는 같다. 그렇게 잎과 꽃이 만날 수 없다고 해서 상사화의 꽃말은 '이룰 수 없는 사랑'이다. 그러니까 상사화의 꽃말은 잎과 꽃 사이에 떨어져 있는 간격으로 인해 붙여진 셈이었다. 나와 달리 형의 관심은 꽃무릇보다는 바위들에 집중되어 있었다. 사실 신기하게 생긴 바위들이긴 했다. 현무암도 아니면서 표면에 수많은 홈들이 패여 있었다. 바위에 난 홈들을 어루만지던 형이 입을 뗐다.

"이제야 생각났어."

"뭐가?"

"난 이곳에 와 본 적이 있어. 아빠가, 그러니까 너한텐 큰아빠가 이 홈들에 대해 설명해준 기억이 났거든."

형이 바위 표면을 만지며 말했다. 정말인지 바위들 표면에는 강철로 된 소나기라도 맞은 듯 수없이 많은 홈들이 패여 있었다.

"이건 탄흔들이야."

나는 거짓말이라 생각했다. 전쟁이 났다 하더라도 이렇게 많은 탄흔들이 생긴다는 건 상상이 되지 않았다. 도대체 몇 날

며칠을 두고 총격전을 벌이면 이렇게 많은 홈들이 생겨난다는 말인가. 우직한 바위들과 바람에 흔들리는 나무들, 그리고 숲의 바닥을 가득 채운 꽃무릇들의 조합 사이에서 치열한 전투의 장면을 떠올리기는 쉽지 않았다.

"봐. 이건 저쪽 대각선 아래에서 이쪽을 향해 올려 쏜 흔적이야. 그렇다면 이 바위 뒤에 숨어 있던 사람들이 있었다는 말이야. 그도 총을 쥔 군인이었겠지. 그래서 좀처럼 거리를 좁히지는 못하고 이렇게 총으로만 견제를 했을 거야. 이런 바위들이 있다는 건 총격전이 길어질 수밖에 없다는 의미일 테고. 어쩌면 이 바위들은 지금보다 훨씬 큰 바위들이었을지도 몰라."

형의 설명을 들으면서 나는 눈앞에 있는 어떤 바위들보다 거대한 바위를 떠올리고 있었다. 그 바위가, 서로의 몸을 숨길 수 있는 바위가 거대하면 거대할수록 싸움은 길어지는 걸까. 상대의 바위를 부숴버리고 싶은 분노와 내 바위가 먼저 부서질까 하는 두려움에 휩싸여서 말이다. 바위 뒤에 숨었다는 이유로 안도하는 모습은 상상할 수 없었다. 은폐 장소를 찾았지만 여전히 떨리는 손으로 총을 쥔 채 바위 뒤에서 진격도 후퇴도 할 수 없던 사람들. 어쩌면 상사화의 꽃말은 이처럼 초조에 휩싸인 사람이 붙인 게 아닐까. 그런 사람들은 무언가를 보면 이름 붙이지 않고는 견딜 수 없을 테니까.

아기단풍나무 사이를 지나며 흔들리는 햇빛이 바위 위에서 몸을 폈다. 깊이 파인 홈들에는 그늘이 졌고 언뜻 보면 검은 얼룩 같았다. 우리는 바위들을 지나 산길을 더 올랐다.

한참을 걸어 우리 눈에 들어온 건 일부가 무너진, 성곽이라 하기에는 낮고 담이라 하기에는 높은 석벽이었다. 이끼와 때 따위의 풀들로 뒤덮였는지 얼른 보면 석벽인지 모르고 지나칠 정도였다. 그리고 그 석벽 위의 평평한 곳에는 다 쓰러져 가는 오두막 한 채가 있었다. 정말 도깨비가 아닌 이상 살 수 없는 집이었다.

"사람이 살까?"

나는 불가능하다 생각하면서도 혼잣말처럼 중얼거렸다. 누가 보더라도 폐가였다.

"확인해보자."

문득 형이 내 또래처럼 느껴졌다. 형은 적군을 포획하기 위해 나온 군인처럼 총부리를 정면으로 향하게 하고 허리를 굽힌 채 조심스럽게 오두막으로 다가갔다. 그런 모습에 덩달아 긴장이 됐다. 긴장감은 형이 총부리로 썩어가는 나무문을 두드린 순간 최고조에 달했다. 역시 아무런 인기척도 없었다.

"이런 데 사람이 있을 리 없지."

형이 꽁무니에 붙은 나를 돌아보며 허리를 폈다. 그때 나무

문이 삐걱거리며 열렸다. 망할. 정말이지 나는 기절할 정도로
놀랐다.

"누구슈?"

반쯤 열린 문틈으로 백발에 산발인 머리가 쑤욱 나왔다. 도,
도사인가. 도사라기에는 너무 기운이 없어 보였고 산신령이라
기에는 사는 곳이 지나치게 누추했다.

"죄송합니다. 아무도 없는 집인 줄 알고."

"사람 사는 집이 아니면 귀신 사는 집이것슈."

"그런 말이 아닙니다. 어르신."

"아녀유. 나 귀신 맞아유."

형과 막 자기 정체를 귀신이라 밝힌 사람, 아니 귀신의 대화
가 이어졌다. 형은 당황하고 있었다. 귀신이 말했다.

"이런 데 혼자 살면 그것이 귀신이제 사람이것슈. 헛것 봤다
생각하고 갈 길 가유. 어디 가서 여기 사람 살더란 말일랑 하지
않으면 좋것네유."

"예. 죄송하게 됐습니다."

나는 빨리 오두막을 벗어나고 싶었다. 형도 같은 생각인 듯했
다. 무르춤해진 우리는 귀신을 향해 고개 숙여 인사를 하고 돌
아섰다.

"잠깐만유."

귀신이 우리를 불러 세웠다. 등골을 타고 소름이 돋았다.

"노파심에 하는 말인데 총부리 아무 데나 들이밀지 마슈. 짐 승 피 보는데 재미를 붙이면 더 큰 짐승 피도 보고 싶어지는 법 이유."

형이 허리춤에 달려 있던 비둘기를 손으로 가렸다. 우리는 다시 한 번 허리를 숙여 보인 뒤 하산했다. 산을 내려와서 귀신같은 노인이 있던 자리를 돌아보니 완벽하게 숲에 가려져 있었다. 헛것이라도 본 기분이었다.

"형. 저런 사람이 산마다 있을 수도 있을까?"

"모르지. 지금 생각해보면 진짜 살아있는 사람이 아니었던 것도 같다."

밤에 봤더라면 영락없이 귀신이라 믿었을 것이다. 그러자 어른들이 보았다는 귀신의 절반은 귀신같은 사람들이었을지도 모르겠다는 생각이 들었다. 그는 어쩌다 귀신보다 귀신같은 사람이 된 걸까.

"실은 말야. 방문이 열렸을 때 나도 모르게 방아쇠를 당겼었다."

"진짜?"

"다행히 잠금장치가 걸려 있었어."

우리는 시티100을 세워둔 곳으로 돌아가다 어치를 발견했다.

형이 공기총의 안전장치를 풀었다. 그리고 내게 기회를 줬다.

"자. 방아쇠만 당기면 돼."

나는 풀들이 깔린 바닥에 엎드려 어치를 조준했다. 풀들이 가늠자와 내 눈 사이에서 흔들려 조준을 방해했다. 총의 무게 때문에 가늠자와 어치를 일직선으로 맞추기가 어려웠다.

빵.

총소리가 울리자마자 어치는 다른 곳으로 날아갔다. 형이 웃었다.

"크크. 지구를 맞혔구나."

첫 사냥에 지구라니. 그러나 나는 내가 쏜 총알이 그 무엇도 맞추지 못하고 끝없이 지구를 도는 상상을 했다. 총을 쏠 때 총부리가 들렸고 어쩌면 허공을 향해 쐈을지도 모른다. 목표물에 가닿지 못하고 영원히 지구를 도는 위성 같은 오발탄을 떠올리자 피식 웃음이 나왔다. 그러나 결국 그 오발탄은 어딘가부터 힘을 잃고 낙하했을 것이다. 어쩌면 꽃무릇을 향해 떨어졌을지도 모른다. 꽃잎을 젖히고 씨앗처럼 땅에 박히는 오발탄을 상상하자 이어 바위에 패인 홈들과 귀신 영감이 생각났다.

돌아오는 길에 형은 할아버지와 큰아빠의 산소에 들리자고 했다. 나는 내키지 않았지만 거절할 만한 핑계를 만들지 못했다.

할아버지의 산소는 할아버지의 죽음에 대한 기억을 떠오르게 했다. 가급적 피하고 싶은 곳이었다. 그러나 의심받는 게 싫어 군소리 없이 형의 뒤를 따라 걸었다.

할아버지와 큰아빠의 산소가 있는 곳은 일반인은 출입이 통제된 구역이었다. 그곳은 실향민과 실향민의 직계가족만 출입이 가능했다. 우리는 출입관리소를 통과해 산소로 향했다. 구불구불한 길이 이어졌다. 비포장 길이라서 오토바이는 속력을 내지 못했고 느린 속도로 십여 분 정도를 달렸다. 오토바이가 자주 덜컹거려서 짐받이 쪽을 짚고 있던 나는 형을 껴안아야 했다.

길 우측면의 숲이 사라지면서 넓은 상수원의 일부가 모습을 드러냈다. 사방이 탁 트인 위치에 있는 정자와 비석들도 슬쩍 보였다. 실향민들을 애도하는 차원에서 설치된 것들이었다. 할아버지와 큰아빠의 산소는 정자를 백여 미터 앞둔 장소에 있었다. 우리는 오토바이를 길 한쪽에 세워두고 산을 올랐다.

산소에 도착하자 형은 어깨에 메인 총부터 멀찌감치 내려놓았다. 형과 나는 할아버지 산소에 큰절을 올린 뒤 큰아버지 산소에도 큰절을 했다. 그리고 잠시 떼밭에 앉아 나무들 사이로 보이는 상수원을 바라봤다. 태풍에 쓰러진 나무들이 많아 저수지의 풍경 대부분이 눈에 들어왔다. 나는 이곳에 앉아 마을을 품고 있는 상수원을 내려다볼 때면 야릇한 기분에 젖고는 했다.

이미 삼십 년 전에 수몰된 마을이지만 가뭄에 물이 마르면 아직까지도 집터들이 드러났다. 무너진 담장들의 자리와 우물 터와 같은 흔적들, 할아버지와 할머니가 인생의 삼분의 이를 보낸 곳이었다. 그러니 할아버지는 지금도 자신이 살았던 곳을 내려다보고 있는 셈이다. 그러나 할아버지의 고향은 년 중 대부분이 물에 잠겨있었다. 인생의 절반이, 기억의 대부분이 수장되어 있었고 아이러니하게도 누군가의 삶이 잠긴 곳이 누군가의 식수원이 되었다.

"그런데 할아버지는 왜 돌아가셨지?"

생각해보니 형은 할아버지의 장례식 때 소년원에 있었다.

"그건 할머니 때문이야."

"할머니?"

"할머니가 할아버지에게 농약을 먹였어."

"뭐?"

형에게만은 거짓말을 하고 싶지 않았다. 하지만 미처 예상하지 못한 질문이었기에 자동반사적으로 거짓말이 나와 버렸다. 후회가 들었지만 이미 늦었다. 바람에 나뭇잎들이 팔랑거렸고 그 소리가 유난히 크게 들렸다. 거짓말쟁이, 비겁쟁이, 살인자 같은 말들이 들리는 것 같았다.

"이제 저곳의 과거는 얼마 안 남은 흔적들을 토대로 추측할 수밖에 없어. 저기에 살았던 사람들조차도. 진실이란 건 말야 사막의 신기루 같은 거야. 절박한 사람들은 가짜 진실을 만들어내기도 하니까."

형은 예상 밖으로 화제를 돌렸다. 나는 안도하면서도 긴장을 늦추지 않았다. 형은 조금 전 내가 한 말을 믿지 않는 거다. 형이 자리에서 일어나 총 쪽으로 다가갔다.

"독대야. 아까 본 귀신같은 영감 말이야. 내 손에 진짜 귀신 됐을 수도 있었는데 말이지."

뜬금없기는. 그걸 지금 말이라고 하나. 총을 메고 돌아온 형이 다짜고짜 헤드락을 걸었다.

"임마. 좀 웃어라."

젠장. 머리가 부서질 것 같은 상황에 웃으라니. 어이없어 웃을 수는 있겠다.

눈물샘이 받은 충격일 뿐

첫 실전경험은 생각보다 빨리 왔다. 형이 알려준 기본적인 도발법은 간단했다. 일단 도발할 대상의 눈을 피하지 않고 응시한다. 이때 중요한 건 무표정을 유지해야 한다는 점이다. 그러다 상대가 불쾌한 얼굴이 되면 빈정거리면 된다. 그러나 나는 실전을 앞두고 보다 구체적인 방법을 요구했다. 그러자 형은 잠깐 고민하더니 이렇게 말했다.

"뭐가 됐든 상대 걸 빼앗아."

우리는 읍내 수학학원과 나란히 있는 슈퍼마켓 앞에서 대기했다. 한 무리의 애들이 학원에서 나왔다. 아이들 중 내 또래로 보이는 애 두 명이 슈퍼마켓으로 들어갔다. 다시 나왔을 때 녀석들의 손에는 과자봉지가 들려 있었다. 나는 녀석들을 가로막고 서서 과자봉지를 낚아채기만 하면 됐다. 그리고 녀석들 중 한 명이 분노의 주먹을 내지르기를 기다리면 됐다. 그러나 누군가의 것을 뺏는 일은 쉽지 않았다. 나는 과자봉지를 가로채기는 커녕 녀석이 곁을 스쳐 지나도록 얼어붙어 있었다.

"못하겠어?"

"이유가 없어. 빼앗을 이유가 필요해."

형이 피식 웃었다.

"우아 떨기는. 이유가 있으면 거래지."

"그래도 최소한 삥을 뜯는 애들은 돈이라도 필요해서 그런 거잖아. 나는 그런 이유조차 없어."

"맞아야 한다면서. 그게 네 이유잖아."

"그걸 녀석들이 이해해 줄 리 없잖아."

"세상이 널 이해하기 위해 기다린다고 생각해? 이건 네가 원한 거야."

제기랄. 얻어맞는 게 이렇게 어려울 줄은 몰랐다. 하지만 이 방법밖에 없었다. 형의 말대로라면 상대를 화나게 해서 맞아야 진짜니까. 그때 형이 검지를 치켜 보였다. 교복 차림이 아닌 걸로 봐서 내 또래인 것 같긴 한데 둘 중 한 놈은 나보다 키가 컸다. 녀석들의 손에는 캐릭터 딱지가 들려 있었다. 나는 녀석들을 가로막고 섰다. 녀석들은 내 양쪽으로 찢어지더니 그대로 나를 지나쳤다. 나는 녀석들을 뒤쫓아 한 놈의 손목을 붙잡았다. 그리고 만화 딱지를 빼앗았다.

"너 뭐야?"

나는 꿀 먹은 벙어리처럼 녀석의 면상만 쳐다봤다.

"그건 내 거야. 돌려줘."

"그냥 줄 수는 없지."

둘 중 한 명이 물었다.

"뭘 원하는데?"

"나를 두들겨 패고 되찾아가는 거."

일단 입을 열자 목소리에 힘이 들어갔다. 이상한 기분이 들었다. 그건 분노에 가까웠다. 화를 내야 할 사람은 녀석들인데 이상하게 내가 화가 났다. 딱지가 원래 내 것이었다는 착각이 들었다.

"그냥 주자."

다른 한 명이 다른 한 명의 소매를 잡아끌었다. 녀석들은 그냥 돌아서더니 바닥에 침을 뱉고 멀어졌다. 곁에 다가온 형이 말했다.

"안 되겠다. 장소를 옮겨야겠어."

"왜 그냥 떠나지?"

"쫀 거야. 진짜 화를 내야 할 때 화를 낼 수 있는 인간은 많지 않아. 겁쟁이들이 더 많지."

우리는 태권도 도장 근처로 장소를 옮겼다. 조금 긴장이 됐다. 동시에 흥분도 됐다. 두 녀석이 나를 피해 떠났을 때 묘한 쾌감을 느꼈었다. 왠지 중학생도 나를 피할 것 같다는 기분이 들었다. 도장 근처에 도착해 잠시 대기하자 하얀색 도복을 입은 애들이 도장에 들락거렸다. 이번에는 성공할 수 있을까. 나는 대상을 중학생까지 높이기로 마음먹었다. 전략도 수정했다. 보다 과감하게 생트집 작전이었다.

도복 차림의 남자애 세 명이 도장에서 나왔다. 두 명은 나보다 키가 컸고 한 명은 작았다. 나는 녀석들 뒤에 따라붙었다.

"야."

녀석들이 돌아보았다. 그리고 저희들끼리 물었다.

"너 아는 애야?"

"첨 보는데. 네가 아는 애 아냐?"

"나도 몰라."

나는 녀석들과 한 발짝 거리까지 바투 다가섰다.

"니네 좀 전에 나 보고 비웃었지?"

"우린 그런 적 없는데."

"내가 분명히 봤거든."

셋은 당황한 듯 번갈아가며 서로의 눈을 봤다. 한 명이 말했다.

"우리는 무도인이야. 함부로 비웃지 않아."

셋은 돌아서 멀어지며 낄낄거렸다. 맥이 빠졌다. 맞는 게 이렇게 어려운 거였다니. 도대체 얼마나 싫어야만 사람을 때릴 수 있는 걸까. 나는 내 주변에서 사람을 때리는 사람들을 떠올렸다. 오갑이의 아빠와 공수의 부모, 그리고 우리 집 어른들과 선생들. 그들은 서로가 얼마나 싫기에 죽일 듯 서로에게 화를 내는 걸까.

태권도 도장을 어슬렁거리던 우리는 실전경험을 다음 기회로 미루기로 했다. 막차 시간까지 한 시간 반이 남아있었고 우리는 오락실로 향했다. 형은 지루한 표정으로 1945를 했고 나는 스트리트 파이터를 했다. 나는 중학교 교복을 입은 녀석에게서 내리 세 판을 이기는 중이었다. 일행으로 보이는 교복 무리들이 깔깔 웃었다. 다시 동전을 투입하고 캐릭터를 고른 교복이 귓속말을 했다.

"야. 그만 꺼져라."

나는 대답하지 않았다. 그리고 이번 판 역시 이겼다. 갑자기 빡 하는 소리와 함께 뒤통수가 뜨거워졌다.

"이 씨발새끼가. 씹냐?"

나는 잠시 얼떨떨했으나 곧 상황 파악을 끝냈다. 이유야 어찌

됐건 드디어 맞는데 성공한 것이다. 온몸에 찌릿한 전율이 흘렀다. 그때서야 나는 사촌 형이 일러준 대로 째려보기를 시작했다. 이번에는 뺨이 뜨거워졌다. 오락실의 주인인 노파는 파리채를 쥔 채 졸고 있었다. 주위의 다른 애들은 경직된 자세로 게임에 열중했다. 나를 둘러싼 교복들은 세 명이었다. 셋의 팔목에 거미 형태의 조잡한 문신이 새겨져 있었다. 언젠가 오갑이에게 들었던 독거미파였다.

"뺏을 수 있으면 뺏어봐."

"이 좆만 한 게."

나와 게임을 했던 교복이 다시 한 번 내 따귀를 올려붙이더니 멱살을 잡고 일으켜 세웠다.

"따라와."

녀석들에게 끌려간 곳은 허름한 대중목욕탕 뒤편에 있는 공터였다. 사촌 형은 보이지 않았다. 게임을 하느라 미처 못 보았을까.

빌어먹을 교복 중 한 명이 내 주머니를 뒤지기 위해 손을 뻗었다. 나는 교복의 손이 주머니에 들어오는 걸 용납하지 않았다. 그러자 교복의 손은 내 주머니가 아닌 면상으로 달려들었다. 이번에는 주먹이었다. 주먹에 얻어맞자 머리가 멍해졌다. 안경이 날아가면서 시야가 희미해졌다. 이어 복부에도 주먹이

꽂혔다. 허리가 숙여지자 등으로 팔꿈치가 찍혔다. 나는 쓰러졌다. 쓰러진 채 본능적으로 형을 찾았다. 그러나 형은 보이지 않았다. 그러자 두려움이 엄습했다. 내가 지금껏 도전적일 수 있었다는 게 형이 뒤에 있었기 때문이란 사실을 깨닫자 비참했다. 쓰러진 내 몸 위로 발길질이 쏟아졌다. 어떻게 맞았는지 누구의 발길질인지도 파악하지 못할 정도로 정신이 없었다. 입안에는 비릿한 핏물이 고였고 복부에 발길질이 꽂힐 때마다 호흡이 턱턱 막히면서 저절로 입이 벌어졌다. 형의 말대로 점점 호흡이 가빠졌다.

쓰러진 나를 교복들이 일으켜 세웠다. 내 주머니로 손이 들어왔다.

"오백 원? 이런 거지새끼."

다시 한 번 안면으로 주먹이 날아들었다. 주먹이 콧등을 가격했고 내 양쪽 겨드랑이에 꽂혀 있던 팔들이 빠져나갔다. 나는 파도에 쓸린 모래성처럼 무너졌다. 다시 발길질이 이어졌다. 이해할 수 없었다. 도대체 내 어떤 부분이 녀석들을 이렇게까지 화나게 하는 걸까. 통증 가운데서도 말로 설명할 수 없는 분노가 치밀었다. 그리고 정신이 혼미해졌다.

감은 눈에서 뜨거운 뭔가가 흘러내렸다. 온몸의 기운이 스르륵 빠져나갔다. 추운 곳과 따뜻한 곳을 오가듯 한기와 훈기가 번갈아 느껴졌다. 시간이 지나면서 맞은 부위들이 간지러웠다. 막혔던 혈관들이 뚫리며 피돌기가 되어가는 느낌이었다.

"어이, 그만들 하지."

희미하게 형의 목소리가 들렸다. 그리고 후다닥 달아나는 발소리들이 들렸다.

"첫 경험치고는 심한데."

이번에는 좀 더 가까운 곳에서 들렸다. 눈을 뜨자 쪼그려 앉은 사촌 형의 모습이 흐릿하게 들어왔다.

"형. 어디에 있었어?"

"다 보고 있었어. 맞아보니 어때?"

눈물일까 피일까. 눈에서 뭔가 쉬지 않고 흘렀다.

"아직 모르겠어. 근데 나 실명한 걸까. 내 눈에서 피가 나는 것 같은데?"

"아니. 그건 눈물이야."

"눈물? 나 울고 있지는 않은데? 우는 게 아닌데 왜 눈물이 나?"

"알아. 그건 네가 아니라 몸이 우는 거야. 눈물샘이 충격을 받은 것뿐이야."

실은 우는 게 맞았다. 아팠다. 그렇게 단련을 했건만 맞는 건 아팠다. 맞는데 익숙해질 수는 있어도, 통증에 익숙해질 수는 있어도, 나의 신경세포들은 정상이었다. 감각을 없앨 수는 없었다. 제기랄. 우는 게 아니라니. 울고 있는 게 맞단 말이다. 나는 교복들한테 뭘 빼앗았던 걸까. 뭘 빼앗았기에 그 정도로 화가 났을까. 내게 거지새끼라 했던 말이 떠오른다. 녀석들이 뺏고 싶은 걸 내가 갖고 있지 않아 화가 난 걸까. 그렇다면 사람들은 자기들이 원하는 걸 갖고 있지 않는 사람들에게도 화가 나는 걸까. 엄마와 아빠도, 할머니도 그래서 서로에게 화를 내는 걸까.

희미하지만 내 기억이 틀리지 않다면 나는 형과의 약속을 지키지 못했다. 마지막 순간 나는 발목에 찼던 칼을 빼들었다. 그리고 휘둘렀다. 칼이 누군가의 다리를 스친 것도 같았다. 녀석들이 악마처럼 보였고 두려웠다. 계속 맞다가는 죽을지도 모른다는 생각에 미칠 듯이 무서웠다. 칼을 본 녀석들은 미친 새끼라 하며 뒷걸음쳤다. 우습게도 나는 녀석들에게 고마웠다. 달아나줘서 고마웠다. 좀처럼 눈물은 멈추지 않았고 나는 비참했다. 그러나 내게 담배를 건네며 형이 건넨 말에 나는 정신이 확 들었다.

"우는 건 괜찮지만 자신을 동정하지는 마. 그럼 괜찮아."

"무슨 말이야?"

"세상에 불쌍한 사람 같은 건 없어. 동정 어린 시선들이 있을 뿐이지. 그리고 그 사람들의 동정에는 핵심이 빠져있어."

나는 코로 담배 연기를 내뿜으며 형의 발치를 바라봤다. 형의 운동화는 옆구리가 벌어져 있었다.

"핵심은 뭔데?"

"나. 동정에는 언제나 내가 빠져있지. 저 자식은 불쌍한 새끼고 나는 아니라는 거야. 그러니 내가 나를 동정하면 어떻게 되겠어. 완전히 사라지는 거야. 나란 인간이. 그러니까 오버하지 말고 그냥 지금의 통증을 기억하면 돼."

"쳇. 그런 게 어딨어. 형이야말로 오버야."

그러나 나조차 형의 말이 맞을지도 모른다고 생각하고 있었다. 나는 지금 비참한 게 아니라 화가 난 것이다. 그런데 화를 낼 대상들이 사라지니까 비참한 기분에 휩싸인 거다.

"무료한 인간은 말야. 통증조차 그리워해. 내가 교도소에 있으면서 가장 많이 떠올린 건 내 아버지의 죽음이었어. 너 큰아버지가 어떻게 돌아가셨는지 모르지?"

나는 고개를 끄덕여야 할지 저어야 할지 조금 헷갈렸다. 큰아빠는 큰엄마와 이혼 뒤 시골에 있던 논밭을 정리하고 서울로 이사를 갔었다. 올라가자마자 전세금을 사기당하고 공사판을 전전하다 알코올 중독자가 됐다. 그러다 간경화가 발병했고 간암으로 병을 키우다 돌아가셨다고 들었다. 그러나 형의 질문에는 뭔가 내가 모르는 다른 내용이 포함된 느낌이었다.

"학교를 가려는데 화장실에서 토하는 소리가 났어. 뭐 또 술에 떡이 돼서 토하나 보다 했지. 그냥 나서려는데 그 인간 자빠지는 소리가 나는 거야. 그래서 화장실 문을 열어봤어. 태어나서 그렇게 많은 피는 처음 봤어. 타일 바닥이 새빨갛도록 피를 토해놓고 그 위에 자빠져 있더라. 손으로 바닥을 휘젓고 있었는데 일어서려고 그런 게 아니었어. 손에서 놓친 얼음을 찾고 있던 거였지. 내가 좌변기 뒤로 미끄러진 얼음을 찾아다 주니까 그걸 배에다 막 문지르는 거야. 속이 뜨겁다면서. 나는 학교가 가기 싫어졌지. 씨팔. 너라면 그 상황에서 학교가 가고 싶겠냐? 그런데 그 인간이 그런 눈치는 기가 막히게 빠르거든. 페트병에 물을 담아 얼려둔 게 있었는데 그거 갖다주고 학교 가라는 거야. 그래서 시킨 대로 했지. 시킨 대로 안 하면 얼음이 내 얼굴로 날아올지도 모르니까. 그래서 내가 평상시처럼 학교에 간 날, 그날 죽었어. 자기를 동정한 사람의 말로였지. 그래도 나는 그 인간이 싫지는 않았는데 그 이유가 뭔지 아니? 그 인간은 다른 사람을 동정하지는 않았거든. 그 인간은 그냥 바보였던 거야. 웃긴 건 그 인간이 죽고 나니까 온 세상이 나를 동정하는 거야. 그런데 그 사람들의 동정은 실은 원망이야. 자식이란 놈이 아비가 그렇게 될 때까지 몰랐냐? 네가 사고치고 다니니 네

아비가 그렇게 된 거다. 다 너 때문이다 같은. 그때 알았어. 망할 인간들은 동정을 통해서 스스로의 죄책감을 떠넘긴다는 걸. 자기들이 뭔데 날 동정해. 자기들 우아 떨려고 미안하니 어쩌니 하는 짓거리들을 보면 구역질이 나. 그러니까 나는 너를 동정하지 않아."

갑자기 다 털어놓고 싶어졌다. 그게 뭐가 됐든 오늘 이 순간, 이 자리에서 다 털어놓고 싶었다. 눈물만으로는 부족했다. 눈물의 반이 심장으로 흘러들어가 차오르는 것 같았다. 나는 숨이 멎을 것처럼 답답했다.

"나야. 할아버지를 죽게 한 건 할머니가 아니라 나야."

"그게 무슨 소리야."

"말 그대로야. 할아버지가 농약을 마시게 된 건 나 때문이란 말이야."

"애가 머리를 다쳤나. 뭐 그렇다고 치자."

"그게 아니야. 나는 살인자라니까. 내가 할머니를, 할머니를 죽이려고 했는데 그걸 할아버지가 마시게 된 거야."

뭔가 말하려던 형이 멈칫했다. 이제야 내 말의 심각성을 알아차린 듯했다. 나는 계속해서 말했다. 앞뒤 순서도 없이 그날 있었던 일들을 털어놓았다. 형이 그만 말하라고, 괜찮다고 말해주었으면 싶었지만 형은 듣기만 했다. 그래서 나는 계속해서 말했다. 같은 말을 반복하기도 했고 욕을 하기도 했다. 심장에 차던 눈물이 목까지 차올라 목이 메었다. 더 이상 말이 나오지 않았다. 형의 대답이 늦어지는 사이 눈물은 멈췄다. 나는 형이 무슨 말이라도 해주길 원했다. 형이 대꾸를 하기까지의 시간이 억만 년은 되는 것처럼 길게 느껴졌다.

"내가 어떤 말을 해주길 바라는데?"

"그런 거 아냐. 그냥, 난 그냥."

"살다 보면 가끔 자기 생각을 오해하기도 해. 나쁜 건 합리화지. 넌 잘하고 있어."

"엄마를 지키고 싶었어. 할머니가 엄마를 죽일 것 같았으니까."

"글쎄. 분노에 휩싸이면 다른 생각을 못해. 엄마를 지키기 위해서란 생각은 할아버지가 돌아가시고 난 후에 떠올린 것일 수도 있어. 유감이지만 그게 네가 달아나는 방향이라면 방향이 틀렸어. 지금은 이해 못할 거야. 앞으로도 영원히 그럴 수도 있지. 하지만 난 네가 알게 될 거라 믿어. 도움이 될지는 모르겠지만 네 말이 사실이라면 나였더라도 그랬을 거야."

나는 형의 말이 말장난처럼 여겨졌다. 그러나 달리 방법은 없었다. 할아버지는 이미 돌아가시지 않았는가. 그러나 내가 할머니에게 용서받을 수 있을까. 그러기에는 여전히 할머니에 대한 원망이 컸다.

"깨지진 않았네."

형이 안경을 주워와 씌워주었다. 내가 신경질적으로 고개를 돌리자 형은 손바닥을 보이며 어깨를 으쓱했다. 어깨를 으쓱, 나는 그 몸짓을 영원히 못 잊을 거라 생각했다. 뭐랄까. 최소한 동정을 받지는 않은 기분이랄까.

"가자. 약 바르러."

나는 엉덩이를 털고 일어났다. 앞장선 형이 손을 귀 높이까지 들어 보이며 까딱거렸다.

호박구더기

첫눈이 내리기 전에 우리는 팽이를 만들어야 한다. 만들어진 팽이들은 마지막 눈이 내릴 때까지 여러 주인을 옮겨 다녔다. 여러 주인의 손을 타며 반들반들해졌다. 반들반들해진 팽이일수록 팽이채의 줄이 잘 감기고 오래 돌았다. 우리 중 반들반들한 팽이를 가장 많이 가지고 있는 건 오갑이었다. 오갑이는 이미 열두 개의 팽이를 가지고 있었지만 첫눈이 내리면 또다시 팽이를 만들었다.

올해 팽이 만들기에는 지후도 합류했다. 오갑이는 호박구더기의 집에서 팽이를 만들 만한 소나무를 점찍어 두었다고 했다.

호박구더기는 대청마루에 앉아 책을 읽고 있었다. 콘크리트 포장이 되지 않은 마당에서는 오리들이 꽥꽥거리며 돌아다녔다. 닭들은 새벽에만 시끄럽지만 오리는 종일 떠드는 놈들이다.

뒤뚱거리며 몰려다니는 망할 오리들을 보며 우리는 고민에 빠졌다. 호박구더기에게 소나무를 얻을 것인가 아니면 한 명이 유인하고 나머지 두 명이 소나무를 훔칠 것인가 하는 고민이었다.

호박구더기를 유인하는 방법은 간단했다. 호박구더기의 별명을 부르고 달아나면 호박구더기는 쫓아왔다. 그러다 잡혀도 상관없었다. 사실 한 번도 잡힌 적이 없다. 호박구더기는 우리를 쫓아오기는 하지만 잡지는 않으니까. 잡으려 한다기보다는 쫓아내려는 의도로 보였다. 호박구더기는 우리를 때리지 못했다. 그래서 다 잡을 것 같은 거리에서도 막상 잡지는 않았다. 맞는데 익숙한 아이들은, 그래서 때리는 자들을 욕하던 아이들은 도리어 잡지도 때리지도 못하는 그를 놀려댔다.

어른들은 호박구더기가 처음부터 바보였던 건 아니라고 했다. 그는 운동권 학생이었는데 시위 중 사고로 머리를 다친 뒤 정신이 이상해졌다고 했다. 그러나 나는 호박구더기가 오랫동안 연기를 하고 있는 건지도 모른다고 생각한다. 가끔 덜떨어진 행동을 하기도 하지만 사실 조금 어린애들처럼 행동할 뿐이었다. 그는 어른의 삶에 대해 시위를 하고 있는지도 모른다. 하지만 그래서 하는 연기라면 호박구더기는 잘못 생각하고 있는 거다. 폭력 앞에 놓인 사람은 사실 폭력을 당하는 게 아니라 폭력에 노출되는 거다. 특정 나이가 아니라 폭력적인 상황에 노출되는 것뿐이다. 그러니 어린아이처럼 행동해봐야 그런 망할 상황 속에서는 부질없다.

우리는 방과 후 축구를 하다 호박구더기에게 환타와 과자가 잔뜩 들어 있는 검정 비닐봉지를 받은 적도 있었다. 불과 이 년 전까지만 해도 우리는 호박구더기와 어울려 놀고는 했다. 우리 중 누구도 하기 싫은 골키퍼를 호박구더기는 매번 자청했으니까. 오히려 변한 쪽은 우리였다. 우리는 더 이상 호박구더기와 어울리지 않는다. 마치 그래야 열두 살, 열세 살이 됐음을 증명할 수 있다는 듯 말이다.

호박구더기가 계속해서 마루에 머물렀으므로 결국 우리는 호박구더기를 유인하기로 했고 미끼 역할은 내게 맡겨졌다. 아버지 폭행 사건 이후로 부쩍 자신감이 붙은 오갑이는 자기가 하고 싶다고 했지만 녀석은 소나무를 골라야 하니 곤란했다. 오갑이와 지후가 담장을 돌아 숨고 나는 호박구더기의 대문을 들키지 않게 열었다. 그러나 내 눈에 들어온 게 호박구더기의 자지였으므로 나는 호박구더기를 유인할 수 없었다. 호박구더기는 한 손으로는 책을 보면서 다른 한 손으로 자지를 흔들고 있었다. 호박구더기의 자지는 생각보다 컸다. 자지가 호박 속에 사는 구더기만 하다고 해서 붙여진 별명이었는데 오갑이가 거짓말을 한 셈이다. 그때 대문이 움직이며 쇳소리를 냈고 호박구더기가 대문을 향해 고개를 돌렸다. 나는 별수 없이 "호박구더기야"
하고 소리를 지르고 달아났다. 그런데 나를 쫓아올 거라 생각
했던 호박구더기는 화들짝 놀라 방안으로 사라졌다.

"왜 여기 있어? 호박구더기는?"

오갑이가 물었다. 나는 손가락으로 호박구더기가 사라진 방
문을 가리켰다.

"그래? 그럼 얼른 소나무나 가지고 가자."

오갑이와 지후가 종아리만 한 크기의 소나무 세 개를 챙겨
들었다. 호박구더기는 어찌나 놀랐는지 읽던 책도 팽개치고 사
라졌다. 나는 대청마루로 다가가 호박구더기가 읽고 있던 책을
집어 들었다. '남자의 향기'라는 제목의 책이었다. 나는 그 책을
챙겼다.

우리는 오갑이의 집에서 톱과 낫을 챙겨 버려진 비닐하우스
로 갔다. 비닐이 많이 찢어진 하우스였지만 바깥보다는 따뜻했
다. 오갑이가 소나무 세 개를 요모조모 살피더니 톱질을 시작
했다. 지후와 나도 다른 소나무 한 개씩을 발로 밟아 누르고 톱
질을 했다. 삼각뿔 형태에 연필꽂이만 한 크기의 원통 세 개가
만들어지자 이번에는 낫으로 소나무 껍질을 벗겨냈다. 그리고
팽이 밑부분을 만들기 위해 연필을 깎듯 소나무를 깎아냈다.

소나무를 깎는 일은 재밌었지만 중심을 맞춰 깎기는 쉽지 않았다. 지후와 내가 만드는 나무팽이는 중심이 맞지 않아 계속해서 깎아야 했다. 그래서 자꾸만 키가 작아졌다. 어느새 오갑이는 쇠구슬 박을 자리에 홈을 파고 있었다.

"야. 중심 어떻게 찾냐?"

내가 물었다.

"나이테. 나이테 가운데가 쇠구슬이 박힐 자리야. 나이테가 둥글어야 좋은 팽이가 돼."

우리는 오갑이 말대로 나이테 중심을 찾았다. 이미 너무 많이 깎여 있어 쉽지 않았다. 그래도 우리는 계속해서 깎았고 정상적인 팽이 한 개와 앉은뱅이 팽이 두 개가 완성됐다.

"앉은뱅이 팽이가 더 좋아. 더 안 쓰러지거든."

"근데 네 건 왜 앉은뱅이가 아닌데?"

"앉은뱅이는 지금도 많이 있거든. 그리고 긴 팽이가 더 재밌어. 쓰러질 때 더 많이 비틀거리거든. 그때 다시 일으키는 게 진짜 실력이지."

내 질문에 오갑이가 답했다. 혼자서 무슨 생각 중인지 표정을 구기고 있던 지후가 혼잣말을 했다.

"나무 팽이는 처음이야."

"그럼 무슨 팽이를 만들었는데?"

내가 물었다.

"서울에서는 팽이를 만들지 않아. 사지. 이것보다 납작하고 세모 모양이야. 플라스틱이고. 보여줄까?"

오갑이와 나는 고개를 끄덕였다. 지후의 주머니에서 나온 팽이는 쇠구슬 대신 뾰족한 못 심이 박혀 있었다. 그리고 나이테가 없는데도 완벽하게 동그랬다. 오갑이와 나는 감탄도 실망도 하지 않았다.

우리는 돌고 있는 팽이를 줄로 들어 날리는 놀이인 팽이 날리기를 하며 놀았다. 내가 날린 팽이는 번번이 균형을 잃고 헛돌다 쓰러졌다. 나는 사실 팽이 날리기에 집중하지 않고 있었다. 호박구더기가 읽던 '남자의 향기'가 궁금해 미칠 지경이었기 때문이다.

"그만 가자."

내가 쓰러진 팽이를 주워들며 말했다. 오갑이가 자기 팽이를 잡아 멈추게 한 뒤 뭔가 생각났다는 듯 말했다.

"우리 집 갈래? 오늘 재밌는 거 하는데."

그러나 지후는 그만 가봐야 한다면 자리를 떴다.

"가자. 아빠도 없어."

나는 그 말에 결국 고개를 끄덕였다. 남자의 향기가 달아날 일은 없으니까. 호기심을 아껴두는 것도 나름 괜찮았다.

오갑이가 형들과 함께 자는 방에서는 텔레비전 소리가 나오고 있었다. 방문을 열자 오갑이 바로 위의 형이 텔레비전을 뚫어져라 보고 있었다. 피겨스케이팅이 방영되고 있었다. 생각해보니 동계올림픽이 열리고 있었다.

　나는 피겨스케이팅을 한 팀이 경기를 끝내도록 보아본 적이 없었다. 내가 좋아하는 건 스키점프뿐이었다. 스키점프를 볼 때면 위아래가 바뀐, 뒤집힌 세상이 상상됐다. 사실 스키점프를 날아오른다고 표현하는 건 모순이다. 그건 날아오르는 게 아니라 일시적으로 사라진 바닥 위에서, 다시 말해 허공에서 오래 버티기에 가까웠다. 추락하는 시간을 늘리다니, 정말 기막힌 생각이다. 내가 스키점프에 매력을 느낀 건 그런 생각을 하게 되면서부터였다. 오갑이네 형도 물론 그럴 것이라고 생각했으나 오산이었다. 넋을 빼놓고 피겨스케이팅을 보는 형은 채널을 바꿀 기미가 없어 보였다. 더 어이없던 건 오갑이도 곧 제 형처럼 넋을 잃고 텔레비전 화면에 빠져들었다는 사실이다. 내게는 선택의 여지가 없었다. 정말이지 등이 간지러울 정도로 지루했다. 한 명이 나와서 하는 건 그나마 봐줄만 한데 여자와 남자가 팀으로 나오는 건 정말 참기 힘들다. 남자와 여자가 밀어냈다 다시 붙었다 할 때마다 보이는 억지스러운 표정 연기는 심각한 수준이었다. 광대처럼 짙은 화장이라니.

오스트리아 팀의 연기가 끝나고 잠시 대기시간이 흐르자 오갑이네 형이 그때서야 아는 체를 했다.

"왔냐?"

"네."

"저거 진짜 끝내주지 않냐?"

　형은 벽에 등을 기대고 세운 무릎을 벌렸다 오므렸다 반복하며 물었다. 이 집 형제들은 다들 한시도 다리를 가만두지 못했다. 거기다 펑퍼짐한 반바지를 입고 흔들어대는 통에 속이 훤히 보였다. 팬티도 입지 않아서 빌어먹을 자지와 불알이 보였다. 중학생이나 되면서 털도 나지 않았다. 젠장. 도저히 정신을 집중할 수 없었다. 내가 대답을 미루자 빌어먹을 형이 알아서 지껄였다.

"나는 꼭 저런 남자가 될 거야."

　나는 노팬티를 즐기는 남자는 절대 저런 남자가 될 수 없다고 말하고 싶었으나 꾹 참았다.

"얼마나 좋아. 저런 여자와 유방도 닿고 허벅지도 닿고. 아마 쟤네들은 분명 섹스도 했을 거야. 틀림없어. 다른 파트너들도 엄청 많을걸."

　물론 그럴 수도 있겠지. 하지만 조금 전 오스트리아 팀은 결코 아니다. 그 둘의 표정은 지나칠 정도로 억지스러웠다. 그렇게 어색한 사w이끼리 섹스를 했을 리 없다. 그리고 무엇보다 오갑이네 형이 그런 생각을 했다는 게 맘에 들지 않았다. 수에 집착하는 인간들의 말은 도무지 신뢰가 가지 않는다. 하지만 이런 생각을 들켰다가는 애 취급받기 십상이다.

"열 명은 되겠죠."

"아니 그보다 훨씬 많아. 확실해. 네 눈에는 내가 고작 열 명 정도 여자와 섹스하는 남자를 부러워할 만큼 하찮아 보여? 나는 이미 다섯 명과 했어."

발정 난 개도 아니고 미친 게 틀림없다. 중학생이기는 해도 나이로 따지면 나랑 두 살 차이밖에 안 나는 주제에. 그리고 저렇게 말하는 인간들은 실제로는 한 번도 안 해본 인간이 대부분이다. 여자의 가슴을 굳이 유방이라 말하는 녀석들의 수준이란 빤했다. 그렇게 말해야만 자기가 성적으로 성숙해 보인다고 믿는 한심한 녀석들이다. 실제로는 속옷가게 마네킹조차 제대로 못 보면서 말이다. 과장해서 말하는 것도 이 빌어먹을 형제들의 공통점인가. 오갑이 자식은 멍청하게 실실 쪼개기만 했다. 웃음소리가 울음소리 같았다. 그때 해설위원이 오스트리아팀을 소개했다. 두 선수가 부부 사이라고 했다. 나는 우울해지고 말았다.

오갑이네 집은 정말 노팬티에 반바지를 입어도 될 정도로 따뜻했다. 아니 방바닥이 너무 뜨거워서 반바지조차 엉덩이를 데일까 봐 입은 것처럼 여겨질 정도였다. 보일러를 설치하고도 기름값 때문에 제대로 틀지 못하는 우리 집보다 훨씬 따뜻했다. 정말 이번 겨울의 우리 집은 모순투성이였다. 기껏 보일러를 설치하고도 온수로 샤워를 하지는 못했다. 부엌에 있던 솥단지를 마당에 만든 임시 아궁이에 얹었고 뜨거운 물이 필요할 때마다 끓여서 사용했다. 오갑이네 집은 너무 따뜻했고 그래서 조금씩 잠이 왔다. 이대로 있다가는 정말 잠이 들 것 같았다. 사갑이 형이 다시 멍청한 질문을 해오지만 않았다면 분명 잠들고 말았을 거다.

 "넌 안 부럽냐?"

 "하나도 안 부러워요."

 "야!"

 사갑이 형이 다짜고짜 오갑이를 발로 찼다. 발가락을 바짝 젖히고 뒤꿈치로 내리찍는 폼이 한두 번 차본 솜씨가 아니었다.

 "씨발. 왜 차?"

 "담부터 저 새끼 데리고 오지 마라. 애새끼가 졸라 잘난 척이네. 임마, 너 같은 새끼가 젤 재수 없어."

 "무슨 상관이야."

 "이 개새끼가. 너도 나가."

그렇게 나와 오갑이는 둘 다 쫓겨났다. 나야 나오고 싶던 차였으니 차라리 잘됐다. 저 새끼는 절대 빙판 위의 남자는 될 수 없을 거다. 저런 인간은 절대 연기를 하지 못한다. 그게 좋은 건지 안 좋은 건지는 모르겠지만 확실한 건 연기를 못하는 인간을 여자가 좋아할 리 없다. 사람은 정말 연기를 잘해야 한다. 내가 생각하는 좋은 연기란 연기처럼 보이는 연기였다. 연기가 진짜와 똑같으면 그건 사기니까. 정말이지 '정직'이라는 말은 참을 수 없다. 정직한 인간을 견딜 수 있는 사람은 세상에 한 명도 없을 것이다. 스스로를 정직하다 말하는 작자들이란 자신을 제외한 모든 사람들을 믿지 못하는 것뿐이다.

집에 오자마자 남자의 향기를 읽었다. 호박구더기야 말로 열명하고 잤을지도 모른다. 호박구더기는 부끄러움을 잘 타니까. 머리를, 혹은 마음을 다치긴 했어도 여자들은 부끄러움을 타는 남자에게 호감을 갖기 마련이다. 그건 남자의 경우에도 마찬가지다. 누구나 부끄러움을 타는 사람에게는 관대해진다. 물론 나도 그렇다. 나는 호박구더기 같은 인간이 좋다. 나 같은 애 앞에서도 부끄러워 달아날 줄 아는 인간 말이다. 그런 인간들은 아무도 해치지 않는다. 그런 사람 앞에서는 누구나 부끄러워지고 만다. 나도 호박구더기에게 장난을 칠 때면 나 자신이 부끄러워진다. 이게 부끄러움을 타는 사람이 갖고 있는 매력이다.

사실 대부분의 어른들은 자기 치부를 들키면 오히려 화를 낸다. 빌어먹을. 그러면 상대가 그 상황을 잊을 줄 아나.

남자의 향기는 야한 부분이 많은 소설이었다. 순식간에 끝까지 읽고 말았다. 나는 한심한 인간이다. 이런 빌어먹을 소설을 읽으면서 자위가 하고 싶어졌으니까. 그리고 조금 슬프기도 했다. 나는 남자의 향기를 들고 화장실로 갔다. 화장실 안은 어두워서 글자가 잘 보이지 않았다. 화장실 벽과 슬레이트 지붕 사이로 들어오는 가로등 빛이 유일한 빛이었다. 나는 그 불빛에 책을 비추어 읽으며 자위를 했다. 컴컴한 오물더미 위로 정액이 투둑 떨어졌다. 손에도 정액이 묻었다. 손에 묻은 정액이 남자의 향기에도 묻었다. 원래대로면 호박구더기의 정액이 묻어야 했을 텐데. 왠지 미안했다. 정말이지 호박구더기는 사람을 부끄럽게 만든다.

오갑이네 형이 했던 말이 떠올랐다. 새끼란 말과 넌 안 부럽냐는 말. 언제부터 새끼란 말은 욕이 된 걸까. 왜 새끼들은 다 망할 놈이 된 걸까. 그런데 왜 그런 새끼들을 낳고 새끼라 욕하는 걸까. 사실 나는 잘난 게 없다. 그래서 잘난 척하는 것처럼 보이는 건지도 모른다. 오갑이나 사갑이 형처럼 사람들은 자기가 없는 걸 있는 것처럼 말해야만 안심하는 존재니까. 내가 부러운 건 뭘까. 내가 되고 싶은 건 뭘까. 이런 생각을 하면 그저 지금과는 다른 곳에 사는 사람이, 쿵쾅거리며 걷지 않는 사람이 떠오른다.

불쌍한 내 새끼

이제 공사가 남은 곳은 안방과 할머니가 지내는 큰방뿐이었다. 이제껏 순서에는 고민을 하지 않던 아빠가 처음으로 고민을 했다. 나는 어느 쪽부터이든 달갑지 않았다. 할 수만 있다면 큰방은 툭 떼어내 다른 곳에 옮겨두고 싶었다. 고민 끝에 짐이 상대적으로 적다는 이유로 큰방부터 공사를 하기로 했다. 정말로 큰방에는 물건이 많지 않았다. 대신 그 물건들에는 할머니의 냄새가 배어 있었다. 청국장 냄새 같기도 하고 조기 냄새 같기도 하고 곰팡이 냄새 같기도 한 냄새. 혹은 썩어가는 나무에서 나는 냄새이거나 비에 젖은 골판지에서 나는 냄새. 그런 냄새들이 섞여 났다. 그 냄새들은 질식할 것처럼 독하게 느껴지기도 했고 가끔은 모든 냄새가 사라지고 나면 마지막에 남을 냄새 같기도 했다. 유쾌한 냄새가 아닌 것만은 확실했다.

벽에 걸린 액자는 모두 다섯 개였는데 그중 두 개에는 할아버지와 할머니의 조잡한 초상화가 들어 있었고 나머지 세 개에는 자식들이나 손주들 사진이 여러 장 섞여 있었다. 나는 그 사진들이 싫었다. 그 사진들을 볼 때마다 할머니가 여왕개미처럼 여겨졌다.

할머니는 답답하다는 말을 달고 살면서도 거의 외출을 하지 않았고 집에 있는 동안은 종일 텔레비전만 보았다. 항상 오른쪽으로 모로 누워 봤는데 그 끈기는 경이로울 수준이었다. 맹세컨대 그렇게 자세를 바꾸지 않고 오래 텔레비전을 볼 수 있는 사람은 할머니밖에 없을 거다. 망할 텔레비전도 눕혀 놓고 싶은 충동이 들 정도였다. 나는 텔레비전 보는 걸 좋아하지 않았다. 그건 엄마와 아빠도 마찬가지였다. 텔레비전을 자주 보면 할머니 같은 사람이 될지도 모른다. 타협도 용서도 모르는 사람. 집착과 불만으로 가득한 사람.

내가 이렇게까지 할머니를 증오하는지 아는 사람은 한 명뿐이었다. 오직 내 동생만 안다. 하지만 녀석이 내 심정을 정확히 이해할 거란 생각은 들지 않는다. 할머니는 가끔 분에 못 이겨 농약병을 들고 산으로 가고는 했는데 나는 할머니가 마개조차 열지 않을 거라는 걸 알았다. 우리가 먹는 국에 농약을 탄 후면 모를까 절대 혼자서 죽을 사람이 못된다.

이제 와서 이런 말을 하면 믿어질지 모르겠지만 사실 나는 사람을 미워하는 게 죽기보다 싫은 인간이었다. 도대체 왜, 무슨 이유로 다른 사람을 미워한다는 말인가. 하지만 지금은 다르다. 사람이 싫은 이유나 죽고 싶은 이유를 대라면 온종일이라도 말할 수 있다. 그러나 사람을 좋아해야 하는 이유나 살아야 하는 이유라면 단 한 개도 말할 자신이 없다. 정말이지 그건 불가능하다. 이런 내가 싫지만 어쩔 수 없다. 할머니가 농약병을 들고 집을 나갈 때 나는 속으로 할머니가 돌아오지 않기를 빌었다. 할머니가 응급실이나 관 속에 있는 상상을 했고 그건 내 의지가 아니었다. 불길한 장면들이 떠오르는 건 내 의지가 아니었지만 못내 죄책감이 남았다. 그래서 살아있는 할머니를 보는 건 매번 힘들었다.

형과 나는 할머니의 나전칠기 장롱부터 끌어내기로 했다. 우선 장롱 안에 들어 있는 것들부터 옮겼다. 죄다 이불들이었다. 그 이불들은 무거워서 덮으며 숨이 막힐 정도였다. 이불들은 내 키 높이만큼 쌓여 있었다. 나와 훈비는 그 장롱 안에 숨기를 좋아했다. 내 경우에는 지금보다 어릴 적 얘기지만 말이다. 장롱 속에 숨기 위해서는 다른 사람의 도움이 필요했다. 내가 숨을 때는 훈비가, 훈비가 숨을 때는 내가 장롱의 문을 닫아주었다.

할머니의 장롱에서는 나프탈렌 냄새도 화장품 냄새도 나지 않았고 이불과 장롱의 나무 냄새만 났다. 그 냄새들은 장롱에 숨은 나와 동생이 쉽게 잠들게 했다.

할머니의 방에는 장롱 말고도 장롱만 한 밀폐형 선반이 있었다. 그 선반에서는 오래됐다는 말로밖에 표현할 수 없는 냄새가 났다. 그러나 할머니의 몸에서 나는 냄새와는 달랐다. 놋쇠그릇에서 나는 냄새들과 마를 대로 마른 나무의 냄새는 장작과 솥에서 나는 냄새를 섞어놓은 것 같았다. 그 선반에는 놋쇠그릇들과 양초, 족보와 사탕 봉지들이 있었다. 훈비와 나는 할머니가 없을 때면 놋쇠그릇들을 꺼내 젓가락으로 두들기며 놀았다. 놋쇠에서 울리는 소리들은 깨질 듯 날카로웠고 금방 사라졌다.

장롱을 들어내자 사촌 형이 달아날 때 사용했던 쪽문이 드러났다. 엄밀히 말하자면 쪽문이 있던 자리다. 지금은 베니어판으로 막은 뒤 도배를 해서 얼른 보면 벽처럼 보이지만 말이다. 나는 그 쪽문이 있던 자리를 볼 때마다 화가 났다. 엄밀히 말하자면 좋았던 기억을 떠오르게 하는 문이라서 싫었다. 그 쪽문은 아이도 고개를 숙여야 통과할 수 있을 정도로 작았는데 어릴 적 나는 그 작은 문을 좋아했었다. 그 쪽문 바깥에는 내 냄새가 숨겨져 있다. 내가 아직 홀로 화장실을 가지 못하던 때에 사용하던 간이화장실이었으니까.

할머니가 내 양쪽 오금을 받쳐 들고 쪽문 앞에 쪼그리고 앉아 "쉬쉬" 하고 바람 소리를 내던 기억이 난다. 그러면 반나체 차림의 나는 신기하게도 오줌이 마려워졌었다. 그래서 한동안 쪽문 너머의 흙바닥에서는 내 오줌의 지린내가 사라지지 않았다. 그 기억이 남아있는 것만으로도 화가 났지만 더 화가 나는 건 내가 혼자서 화장실을 다닐 수 있게 된 후로도 한동안은 할머니를 좋아했었다는 사실이다. 나는 그때의 기억이 떠오를 때면 미칠 듯이 나 자신이 싫어진다.

우리가 장롱을 옮기는 사이 할머니는 선반의 물건들을 옮겼다. 할머니는 물건들을, 놋쇠그릇과 사기그릇 따위를 옮기다 앨범 하나 꺼내 들었을 때 방바닥에 자리를 잡고 앉았다. 그리고는 앨범을 넘기기 시작했다.

"이게 너 낳기 전 애비사진이다."

큰아빠의 젊은 사진이었다. 형은 할머니 곁에 가 앉았다. 나는 그런 형이 맘에 들지 않았지만 할머니가 허튼소리를 지껄일까 봐 형 옆에 앉았다. 내가 자리를 비우는 것과 동시에 큰엄마나 내 엄마에 대한 흉을 볼 게 틀림없었다.

"니 애비가 장사였어. 쌀가마니를 두 가마니씩 짊어지고 했으니까. 그리 힘 좋던 사람이 마누라만 잘 얻었어도. 쯧."

나는 견딜 수 없이 화가 났다. 반면에 형은 히죽히죽 웃는 것도 모자라 능청스럽게도 "그랬어요?" 하고 맞장구까지 쳤다. 그런 형이 머저리 같았다.

앨범의 갈피를 넘기자 아빠 사진이 나왔다. 삭발 머리에 걸친 거라고는 팬티 한 장이 전부인 아빠가 기마자세로 장난스런 표정을 짓고 있었다. 막사로 보이는 배경으로 미루어 볼 때 군대에서 찍은 사진 같았다. 나는 침을 꼴깍 삼켰다. 주먹이 부르르 떨렸다. 저 쭈그렁 입에서 엄마 이야기가 나오면 정말 폭발해버릴 것 같았다.

"짐승만도 못한 년. 지 새끼 버리고 얼마나 잘 살려고."

누구라 말하지 않았지만 분명 엄마를 두고 하는 말이었다. 하지만 나는 폭발하기는커녕 온몸에서 힘이 빠지고 말았다. 그저 속으로 할머니 입에서 나왔던 말을 되씹는 게 전부였다. 나는 겨우 일어섰다. 현기증이 났다.

자전거를 끌고 대문을 나섰다. 있는 힘껏 페달을 굴렸다. 최대한 빨리 달리면 오 분에 한 바퀴씩 마을을 돌 수 있었다. 나는 돌고 또 돌았다. 그렇게 도는 동안 마주친 사람은 없었다. 이 지긋지긋한 풍경들. 나는 계속 마을을 돌며 영원히 이곳을 벗어나지 못할 것 같은 불안에 휩싸였다. 나는 겁쟁이다. 실은 누군가를 원망할 자격도 없는 인간이다.

다섯 바퀴쯤 돌자 다리가 후들거렸고 발이 페달에서 미끄러지면서 균형을 잃었다. 나는 길가의 논으로 굴러떨어졌다. 떨어지면서 자전거 핸들이 명치 부근을 찔렀다. 숨이 턱 막혔다. 손 하나 까딱할 수가 없었다. 그때서야 조금 마음이 누그러졌다. 눈물은 나지 않았다. 지 새끼를 버려라는 말만 머릿속을 떠돌았다. 맞다. 어쩌면 엄마는 나를 버린 것도, 지랄맞은 년일지도 모른다. 나도 그렇게 인정할 때가 있었다. 그리고 난 지랄 같은 자식이다. 나는 아무것도 될 수 없을 거다. 그러나 그렇다고 해서 아무것도 되기 싫은 건 아니다. 다만 기대 따위를 하지 않을 뿐이다.

화가 나 미칠 지경이 되면 떠오르는 장면이 있다. 서울에 갔을 때 생긴 기억들이다. 나는 딱 한 번 서울에 다녀온 적이 있었다. 내가 여섯 살이 되던 해 작은아버지가 장가를 갔는데 그 덕에 우리 가족은 단체로 서울에 갔다. 사실 기억이 나는 장면은 몇 안 되는데 그중 하나는 할아버지와 할머니, 아빠와 엄마, 그리고 내가 4차선, 아니면 8차선쯤 되는 도로의 중앙에서 고립된 장면이다. 우리는 8차선 도로의 중앙선에 횡렬로 서서 서로의 손을 꼭 쥐고 있었다. 아빠가 뭐라고 계속 떠들어댔지만 차들이 내는 굉음에 전혀 들리지 않았다. 아마 무안해져서 괜히 지껄인 말들일 게다. 지랄맞게도 그 순간 나는 신이 났다.

엄마와 아빠 손에 매달려 그네라도 타고 싶은 심정이었다. 그렇게 다섯 사람이 서로의 손을 잡고 연결된 건 처음 있는 일이었으니까. 그러니까 난생처음 보는 수많은 차들의 한가운데 끼어서도 두렵지 않았다. 양쪽에서 내 손을 쥔 채 건널 타이밍을 잡기 위해 정신없이 고개를 두리번거리는 인간들이 있었으니까. 그렇게 내가 처음 본 서울이란 곳은 무서우리만큼 매력적이었다.

그러나 그날 저녁과 다음 날 오후 나는 믿었던 서울에게 연달아 호되게 당했다. 나는 집에 돌아가기 전까지 서울의 탁한 공기를 최대한 많이 마시고 싶었고 그럼에도 너무 멀리 돌아다니기에는 자신이 없어 화양동에서도 작은아빠 집이 있던 단지 근처만을 빙빙 돌았는데 오르막 빙판길에 미끄러지고 만 것이다. 서울의 길바닥은 반듯했지만 딱딱했고 나는 그런 길바닥에 입술을 들이대는 터프가이처럼 자빠졌다. 광대가 그대로 바닥에 쓸렸다. 얼굴에서 피가 뚝뚝 떨어지는데도 아프다는 느낌은 들지 않았다. 그냥 뭔가 정신이 확 드는 기분이었다고나 할까. 그렇게 사람도 차도 많은 서울인데 그 골목에만은 한 명의 사람도 지나지 않는 사실이 섬뜩했고 다행 같았고 못내 서글펐다.

얼간이처럼 울며 작은아빠 집으로 돌아왔을 때 내 볼에 난 상처의 원인에 대해 엄마와 아빠는 다투기 시작했고 예비 신랑

앞에서 부부생활의 참맛을 보여주기로 작정한 듯 찰진 욕설들을 주고받았다. 믿길지 모르겠지만 나는 그때부터 짐작하고 있었다. 내 안에 커져가는 덩어리가 슬픔도 고통도, 그렇다고 외로움도 아닌 분노였다는 사실을 말이다. 통제할 수 없는 분노에는 슬픔과 고통, 외로움 같은 찌꺼기들이 달려왔다. 그건 내가 살아온 시골 마을에서도 대한민국의 수도인 서울에서도 마찬가지였다.

할머니는 엄마가 집을 나간 후로 기운이 없어 보였다. 할머니도, 아빠도 더 이상 뒤꿈치로 걷지 않았다. 어딘가에 있을 엄마도 그럴지 모른다. 그리고 나는 끔찍한 사실을 깨달아가고 있었다. 나는 다툼과 고함보다 정적과 평온을 두려워하게 된 거다. 내 자신을 혐오했다. 주변이 소란해도 조용해져도 나는 내가 투명해지는 기분에 사로잡혔다. 그러다 결국 쓸모없는 인간이 되고 말 거라는 생각이 들면 견디기 힘들었다.

손가락이 움직이기 시작했다. 좀 더 마비 상태로 있으면 좋으련만 다리도 움직였다. 곧 일어설 수 있을 거다. 그냥 이대로 영원히 움직이지 않았으면 좋겠다. 그리고 구름을 세는 거다. 혹은 구름의 형태에 대해 이름을 붙이는 거다. 그런 일도 직업이 될 수 있다면 나는 구름에 이름 붙이기 부문에서 가장 창의적인 사람이 될 수도 있을 것이다. 어떤 구름들은 엇갈려 이동한다. 자세히 보면, 그리고 운이 따른다면 서로 다른 층에서 이동 중인 구름을 발견할 수도 있다. 그 구름들은 층이 다르기에 절대 충돌하지 않는다. 다만 우리 눈에 그렇게 보일 뿐이다. 대부분의 구름들은 다른 구름과의 충돌 없이도 스스로 형태를 바꿔 갔다.

또 다른 구름들은 지상에서 부는 바람과는 반대 방향으로 흐르기도 한다. 어쩌면 나는 항적운을 만드는 사람이 되고 싶은지도 모른다. 그건 정말 아름다운 일이다. 동시에 꿈만 같은 일이기도 하다. 그러나 나는 항적운을 만들기보다는 관찰하는 사람이 되고 싶다. 어른이란 인간들은 절대 관찰을 하지 못한다. 그들은 끊임없이 만들고 부술 뿐이다. 이렇게 하늘이 맑은 곳에 살면서도 단 한 번도 항적운을 입에 올리는 어른은 보지 못했다. 그들의 눈에 보이는 건 비구름과 흰 구름뿐이다. 사실 그건 잘못이라 말할 수 있는 건 아니다. 하지만 노예의 삶에 가까운 것일 수는 있다. 노예가 나쁜 건 노예들끼리 싸우기 때문이다.

한동안 내 관심이 온통 비행기에 집중되어 있던 시기가 있었다. 비행기처럼 거대한 물체가 공중으로 날아오르는 것도 신기했지만 그 원리는 더 신기했다. 과학적 설명이 신비를 없애지는 못했다. 최소한 내게는 그랬다. 비행기가 뜨는 원리는 기본적으로는 양력 때문이다. 그건 비행기의 날개가 밑면보다 윗면의 표면적이 넓다는 의미다. 그런 날개에 속도가 붙으면 공기는 날개에 의해 절단된다. 위아래로 갈라진 공기가 날개의 뒷부분에서 재회하는 데 걸리는 시간은 동일한데 윗면의 표면적이 넓기에 위쪽의 공기는 더 빨리 흐르게 된다. 그때 생기는 힘이 비행기를 공중으로 끌어당긴다.

따지고 보면 양력이란 비어있는 틈을 채우려는 대기의 성질로 인해 생기는 것이고 비행기는 더 넓은 틈을 향해 당겨지는 것이다. 그렇다면 이론상으로는 곡선으로 되어 있는 것들은 어떻게든 떠오를 수 있지 않을까. 인간의 몸도 곡선이므로 충분한 추력만 있다면 인체만으로 나는 것도 가능하지 않을까. 나도 안다. 이런 생각이 말도 안 되는 공상이란 걸. 교내 백일장에서 이따위 생각을 늘어놨다가 상담을 받은 적도 있으니까. 현실에서는 틈을 보이면 패대기쳐질 뿐이다. 그래도 곡선이 매혹적인걸 어쩌겠는가.

지금이 밤이었다면 나는 천문학자가 되고 싶었을지도 모르겠다. 물론 천문학자란 직업이 별자리에 대한 감상 따위를 늘어놓는 일은 아닐 거다. 하지만 아인슈타인도 말하지 않았는가. 인간이 겪을 수 있는 경험 중 가장 아름다운 것은 '신비'라고.

이 사실을 깨닫지 못하고 확실한 길만을 추구하는 과학자는 결코 우주를 맑은 눈으로 바라볼 수 없다고 말이다. 나는 다른 건 몰라도 우주의 신비만은 확실히 믿으므로 최소한 우주를 맑은 눈으로 바라볼 수 있는 과학자는 될 수 있지 않을까. 거기다 안경을 쓴 뒤로는 별들을 선명하게 볼 수 있게 됐다. 그전에는 별들이 죄다 물속에 잠겨 있는 듯 일렁여 보였는데 말이다.

내가 천문학자가 된다면 죽기 전까지 한두 개의 새로운 행성을 찾아낼 수 있을 거다. 아직도 지구에 도착하지 못한 별빛이 있다면, 그리고 빛을 반사하는 행성들이 우리의 상상을 뛰어넘을 정도로 많다면 내가 살아있는 동안에 새롭게 지구에 도착하는 별빛들도 있지 않을까. 천문학자가 되어 천체망원경을 사용할 수 있다면 지구를 향해 날아오는 중인 별빛을 향해 나는 제법 먼 거리를, 그리고 꽤 긴 시간을 뛰어넘어 마중 나갈 수 있을 거다. 그러니까 천문학자란 자신에게 주어진 수명보다 더 많은 시간을 활용할 수 있는 행운아들이다. 수백만 년을 날아온 반짝이는 손님을 아무도 알아주지 않는다면 참 섭섭할 거다.

구름이 밀짚모자에서 애벌레 형태로 둥그레지고 있었다. 구름 관찰을 너무 오래 하다 보면 구름에서 눈을 떼는 순간 현기증이 나고 세상이 흐릿하게 보였다. 철봉에 거꾸로 매달려 있다 내려올 때와 비슷한 현상이다. 이미 마비는 풀렸다. 이제 일어나 논 밖으로 나가야 한다. 그런 다음에는 어디로 가야 할까.

울기 연습

형이 비틀거리며 집으로 돌아왔다. 몰골이 엉망진창이었다. 나는 형을 부축하기 위해 다가갔지만 막상 엄두가 나지 않았다. 피로 얼룩진 얼굴이 무서웠다. 형에게서 술 냄새가 났다.

"형, 왜 이래?"

"괜찮아. 빌어먹을 새끼들."

나는 그 순간 당구장에서 봤던 갈색 머리 일행이 떠올랐다. 모르긴 몰라도 형을 이렇게 만들 수 있었다면 한 명이 아니었을 거다.

"작은아빠 계셔?"

"아니. 논에 가셨어."

"다행이네."

역시나 다행이란 말은 빌어먹을 말이다. 도대체 뭐가 다행이란 말인가. 형과 나는 거실 문턱에 나란히 앉았다. 형이 담배를 피웠다. 터진 입술이 쓰라려 보였다.

"어떻게 된 거야?"

"별일 아냐. 전에 너랑 봤던 여자애를 몇 번 만났는데 그게 그 새끼 애인이었나 봐. 그 당구장 새끼. 사귄 것도 아니지만 암튼 사과는 했는데 일이 꼬이려니까 이렇게 되네. 시팔."

그 다방 누나가 갈색 머리 같은 놈과 사귀고 있었다니. 괜히 내가 열이 받았다. 그러나 그보다도 걱정되는 게 있었다. 형은 자기 입으로 말했었다. 가석방 중이고 앞으로는 절대 주먹을 쓰면 안 된다고.

"혹시 형도 때렸어?"

"그게……."

그때 승용차 소리가 나더니 파란 불빛과 빨간색 불빛이 교차해 밤하늘을 휘저었다. 순찰차는 우리 집 대문에서 멈추었고 곧 대문이 열렸다. 경찰관 두 명이 마당에 들어섰다. 뭔가 일이 꼬인 게 틀림없었다. 형은 담뱃불을 발로 비벼 끈 뒤 꽁초를 화단으로 던졌다. 경찰들은 형의 신원을 묻더니 다짜고짜 수갑을 채웠다. 나는 순간 끔찍한 상상을 하고 말았다. 형이 설마…….

정신없이 아빠가 있을 것으로 추정되는 논으로 뛰었다. 다리가 후들거렸고 눈물이 날 것 같았다. 할아버지가 농약을 먹고 쓰러진 날의 되풀이 같았다. 그때나 지금이나 내가 할 수 있는 일은 아빠에게 이 사실을 알리는 것뿐이었다. 빌어먹을, 빌어먹을.

어둠 속에서 나를 발견한 아빠도 비슷한 심정이지 않았을까? 내가 자기에게 달려올 때마다 심상치 않은 일이 터지니 말이다. 내 말을 들은 아빠는 나와 함께 곧장 집으로 돌아왔다. 나는 마음이 급했다. 초조했다. 그런데 아빠는 찬물로 샤워를 한 뒤 생전 안 입던 양복을 빼입었다. 어떻게 이렇게 침착할 수 있는 걸까. 친자식이 아니라서? 그러나 나는 택시 안에서 아빠가 발을 구르고 있는 모습을 보고 알았다. 아빠도 긴장하고 있던 거다. 사실 아빠는 자신을 긴장하게 하는, 낯선 곳에 갈 때만 양복을 입었다. 이를테면 그에게 있어 양복은 전투복인 셈이었다.

형은 수갑을 찬 채 구치소 안에 있었다.

"작은아빠, 죄송해요."

형은 고개를 푹 숙였다. 갈색 머리 일행이 보였다. 그들은 구치소 밖이었다. 그리고 멀쩡했다. 일행 중 한 명의 입술이 조금 터진 것 말고는. 그들의 보호자로 보이는 중년의 남녀가 아빠에게 다가왔다.

"제 자식놈이 거참. 실은 젊은 혈기에 그럴 수도 있지 하고 그냥 넘어가려고 했습니다. 그런데……."

"살인미수범이라면서요? 전과자를 이렇게 막 돌아다니게 해도 되는 거예요? 칼이라도 안 갖고 있나 몰라."

먼저 말을 꺼낸 사내가 아내로 보이는 여자의 성난 목소리에 어쩔 줄을 몰라 했다. 형의 칼은 내 발목에 있었다. 나는 본능적으로 그게 다행임을 알았다. 빌어먹게도 정말 다행이었다. 이후로 나는 내 발목의 칼이 보일까봐 의자에도 앉지 않았다.

아빠는 갈색 머리 일행의 보호자에게 사과를 하며 누군가를 찾았다. 아빠가 아는 경찰인 듯했다. 아빠가 사과를 할 때마다 효주 형의 고개는 더 숙여졌고 그러다 허리가 꺾일 것 같았다. 보호자인 여자는 전과자와는 절대 합의는 안 한다며 그게 사회정의라 떠들어댔다. 나는 그 여자의 입을 꿰매버리고 싶은 충동을 느꼈다.

아빠가 찾던 경찰관은 한참 후에야 나타났다. 그는 얼핏 봐도 난처한 얼굴이었다. 그는 아빠와 따로 대화를 나눴다. 그의 입에서 가석방이란 낱말이 수차례 나왔다. 일이 꼬여가고 있는 게 분명했다. 나는 구치소에 있는 형에게 다가갔다.

"형, 괜찮아?"

순간 나는 내 눈을 믿을 수 없었다. 형이 울고 있었다.

"그냥 맞아주려고 했는데. 시팔. 그냥 도망치려고 했는데……."

말하지 않아도 알 수 있었다. 그사이 부어오르기 시작한 얼굴이 집에서 봤을 때보다 더 엉망진창이었다. 반면 갈색 머리 일행의 터진 입술은 아물고 있었다. 3 대 1이라지만 형이, 이렇게 단단한 주먹을 가진 형이 마음먹고 싸웠다면 이런 결과일 리 없었다. 내 심장이 느껴졌다. 심장이 심장사상충에게 파 먹히는 것처럼 아팠다. 당장이라도 눈물이 쏟아질 것 같았다. 그러나 나는 이를 악물고 참았다. 그러면 형이 너무 쪽팔릴 것 같았다. 형이 말하지 않았는가. 자신은 동정이 가장 싫다고. 오버하지 말고 지금의 통증을 기억하라고. 그래서 나는 이를 악물고 눈물을 참았다. 지금은 형이 울 때였다.

어떤 이유에서인지는 모르지만 나는 그날 형이 내 앞에서 눈물을 보인 게 잘된 일이라고 생각했다. 우리에게 필요한 건 맞기나 달아나기 연습이 아니라 울기 연습일지도 몰랐다.

주문 따윈 없어도 돼

    .

"독대야. 난 조만간 떠나야겠다."

"어디로 갈 건데?"

"배를 탈 거야."

그날, 그러니까 형이 구치소에 갇히던 날로부터 이틀 전, 벼매상이 끝나고 그동안의 품삯으로 제법 뭉칫돈을 받은 형은 떠나기로 결심했었다. 어쩌면 그 돈으로 모처럼 기분을 내다 그런 꼴이 됐는지도 모른다. 아빠의 긴 사정 끝에 합의는 이뤄졌지만 형이 가석방 중이었기에 아직까지 무혐의 처분은 미뤄지고 있었다. 결과가 어떻게 나오든 형과는 긴 이별이 기다리고 있는 셈이었다. 그런 의미에서 그날 형이 보인 눈물은 형이 마지막으로 가르쳐준 인생교육인 셈이다. 맞기 훈련의 종착역이 울기로 끝날 줄 누가 알았을까. 이건 뭐 울보 형제였다.

학교를 파할 무렵부터 내리던 빗줄기는 점점 굵어졌다. 먼 하늘이 거뭇해지고 비가 오고 땅이 젖고 가까운 하늘도 검어졌다. 발톱 끝부터 머리카락 끝까지 온몸의 기운이 빠졌다. 속눈썹이 사르르 떨려온다. 식은 대지 위로 입김이 번져나갔다. 혼이 빠져나가는 기분이다. 스르륵 스르륵. 아스팔트에 떨어지는 굵은 빗방울의 소리에 맞춰 투둑 투둑, 스르륵 스르륵.

집에 도착했을 때 나는 흠뻑 젖어 있었다. 쓰레기를 태운 불에 마당의 솥단지에서 물이 끓고 있었다. 오래된 솥단지 안에서는 붉은 녹가루들이 가라앉아 있었다. 녹가루를 피해가며 양동이의 절반쯤 뜨거운 물을 담아 욕실에 옮겼다. 양동이의 물을 차가운 물과 섞어 온도를 맞추고 옷을 벗었다. 옷을 다 벗고 나자 갑자기 다음 행동이 생각나지 않았다. 몸이 너무 무거운 것도 같았고 반대로 무게가 사라진 것 같기도 했다. 나는 타일 위로 주저앉았다. 형이 해줬던 이야기가 생각났다. 큰아빠의 죽음, 동정과 같은 말들.

배를 타기로 한 결심을 털어놓을 때 형이 물었다. 편지는 어떻게 할까? 주고 갈까? 나는 고개를 저었다. 아니. 그건 형에게 부쳐진 거니까. 그러자 형이 말했다. 작은엄마에게 이 집은 감옥이었어. 하지만 말야. 감옥을 다녀온 사람은 알아. 세상에 감옥 아닌 곳은 없지. 우리에게 필요한 건 감옥에서 사는 법이야.

내가 고문이나 다름없는 심문을 당하면서 가장 간절했던 게 뭔지 아니? 감옥으로 돌아가는 거였어. 그 순간 내가 떠올릴 수 있는 가장 현실적이고 안락한 공간은 감옥뿐이었으니까. 네가 맞고 다니는 짓을 하는 이유는 그렇게라도 해서 네 현실을 바꿔치기하고 싶어서일 거야. 하지만 그건 진짜가 아냐. 진짜는 맞을 때 느껴지는 통증과 분노, 서러움 같은 것들이지. 그러니 맞고 다니는 짓 따위는 관두는 게 좋아. 그건 결코 구원이 될 수 없어. 지금 네게 필요한 훈련이 있다면 맞기가 아니라 더 많이 울기야. 나를 봐. 이게 울지 않고 살아온 인간의 모습이다. 우는 쪽이 아니라 울지 않는 쪽이 자기 연민에 빠진 쪽이야. 그날, 네가 얻어터지고 울던 날, 네가 울어서 나는 안심했다. 이건 내가 나를 동정해서 하는 말도 동정을 받고자 하는 말도 아냐. 사실일 뿐이지.

빗소리가 이전과 달랐다. 콘크리트 마당에 떨어지는 소리도 양철지붕 위에 떨어지는 소리도 전과는 달랐다. 지나치게 사실적인 빗소리였다. 비는 소리를 내지 못한다. 소리를 내는 건 마당이었고 지붕이었다. 개천도복숭아나무의 잎사귀들이었고 먼저 내린 비가 만든 물웅덩이였다. 비는 빗물이 되는 순간에만 울었다.

나는 비가 내리는 날을 좋아했다. 특히 소나기를 좋아했다.

소나기가 내리는 날에는 어른들의 목소리가 작아졌다. 어른들의 목소리가 작아지면 동생과 나는 쾌활해졌고 집에서 우리의 목소리가 가장 커졌다. 동생도 알고 있었다. 비가 오는 날은 떠들수록 좋다는 사실을. 비 앞에서는 아무리 밀린 일이 많아도 달리 도리가 없었다. 그래서 어른들은 모든 일을 포기하고 쉬었다. 어른들은 쉬는 게 노는 거였다. 때문에 우리도 마음 편히 놀수 있었다. 엄마는 부침개를 부쳤고 아빠는 마루에 앉아 비를 구경했다. 할머니는 삭신이 쑤신다며 군불을 땐 방바닥에 붙어 꼼짝도 하지 않았다. 아빠와 엄마도 삭신이 쑤셨다. 그러나 나와 동생이 가스버너 옆에 앉아 부침개가 부쳐지기 무섭게 먹어치워도 엄마는 나무라지 않았다.

비의 성분에는 사람을 인자하게 만드는 요소가 들어 있는 게 확실하다. 그리고 어쩌면 일이 사람을 분노하게 만드는 것일지도 모른다는 생각도 했다. 도시의 사람들은 어떨까. 이곳 사람들만 그렇다고 한다면 내 생각은 수정되어야 한다. 고된 노동이 사람들을 분노하게 한다로. 아빠와 엄마는 쉬는 법을 몰랐다. 농사는 결코 평온한 일이 아니라 거친 일이다. 거친 일을 마친 어른들은 갑작스럽게 찾아오는 평온을 견디지 못해 파괴하는 게 유일한 여가생활이었다. 그래서 싸우다 지쳐 잠들었다. 나는 그런 어른들의 삶이 고단해 보였다. 그리고 모든 고단한 삶이

거룩함과 연결되는 건 아니라는 걸 알았다. 소나기는 제 소란으로 주변의 소란을 잠재웠다.

빗방울에서 튄 물똥들이 먼지처럼 마당에 깔렸다. 물거품이 생겼다 터졌다. 배수로를 만들지 않은 탓에 마당에 고인 물들은 빠져나가지 못했다. 오히려 콘크리트 길에 흐르던 빗물이 마당으로 흘러들었다. 거실의 창유리에 내가 비쳤다. 유리는 반은 거울이고 반은 창인 상태가 됐다. 거울에 비친 내가 마당 가운데 서 있었다. 비가 내리지만 나는 젖지 않았다. 비에 젖은 마당은 새까맸다. 모든 것이 새까매졌다.

낮아진 천장에는 빗물이 맺히지 않았다. 원래 비가 새던 곳은 다섯 군데였다. 큰방과 안방에 한 곳씩, 내 방에 한 곳. 부엌에 두 곳이 샜는데 그중 한 곳은 벽과 맞닿은 곳이어서 빗물이 벽을 타고 흘렀다. 내 방에는 비만 새는 게 아니라 천장 위에 있던 스티로폼 가루들이 떨어지기도 했다. 쥐들이 갉아놓은 스티로폼 가루들 속에는 쥐똥도 섞여 있었다. 쥐들이 지날 때는 스티로폼이나 쥐똥이 떨어지는 게 전부였다. 나는 쥐를 무서워하지 않는다. 그러나 천장에서 고양이 소리가 들리면 긴장해야 했다. 간신히 버티고 있는 천장은 쥐의 무게는 견딜 수 있어도 고양이의 무게는 견디기 힘들지 모르니까.

낮아진 천장에서는 아무것도 떨어지지 않는다. 우리 집은 천장이 낮아지면서 맷집이 좋아졌다.

창고의 처마 밑에 있는 벌통이 생각났다. 혹 벌통이 비에 젖지 않을까. 벌통은 형이 만들어준 것이었다. 주워 모은 판자들로 만든 것이라 엉성한 감이 없진 않았지만 양봉장에서 본 것과 큰 차이는 없었다. 형은 사각통의 벌통을 완성한 뒤 벌들이 출입할 수 있도록 손톱만 한 구멍을 뚫었다. 놀랍게도 벌들은 제 새집을 알아보고 이주했다. 나는 벌통에 벌들이 드나드는 모습을 즐겨 구경했다. 벌들은 끊임없이 꿀을 날랐다. 비행이 서툰 벌들은 착지를 하느라 애를 먹기도 했다. 어쩌면 꿀을 너무 많이 담은 몸이 무거워서 인지도 몰랐다. 잠자리나 나비처럼 우아한 비행은 아니었지만 벌들의 비행에는 활력이 넘쳤다. 벌통을 나서는 벌들은 순식간에 허공에 점으로 사라졌다. 그러나 사라진 벌들은 다시 선명한 점이 되어가며 돌아왔다. 그런 벌들의 일과를 보다 보면 마음이 편해졌다.

"벌들 관리는 네가 해라. 너도 알다시피 나는 관리에는 영 소질이 없어서."

벌통에 처음으로 벌이 들어가던 날 형이 했던 말이다. 관리라고는 했지만 아직까지 특별히 관리라고 할 만한 일은 없었다. 그래서 나는 오랜 시간 바라보기만 했다. 그렇게 바라보다 보면 벌들에게 필요한 게 무엇일지 알 수도 있을 것 같았다.

벌통은 직접 비를 맞지는 않았지만 처마에서 떨어지는 물이 튀면서 조금씩 젖고 있었다. 나는 골판지 상자를 펼쳐서 ㄷ자 모양으로 만든 뒤 벌통을 에워쌌다. 그리고 그 위에 밭두둑에 얹는 비닐을 얹었다. 튀어 오른 빗방울들이 비닐을 타고 바닥으로 흘렀다.

형이 구치소에 갇히면서, 그리고 내가 벌통을 관리하면서 더이상 칼을 발목에 차고 다닐 수 없었다. 칼을 보관할 곳이 마땅치 않다는 이유였지만 칼이 필요 없을 것 같다는 생각이 보다컸다. 칼을 차고 다녔던 오른쪽 발목은 아직까지도 간지럽다. 쇳독 때문이었다. 처음 쇳독이 올랐을 때 나는 칼이 내 몸을 파고드는 기분에 휩싸였다. 칼이 내 몸의 일부가 되어가는 느낌이랄까. 부적이라 생각했던 칼이 심장사상충처럼 여겨졌다. 그래서 자꾸만 내 심장을 깎아내는 칼이 떠올랐다. 부적은 그 부적이 필요 없어질 때를 위한 거다.

형이 떠나기로 말한 날 무리한 부탁을 했었다.

"형, 나 문신 새기게 해줘."

"왜? 헌정하고 싶은 사람이라도 생겼어?"

"형에게는 곤란할까?"

형은 말없이 나를 보다 내 이마에 딱밤을 날렸다.

"나는 누군가의 본보기가 될 만한 사람이 아냐."

나는 형의 거절에도 계속해서 졸랐다. 내가 사라질 것 같다는 두려움이 들었다고나 할까. 뭐든 하지 않으면 미칠 것 같았다.

"그럼 내가 나한테 하는 걸로 하자. 아니면 일단 새기고 고민할게."

형은 진지한 표정으로 나를 보았다.

"그것 말고는 없어? 문신은 일종의 주문 같은 거야. 너에게 주문은 이미 충분해. 네가 더 이상 칼을 차지 않기로 결심한 것처럼. 더 지속적으로 할 수 있는 게 있을 거야. 넌 내가 아끼는 정말 멋진 사촌이야. 사실 처음 이 집에 올 때는 당장 의탁할 곳이 없어서였어. 아무런 기대도 없었지. 그런데 널 보면서 기대란 걸 하게 됐었다. 지금의 난 별 볼 일 없는 인간이지만 네가 잘 살아준다면 그리고 내가 너에게 조금이라도 좋은 영향을 미쳤다면 너에게만은 나도 멋진 사람으로 기억되지 않을까 하는 생각 같은 거. 네 인생은 네 거야. 세상에 대한 원망은 네 자유지만 스스로를 포기하지 마."

자주 볼 수 없는 형의 진지한 모습이었다. 장난스러운 미소만은 여전했지만 말이다. 나는 고개를 끄덕였고 힘차게 "맡겨둬"라고 외쳤다. 실은 눈물이 나서 그랬다.

이제 공사가 남은 곳은 안방뿐이었다. 아빠는 안방 공사를 남겨두고 뜸을 들였다. 농사일이 바빠서라고 했지만 그 때문만은 아닐 것이다. 작년까지만 해도 겨울이 오면 아빠는 할 일이 없어졌다. 그래서 겨울이면 밖으로 떠돌았다. 면 소재지의 방범대 사무실에서 고스톱을 치다 밤이면 술을 마셨다. 때문에 종일 붙어 지내게 된 엄마와 할머니는 겨우내 싸움과 냉전 상태를 번갈아 치렀다. 아빠가 밖으로 떠도는 데는 그 이유도 있는 듯했다. 올해의 아빠는 이전과 같은 겨울을 견딜 수 없지 않을까. 아빠가 집에서 무언가를 하며 겨울을 보내는 모습은 선뜻 그려지지 않았다. 하지만 바깥을 떠돌 명분도 사라졌다. 아빠가 안방의 공사를 겨울까지 미루지 않을까 염려스럽다.

"비가 말이다."

곁에 다가온 아빠가 불쑥 입을 뗐다.

"징그럽구나."

"어?"

"어쩌면 말이다."

비가 내리는 날이면 아빠는 부쩍 말을 짧게 했다. 창에 비친 아빠와 내 자세가 비슷했다. 나는 슬쩍 뒷짐을 풀어 아빠와 다르게 했다.

"올해 비는 이게 마지막일지도 모르겠다."

마지막이란 말에 나는 기분이 우울해졌다. 그때 아빠의 손이 내 어깨 위에 얹혔다.

"마지막이란 말은 말이다 처음과 같은 말인 것 같구나. 둘 다 한 번뿐이지 않으냐."

나는 근래 들어 아빠가 엄마의 책들을 읽고 있다는 사실을 알았지만 모르는 척했다. 내가 아는 한 엄마가 집을 나가기 전까지 아빠가 엄마의 책을 보는 일은 없었다. 책은 고사하고 엄마의 책상 앞에 앉는 것조차 본 적이 없었다. 아, 간혹 예식장을 가기 위해 거울을 보며 머리를 빗어 넘길 때가 있긴 하다. 그 경우를 제외하고는 엄마의 책상은 엄마와 내게만 허락된 자리였다.

의자에 앉은 아빠는 시집 한 권을 펼쳐 세워들고 읽고 있었다. 맹세컨대 그렇게 바른 자세로 책을 읽는 사람을 본 적이 없었다. 그런 자세를 유지하면서 책을 읽는다면 난 십 분도 버티지 못할 거다. 엄마가 읽는 시집들에는 시인의 시보다 엄마의 메모가 많았다. 엄마가 시집을 사는 이유가 여백이 많아서라고 생각될 정도였다. 어쩌면 아빠는 시가 아니라 엄마의 메모들을 읽고 있던 건지도 모른다. 엄마의 책상 앞에 앉은 아빠의 뒷모습을 보는 일은 괴로웠다. 엄마가 떠올랐기 때문이다. 그러나 나는 아무런 말도 할 수 없었다. 아빠의 어깨가 내 평소 생각보다 좁아 보였고 나는 이미 엄마를 떠올리고 말았으니까. 말하자면 타이밍을 놓쳤다.

"어디서 본 것 같은 말이네."

"그래? 같은 생각이구나. 나도 그런 것 같았는데."

나는 아빠의 나머지 말을 기다렸다.

"미안하다."

"뜬금없이 무슨 소리야."

"네 엄마가 재혼을 할 것 같다."

창에 비친 아빠의 손이 내 어깨에서 미끄러져 내려갔다. 그리고 자기 바지 주머니 속으로 들어갔다. 내가 모르는 사이 번개가 쳤을까. 나는 머리가 새하얗게 탈색되는 기분이었다. 창에는 여전히 아빠와 나의 상이 비치고 있었다. 여전히 빗소리는 선명하게 들렸다. 언제, 누구와. 아니, 왜, 왜, 왜? 나는 아무런 질문도 못했다. 비처럼 소나기처럼 우리는 나란히 서 있었다.

달팽이 집

그해는 헤어짐이 많은 한 해였다. 점심을 차리고 할머니를 부르러 갔던 아버지는 "엄니"를 부르짖었다. 할머니 방의 TV에서는 전국노래자랑이 흘러나오고 있었다. 그해 겨울을 앞두고 할머니는 숨을 거뒀다.

고백하건대 할머니의 앨범을 보다 뛰쳐나갔던 날, 내가 정말 견딜 수 없었던 건 할머니에 대한 막연한 증오심이 아니었다. 나는 두 가지 면에서 견딜 수 없었는데 하나는 나 또한 할머니의 행동들을 염탐하는 버릇이 생겼다는 사실을 깨달은 것이다. 지랄 같지만 그건 내가 할머니와 닮아가고 있다는 의미였다. 또 하나는 '새끼'라는 말 때문이었다. '새끼'라는 단어는 내 기억을 순식간에 할아버지가 살아있던 시절로 돌려놓았다. 그 무렵 할머니가 나를 부를 때는 늘 '새끼'라는 단어가 붙어 있었다. 강아지

새끼, 이쁜 새끼, 내 새끼……. 그 기억은 할머니 품에서 잠에 들던 느낌으로 이어졌다. <전설의 고향>을 보다 무서워 할머니의 품으로 파고들 때 느껴지던 낙지처럼 축 처진 젖가슴. 잠버릇으로 자기 얼굴에 하이킥을 날린 내 발을 쥐던 손, 체한 배를 문질러 주던 거칠고 뜨거운 손의 느낌. 그 느낌들이 '새끼'라는 말과 함께 떠올랐다. 그러니까 솔직히 말하자면 나는 지금의 내 감정에 대해 모른다는 말밖에 할 수 없는 처지다.

어릴 적, 그러니까 지금보다 더 어려서 할머니와 사이가 좋던 시절 말이다. 나는 TV를 볼 때면 반드시 할머니 방으로 건너갔다. 채널 결정권이 아빠에게 있는 안방과 달리 할머니 방에서는 내가 원하는 채널을 마음껏 볼 수 있었다. 할머니는 내가 어떤 채널을 보던, 설령 자기가 보고 있던 중인 드라마의 채널을 돌려도 용인했다. 일주일에 딱 한 번 예외가 있다면 그건 일요일 정오에 하는 전국노래자랑을 시청하고 있을 때였다. 그 시간의 할머니는 애처럼 점심 식사 시간도 미루면서 즐거워했다. 나는 두어 번 그 시간에 다른 채널을 돌리려 시도하다 실패했는데 지금 와서 생각해보면 일주일에 한 번 정오에 시작하는 그 전국노래자랑을 보는 게 할머니의 유일한 낙이 않았나 하는 생각이 든다.

인정하기 싫지만 그날 가족 앨범을 뒤적거리는 할머니의 모습에서 나는 저물어가는 한 인간의 인생과 그 쓸쓸함을 보고 말았다. 엄마가 집을 나가고 할머니의 증오심이 소멸하고 남은 건 쓸쓸함이었다. 첫째 아들을 병으로 잃고 부양을 회피하는 자식들 속에서 유일하게 자신을 받아준 게 내 아빠와 엄마였다. 물론 별수 없는 상황에 그렇게 된 거였지만 또한 별수 없는 상황에서도 살아야 하는 게 인간이라면 그들은 할 수 있는 만큼을 했다. 나는 이 모든 일들에 대해 여전히 이해할 수 없고 인정하기 싫다. 그래서 앞으로의 내 삶에 대해 기대가 없었다. 하지만 내가 부러 시비를 걸고 맞고 다니며 깨달은 진실이 있다면 내 몸은 여전히 통증을 느끼고 맞는 건 아프다는 거다. 그리고 실은 때리는 사람도 아프다는 거다. 폭력은 강자가 약자에게 가하는 게 아니다. 쌍방향이다.

언젠가 우리가 같이 아프다는 사실을 알게 되면 우리는 이전보다 서로를 덜 아프게 하지 않을까. 그러니까 할머니를 향한 분노의 실체는 나 자신을 향한 분노였다. 무력감, 죄책감, 배신감 뭐 그런 것들이 버무려진 자신 말이다. 어쩌면, 엄마에 대한 할머니의 분노도, 할머니를 향한 엄마의 분노도 비슷한 성분인지도 모른다.

국도 위에서 달팽이집을 발견했다. 빈 껍데기였다. 달팽이는 뜨거운 곳에 있으면 몸이 녹는다. 이 달팽이도 데워진 아스팔트를 건너다 몸이 녹은 게 분명했다. 하지만 지금은 초겨울인데. 가끔이지만 정말 이해할 수 없는 일들이 생긴다. 나는 도저히 겨울에 발견한 달팽이집을 지나칠 수 없었다. 몸이 사라진 달팽이집은 반투명하다. 우렁이보다 훨씬 약한 껍질이지만 아무리 약해도 제 몸보다 조금이라도 단단한 껍질이라면 도움이 된다. 그러나 껍질은 결국 안을 지키기 위한 가장 근접한 바깥이다. 때로는 말랑하고 연약한 몸을 밖으로 내밀어야 한다. 그래야 산다. 문득 엄마의 발뒤꿈치 굳은살이 떠오른다. 나는 달팽이집을 집어 들었다.

마을에 빈집들이 늘어간다. 원래 빈집에 살았던 사람들은 어딘가로 떠나간 게 아니라 평생 살아온 집에서 사라졌다. 그들은 달팽이처럼 공기 중으로 흩어졌다. 집만 남기고 사라졌다. 안방과 대청마루 사이의 문턱을 움켜쥔 채 미라가 된 할아버지도 있었고 경운기와 함께 저수지에 빠진 아저씨도 있었다. 내 할아버지처럼 제초제를 마시고 장기가 녹아 사라진 사람들도 있었다. 사라진 사람들이 살았던 집은 철거되지 않고 빈집으로 남아있었다. 남은 이웃들은 그 빈집에서 쓸 만한 것들을 챙겨 나오기도 했다. 자고 나면 빈집의 장독이 줄어있었고 자고 나면 쇠스랑과 삽이 사라졌다. 그것들은 다른 집 창고로 자리만 옮겼다. 결국 이 마을을 벗어난 건 아무것도 없었다.

한동안은 달팽이집을 모으게 될지도 모르겠다. 그러나 겨울에 달팽이집을 찾기는 쉽지 않다. 아빠는 아직도 안방 공사를 시작하지 않고 있다. 가을이라 바쁜 탓도 있겠지만 겨울이 된들 공사를 재개할 거란 생각은 들지 않는다. 안방에 있는 것들은 대부분 엄마의 물건들이다. 맹세컨대 우리 집이 이번 가을처럼 조용했던 적은 없었다. 나는 숨이 막혔고 내 심장박동을 느끼게 되는 순간이 늘어갔다.

싸락싸락.

일을 마치고 돌아온 아빠가 마당을 쓸고 있다. 아빠는 마당에 콘크리트가 깔린 후로 하루도 마당 쓸기를 거른 적이 없었다. 설 연휴 아침처럼 아빠는 매일 마당을 쓸었다. 알고 있다. 엄마가 집을 나간 순간부터 알고 있었다. 아빠는 엄마를 기다리고 있다는 사실을. 엄마가 집을 나간 이유가 무엇이었든 아빠는 엄마를 쫓아 나설 사람이 아니었다. 그는 기다림에 익숙한 사람이었다. 그렇게 안에서 기다리다 찾아온 진실은 엄마의 재혼이었다. 그러나 아빠는 여전히 엄마를 기다리고 있다. 뭔가를 기다리는 사람을 지켜보는 일은 괴로운 일이다. 불안을 견디는 사람을 지켜보는 일 또한 괴롭다. 그런 순간이면 나는 형이 벌통을 보며 했던 말을 떠올린다. 네가 벌들의 불안을 이해한다면 벌침이 아니라 꿀을 줄 거야.

엄마의 재혼이 집을 나갔던 동기인지 결과인지 나는 모른다. 집에 돌아올 이유 또한 여전히 찾기 어려웠다. 나는 거실에 서서 아빠의 빗질을 보고 있다. 아빠는 화단의 블록과 마당 사이의 틈을 악착같이 빗질하고 있었다. 사실 아빠는 헤어짐에 익숙한 사람이 못된다. 어쩌면 단 한 번도 이곳을 벗어나지 못한 이유도 그것일지 모른다. 이곳에 사는 사람들은 누구나 헤어짐을 두려워하는 사람들일지도 모른다. 이곳이 아닌 다른 곳에 사는 사람들도 헤어짐에 익숙한 사람은 한 명도 없을지도 모른다. 그래서 그들은 화를 내고 뒤꿈치로 걷고 술에 취하고 쉽게 상처받는 걸까. 달팽이 같은 사람들. 눈사람 같은 사람들. 녹아 사라질망정 떠나지 못하는 사람들.

나는 안방으로 건너갔다. 이제 안방은 유일하게 남아 있는 과거의 방이다. 이 방의 공사가 끝나면 겉모습은 전과 같아도 안은 전혀 새로운 집이 된다. 그것은 좋은 것이라고도 안 좋은 것이라고도 말할 수 없다. 조금은 새롭고 조금은 아쉽고 조금은 기분이 좋아졌다가 조금은 쓸쓸해지곤 하는 그런 집. 엄마와 동생이 돌아오지 않더라도 나는 여전히 엄마와 동생을 떠올리고는 할 거다. 입에 신물이 고였다. 썼다.

옷장의 화장대를 정리하다 내가 깨트렸던 것과 같은 향수를 발견했다. 엄마가 다시 사둔 걸까. 아니면 처음부터 두 개였던 걸까. 나는 장미향 향수를 손에 들었다. 그리고 코에 가져다 댔다. 손이 떨렸다. 향수에서는 내가 익히 알던 것이지만 예상했던 것과는 다른 냄새가 났다. 그 냄새를 맡는 순간 또다시 향수병을 놓칠 뻔했다. 다행히 향수는 정리 상자에 넣었으나 속이 메스꺼웠다. 나는 곧장 마당으로 뛰쳐나왔고 토악질을 했다. 더 이상 게워낼 게 없었음에도 토악질은 계속됐다. 수돗가에서 입과 눈을 훔치고 다시 안방으로 향했다.

엄마의 책상 서랍에서 동생의 필름 통을 찾아냈다. 동생이 제 유치들을 모아둔 통이었다. 동생과 나는 모든 유치들을 집에서 뽑았다. 실에 묶인 채 떨리던 치아들. 나는 뽑은 유치들을 지붕 위에 던졌지만 동생은 필름 통에 모았다. 유치들 속에서 말라 쪼그라든 검은콩이 있었다. 그게 어떤 콩인지 단번에 이해가 됐다. 왜 밥상에서 사라졌던 콩이 여기에 있는 걸까. 이유에 대한 추측이야 간단했다. 내 사차원 이야기를 들은 후에 동생이 콩을 감춰둔 것뿐이다. 그렇게 해서 내 사차원 설명은 유효한 상태를 유지할 수 있었던 거다. 와락 눈물이 쏟아졌다. 눈물이 나오는 이유를 알 수 없었다. 다만 동생이 보고 싶었다. 그러나 나는 곧 눈물을 거둬야 했다.

방문을 연 아빠는 그림자처럼 말없이 방을 둘러보았다. 그리고 내 곁으로 다가오더니 가볍게 책상 옆을 두드렸다.

"이 책상부터 옮기자꾸나."

나는 주머니에 있던 달팽이집을 필름 통에 담아 원래 자리에 놓아두고 책들을 거실로 옮겼다. 훈비가 돌아온다면, 돌아와 이 필름 통을 열어본다면 달팽이집을 보고 좋아하겠지. 내가 모으는 잡동사니를 보고 즐거워하는 유일한 녀석이니까. 그리고 나는 한 가지를 더 모으기 시작했다. 이야기를 모으기 시작한 거다. 엄마와 효주 형의 글씨체를 따라 적던 공책에 내 머릿속에 떠돌던 이야기들을 적어가기 시작했다. 여전히 악필이었지만 말이다.

학교를 파하고 대문 앞에 섰을 때 나는 섣불리 대문을 열 수 없었다. 낮은 담장 너머로, 거실의 새시 너머로 아빠와 마주 선 엄마가 보였다. 두 사람은 대화 중이었으나 큰소리가 나지 않았다. 소리 내지 않고 입만 움직이는 것처럼 보였다. 비현실적이었다. 우습게도 고함소리가 그리웠다. 조용한 집인데 내 심장이 요동을 쳤다.

나는 병신같이 휘청거리며 마을을 돌았다. 뭔가를 세어야 했다. 세지 않으면 치밀어 오르는 분노에 미쳐버리고 말 것이다. 그러나 주변은 온통 어두웠고 셀 수 있는 거라면 별들밖에 없었다. 나는 창고로 향하는 길바닥에 누워 별들을 셌다. 북극성을 중심으로 북반구의 별자리들이 보이지 않는 선으로 이어져 있었다. 오리온, 카시오페이아, 작은 곰, 큰 곰, 물고기, 고래들.

마을을 한 바퀴 돌고 왔을 때도 엄마와 아빠는 거실에서 대치 중이었다. 한 시간, 그리고 다시 한 시간이 흐르도록 대문 밖에 머물며 담쟁이덩굴의 시든 잎들을 땄다. 어둠이 깔리면서 북풍이 불었고 내 몸은 얼어갔다. 나는 담장 위의 주홍빛 가로등 불빛 아래 팔짱을 끼고 쪼그려 앉았다. 그때 거실 문이 열리더니 훈비가 모습을 보였다. 정말 훈비였다. 나는 대문을 조용히 열고 훈비를 손짓으로 불렀다.

"오빠, 왜 여기 있어. 들어가자."

"조금만 더 있다가. 너 키가 많이 컸네?"

"오빠도 약간 큰 것 같아."

"그래?"

"응."

이후 우리는 말 없이 밤하늘만 올려다봤다. 밤하늘은 언제 봐도 경이롭다. 오래도록 밤하늘을 보다 보면 우주에 가보지 않아도 우주를 느낄 수 있다. 이건 정말이다. 내가 상상하는 우주란 이렇다. 일단은 소리가 없을 거다. 대신 진동은 있을 거다. 진짜로 텅 빈 공간 따위란 있을 수 없는 법이니까 말이다. 진공관처럼. 어쩌면 존재하는 모든 것들은 물질 자체가 아니라 형태로서 존재하는 걸지도 모른다. 그러니까 우리가 말할 수 있는 건 다만 그 물질을 둘러싼 형태들에 불과하다. 그 안에 담긴 건 그 누구도 모른다. 그 안에 담긴 스스로조차 말이다. 그게 아니라면 그 누가 보이지도 않는 선 따위로 별들을 이어 이야기를 담는다는 말인가. 어떤 식으로든 형태가 있다면 거기에는 이야기가 담긴다. 어떤 종류의 이야기든 그 이야기의 시작은 자신을 둘러싼 형태에서부터 시작할 거다. 그리고 운이 좋다면 그 형태의 바깥으로 상상력을 뻗어갈 수도 있을 거다.

"오빠, 엄마가 결혼한대. 다른 아저씨랑⋯⋯."

나는 훈비를 끌어안았다. 그것 말고는 아무것도 할 수도 생각할 수도 없었다.

"아무 말 안 해도 돼."

훈비는 쌜쭉해진 입으로 뭔가 다른 할 말을 찾았다.

"오빠는 천문학자가 될 것 같아. 그럼 진짜 끝내줄 텐데."

"멍청아. 별자리 전설 따위를 알고 있는 사람은 많아. 그런 걸 많이 안다고 해서 천문학자가 될 수 있는 게 아냐. 그리고 지금은 그게 중요하지 않아."

"왜? 그게 왜 중요하지 않아?"

"실은 오빠가 이야기를 짓기 시작했어. 어쩌면 소설가가 될 거야."

훈비는 전혀 놀라지 않았다. 그러나 쌜쭉해 있던 표정은 호기심 어린 표정으로 바뀌었다.

"정말?"

"응. 완성되면 너에게 제일 먼저 보여줄게."

좋아할 거란 예상과 달리 훈비의 반응은 미적지근했다.

"난 엄마를 따라갈 거야."

녀석은 말을 해놓고 울었다. 딱히 해줄 말이 떠오르지 않았다. 가슴이 먹먹해졌다. 그러나 훈비는 곧 내가 타이르지도 않았는데 혼자서 울음을 멈췄다.

"줄 게 있어."

훈비가 자기 주머니에서 뭔가를 꺼내 내 손에 쥐여 주었다. 필름 통이었다.

"이게 뭔데?"

나는 부러 모른 척했다. 녀석이 기대에 찬 표정으로 말했다.

"열어봐."

"이건 치아잖아?"

"응. 내가 모은 거야. 다 내 거야."

"이렇게 많이 뽑았었구나."

"그치? 그거 오빠 줄게."

"정말?"

"응."

나는 좀 더 연기를 하기로 했다. 막 울음을 그친 녀석이 웃게 해주고 싶었다. 나는 내가 넣어둔 달팽이집을 꺼내 들며 정말 궁금하다는 투로 물었다.

"이건 달팽이집이잖아? 이것도 네가 찾은 거야?"

"어라? 아닌데. 그게 어떻게 들어갔지?"

녀석은 정말 신기해 어쩔 줄 모르겠다는 표정이 되어 제자리에서 방방 뛰었다. 거의 내가 산 너머로 하강하는 불빛을 보고 UFO라고 믿었을 때 기분인 것 같았다. 나중에 산 너머에 공군 기지가 있다는 사실을 듣고 실망하긴 했지만 그렇다고 해서 처음 느꼈던 기분을 기억하지 못하는 건 아니었다. 훈비의 말이 맞을지도 모른다. 나중에 사실을 알고 실망하더라도 그것 때문에 현재를 놓치는 건 어리석은 짓이다.

"그런데 말야. 이 말라빠진 콩은 뭐니?"

"그건⋯⋯."

나는 머뭇거리는 녀석을 보며 웃음을 참느라 거의 숨이 막힐 지경이었다. 나는 녀석의 머리를 헝클어트리고 앞장서 걸었다.

"그 콩, 예전에 사라졌던 콩이야. 실은 나중에 내 옷 속에서 나왔는데 말하지 않았어."

"왜?"

"오빠가 사차원 이야기를 해주면서 신났으니까. 그리고 나는 오빠가 그런 이야기를 계속 들려주었으면 했으니까."

"그래? 그런 이야기라면 얼마든지 해줄게. 네가 잃어버린 게 생길 때마다, 그럴 때마다 내가 이야기를 지어 줄게."

이건 정말이었다. 나는 눈물이 나오려는 걸 애써 참고 있었다. 우리는 비어있어 보이지만 실은 꽉 차있는 밤하늘을 보며 집으로 걸었다. 훈비와 내가 걸어온 자리에 찍힌 발자국들이 별처럼 반짝이는 상상을 하며 나는 걸어서 우주를 횡단하는 사람을 떠올리고 있었다.

"오빠 빨리 와."

달려 나가던 훈비가 뒤돌아보며 손짓을 했다. 훈비에게 벌통을 보여주어야겠다. 벌들이 얼마나 뒤뚱거리며 나는지도 보여주어야겠다.

에필로그

증오심은 고무줄과 같다. 좀처럼 끊어지지 않는, 유도선수들이 근육을 단련할 때 쓰는 고무줄과 같다. 한때 이 고무줄은 나와 할머니를 연결하고 있었다. 할머니는 느리고 나는 빨라서 나는 멀리 걸었다가도 다시 할머니에게로 당겨져 되돌아갔다. 과거로 과거로, 끊임없이 말이다. 증오심에 휩싸여서는 앞으로 나아갈 수가 없다. 화해를 하거나 아니면 증오심이란 고무줄을 잘라야만 한다. 그럴 때 미래를 그릴 수 있다.

도저히 끊어질 것 같지 않던 내 고무줄은 결국 잘렸고 어쩌면 악마가 될 뻔했던 나는 아직까지 사람으로 남을 수 있었다.

무더운 여름이다. 아니 여름이고 덥다. 맞다. 원래 여름은 더운 거다.

오후 3시의 스낵카 안은 찜통이다. 찜통 안에서 바깥의 사람들을 본다. 나무 그늘에 돗자리를 펴고 수박을 썰어 먹는 가족들, 벤치에서 상대방의 허벅지를 베고 누운 연인들, 인공 도랑에서 물장구를 치는 아이들을 본다. 안에서 본 밖은 제법 낭만적이다. 안과 밖은 상황에 따라 뒤바뀐다. 내가 이 공원에서 밖에 있는 사람이 될 때도 있을 것이다. 그래서 어느 정도는 공평하다.

소설가가 되겠단 꿈은 고등학교에 다니면서 보류하게 됐다. 나는 소설가가 되기에는 지나치게 빨빨거리고 다녔다. 한곳에 머무는 걸, 한자리에 오래 앉아있는 걸 견딜 수 없었다. 그래서 당장은 원하는 걸 확정 짓지 않기로 했다. 당장 머리에 떠오르는 건 정처 없이 떠돌아다녀 보는 거였다. 그래서 진로담당 선생에게 이 말을 했더니 그건 꿈이 아니라고 했다. 꿈의 부수물이라나 뭐라나. 꿈은 그런 게 아니라고 했다. 그러나 선생님이 들어준 예들 중 마음에 드는 건 없었다.

군화 굽을 뜯어내 강박증 진단을 받았던 군 생활은 무사히 마쳤다. 관심사병 비슷한 취급을 받은 적도 있었으나 나는 관심받는 걸 즐기는 편이 아니라 남은 복무기간 동안 얌전히 지냈다. 사실 열세 살 때의 기억이 제법 도움이 됐다. 이후 수년간은 이런저런 직장에도 다녀보고 새로운 사람들도 만났다. 그러다

운명처럼 노란색 스낵카를 만나게 됐다. 이 작은 트럭이 내 첫 차다.

나는 스낵카를 몰며 장사를 한다. 전국을 떠돌아다니지는 못하지만 제법 이곳저곳을 누비고는 다닌다. 물론 요일별로 지정된 장소가 있긴 하다. 나도 먹고는 살아야 하니까, 기름값은 남겨야 하니까 말이다.

"소시지 하나요."

발목에 붕대를 감은 일곱 살쯤 되어 보이는 여자아이였다. 아이는 제 손에 들린 이천 원이 빨리 소시지와 맞바꿔지기를 기다리는 중이었다.

"감사합니다."

소시지한테 하는 인사인지 나한테 하는 인사인지 애매한 인사였다. 여자아이는 소시지에서 눈을 떼지 못한 채 부모가 기다리는 텐트로 달려간다. 넘어질까 싶어 당부할 겨를도 없다. 붕대를 두른 다리를 하고선 잘도 뛴다. 다람쥐처럼, 입안 가득 도토리를 채우고 달려가는 작은 생물처럼 잘도 뛴다.

뜨거운 호떡과 퍽퍽한 소시지가 팔리려면 해거름이 되어야 한다. 그래도 3시에는 나와 있어야 한다. 미리 자리를 잡아야 하고 지금부터 있어야 당장 사 먹지 않더라도 이 자리에 호떡을 파는 곳이 있다는 것을 알릴 수 있다. 물론 관청이나 보건복지부의 단속이 나온다는 변수는 있지만 미리부터 변수를 걱정해서는 아무것도 할 수 없다.

공원 너머 먼 산이 어둑어둑하다. 비구름이다. 눈치 빠른 나들이객들은 돗자리와 텐트를 접기 시작한다. 물놀이에 정신없는 아이들이 울며 부모의 손에 끌려가기도 한다. 그러나 여전히 자리를 지키는 이들이 많다.

오 분여가 지나지 않아 자리를 뜬 이들의 판단이 옳았음이 증명된다. 굵은 빗줄기가 떨어진다. 스낵카의 천장에서 양철지붕에 떨어지는 것 같은 빗소리가 울린다. 비 비린내가 오래된 냄새를 끄집어낸다.

썩어가는 나무에서 나는 냄새이거나 비에 젖은 골판지에서 나는 냄새, 모든 냄새가 사라지고 나면 마지막에 남을 냄새다. 지금은 사라지고 없는 할머니의 방에서 나던 냄새다. 동시에 농약 냄새가 맡아진다. 아니 느껴진다. 엄마가 집을 나간 해 겨울 화장대를 정리하다 발견한 장미향 향수, 그 향수에서 맡은 냄새이기도 하다. 내가 깨트린 엄마의 향수 냄새라 생각했던 냄새는 실은 농약 냄새였다. 어쩌면 나는 그 두 냄새를 구별하지 못하는 것인지도 모른다. 비 비린내 속에서도 할머니 방 냄새와 농약 냄새와 향수 냄새를 맡는 걸 보면 말이다. 그 냄새들 사이에 어떤 공통된 성분이 있는 걸까. 확실한 건 비리다는 거다.

　효주 형의 소식은 끊겼다. 형은 정말 다행히도–그날 이후 나는 다행이란 말 앞에 빌어먹을 이란 단어를 붙이지 않게 됐다–무혐의로 풀려났다. 그리고 이후 예정대로 내 곁을 떠났다. 나는 그의 연락처를 모른다. 그를 떠올릴 때면 그가 큰아빠의 마지막을 이야기하며 주먹 쥔 손을 부르르 떨던 모습이 떠오른다. 그리고 그 떨리는 주먹은 몸을 부르르 떨며 나는 꿀벌들의 모습과 포개졌다.

　그의 소식이라면 그가 떠나고 이 년쯤 지나서 온 편지가 마지막이었다. 새우잡이 배가 아닌 원양어선으로 갈아타게 됐다는 내용이었다. 작은 꿈이 있다면 소림사에 가보는 거라고 했다. 그곳의 승려들은 내가 열세 살 일 적 하려던 짓을 하며 수행한다나 어쩐다나. 아무튼 편지에는 연락처도 주소도 없었다. 실제로 연락처와 주소가 없는 건지도 모른다. 그는 정말 참치잡이 어부가 된 것일까. 먼바다에서 맞는 비바람은 어떤 느낌일까. 그 또한 여전히 큰아빠의 마지막 모습을 떠올리고는 할 거다. 나는 그의 근육에 힘이 들어갈 때마다 꿈틀거릴 참치 문신을 상상하고는 한다.

　이야기를 짓는 일은 내가 아닌 훈비가 하게 됐다. 원래대로

라면 올해 훈비는 대학생이 되어야 했지만 진학을 포기했다. 대신 방송국 아카데미에 들어갔다. 동기들이 자신의 작품세계를 이해 못한다며 투덜대고는 하지만 즐거운 눈치다. 최근에 훈비가 쓴 극본에는 스낵카 장사를 하는 남자 주인공이 등장했다. 그래서 나는 객관적인 평을 해줄 수가 없었다. 오빠란 사람이 동생 작품에 대해 제대로 말도 안 해준다고 뾰로통해지고는 하지만 별수 없다. 다만 몇 번이고 반복해서 읽는 중이다. 훈비는 이 사실을 모르겠지만 말이다. 훈비가 쓴 이야기를 읽을 때마다 나는 소설가가 되길 포기한 게 다행이란 생각이 든다. 나는 도저히 그렇게 긴 이야기를 써낼 자신이 없다. 그래도 스낵카를 몰고 다니며 겪은 해프닝들을 기록해두고 있다. 가령 저기 인공 도랑 옆에서 솜사탕을 파는 장 씨 아저씨만 해도 꽤 재밌는 인간이다. 가능하다면 이런저런 사람들과의 일들을 묶어 여행 에세이집을 내볼까 한다.

보류 중이던 안방 공사는 아직까지도 보류 중이다. 긴 시간이 흘러서일까. 신기하게도 유일하게 공사를 하지 않은 안방과 다 뜯어고친 다른 방들 사이에서 이질감은 들지 않았다. 마치 원래부터 그랬던 것처럼. 아빠는 엄마가 떠난 지 5년쯤 지났을 무렵 잠시 만나던 여자가 있기도 했지만, 지금은 혼자다. 아무래도 아빠는 엄마를 잊지 못한 것 같다. 여전히 그때 그대로인 안방처럼 말이다. 그리고 그는 그런 사람이다. 스스로 뭔가를 결정하기 쉽지 않은 사람 말이다.

책과는 담을 쌓고 지내는 아빠가 언젠가 엄마가 읽던 시집을 읽는 걸 본 적이 있다. 그 모습이 꽤 애잔했지만 사실 아빠의 뒷모습은 그전에도 그 이후로도 늘 그렇다. 말이 없는 사람은 슬퍼 보인다.

정작 엄마는 재혼을 할 거라던 소식과 달리 재혼을 하지 않았다. 덕분에 나와 훈비의 만남이 불편해지는 일은 없었다. 엄마는 다른 도시에서 작은 화원을 꾸려가고 있다. 농사꾼의 아내로 살며 배웠던 것들이 조금은 도움이 됐을는지, 그랬으면 좋겠다.

굵은 빗줄기 속에서도 자리를 이탈하는 노점 상인은 없다. 가는 빗줄기였다면 자리를 접었을지도 모른다. 그러나 거리 장사를 하는 사람들은 안다. 소나기는 곧 그친다. 이미 떠난 나들이객들이 많으나 소나기 뒤의 선선한 공기에 이끌려 새로 나오게 될 이들도 있다는 걸 안다. 그러니 소나기가 내릴 때는 떠날 때가 아니라 기다릴 때이다. 솜사탕을 파는 장 씨 아저씨는 소나기를 틈타 담배를 피우고 있다. 담배 연기가 파라솔을 빠져나가자마자 비에 젖은 솜사탕처럼 쪼그라든다. 풍선과 물총 같은 것들을 파는 박 씨 아저씨는 점심때 먹고 남은 도시락을 까먹는다.

비바람이 분다. 행인들은 우산을 바람이 불어오는 쪽으로 기울이며 움직인다. 그들의 몸은 바람이 거셀수록 바람이 부는 쪽으로 기울여진다. 나는 식어가는 호떡을 봉지에 담아 박 씨 아저씨에게 간다.